Hermann Hesse Demian

◆

데미안

에밀 싱클레어의
젊은 날

데미안

에밀 싱클레어의
젊은 날

헤르만 헤세 소설
박종대 옮김

Hermann Hesse
Demian

사□계절

◆
**차
례**

일러두기

1. 이 책은 독일 주어캄프 출판사(Suhrkamp Verlag)에서 1981년에 출간된 『데미안, 에밀
   싱클레어의 젊은 날』(DEMIAN, Die Geschichte von Emil Sinclairs Jugend)을 우리말로
   옮긴 것입니다.

2. 각주는 독자의 이해를 돕기 위해 덧붙인 옮긴이의 말입니다.

내 속에서 솟아 나오려는 것을
온전히 살아 보려 한 것밖에 없는데,
그게 왜 그리 어려웠을까?

　내 이야기*를 시작하려면 한참 이전으로 거슬러 올라가야
한다. 아니, 가능하다면 그보다 훨씬 이전으로 돌아가야 할지
모른다. 막 시작한 어린 시절이나 그것을 넘어 내가 태어난
아득한 근원으로까지.
　작가들은 소설을 쓸 때 마치 자신이 신인 양 어떤 인간의
이야기이든 저 위에서 훤히 내려다보듯 쓰고, 또 신이 직접
이야기라도 하는 양 한 치의 모호함도 없이 어디서건 본질적

---

* 헤세는 당시 이 작품을 에밀 싱클레어라는 가명으로 발표했는데, 그런 점에서 이
책은 싱클레어의 회고록 형식을 띤다. 헤세가 가명으로 발표한 이유는 기성 작가로
서의 명성을 떠나 작품성만으로 평가받고 싶어서였는데, 그 결과 에밀 싱클레어라
는 유령 작가가 독일의 권위 있는 문학상인 폰타네상 수상자로 결정되었다. 그러나
헤세는 이 상을 사양했다.

인 것들을 정확히 묘사하곤 한다. 나는 그럴 수 없다. 그건 다른 작가들도 마찬가지여야 한다. 자신의 작품이 중요하지 않은 작가가 어디 있겠느냐마는, 나한테 내 이야기는 그런 통상적인 의미를 뛰어넘어 중요하다. 나 자신이 겪은 이야기이기 때문이다. 이것은 지어낸 인물도, 있을 법한 인물도 아니고, 어디서도 존재하지 않는 그런 이상적인 인물도 아닌, 단 한 번뿐인 생명으로 살아가는 실제적인 한 인간의 이야기이다.

그런데 한 번뿐인 생명으로 살아가는 인간의 의미에 대해 요즘 사람들은 잘 모른다. 오늘날엔 한 명 한 명이 자연의 소중하고 유일무이한 시도인 인간을 무더기로 쏘아 죽인다. 만일 우리가 더는 단 하나뿐인 소중한 목숨이 아니라면, 만일 우리 한 사람 한 사람이 총알 하나로 세상에서 완전히 없어질 그런 존재라면 이런 이야기를 쓰는 건 무의미할지 모른다. 그러나 인간은 모두 오롯이 그 자신일 뿐 아니라 어떤 경우에도 특별하고 중요하고 진기한 단 하나의 점이기도 하다. 세상의 여러 현상이 똑같은 방식으로 반복되지 않고 오직 단 한 번만 교차하는 그런 점 말이다. 그래서 한 사람 한 사람의 이야기는 모두 중요하고 영원하고 신성하며, 인간은 누군가로 살면서 자연의 뜻을 실현하는 한 모두 관심을 받을 만한 경이로운 존재이다. 누구의 내면에서건 정신은 만들어지고, 누구의 내면에서건 피조물은 괴로워하고, 누구의 내면에서건 한 구세주가 십자가에 매달린다.

오늘날, 인간이 무엇인지 아는 사람은 거의 없다. 그러나 인간이 무엇인지 느끼는 사람은 많고, 그런 이들은 죽음을 좀 더 쉽게 받아들인다. 내가 이 이야기를 마치면 더 쉽게 죽을 수 있을 것처럼.

나는 감히 나 자신을 깨달은 사람이라 말하지 못한다. 다만 나는 구도자였고, 지금도 그렇다. 그러나 이제 별이나 책에서 깨달음을 구하지 않고, 내 속에서 진정으로 우러나는 가르침들에 귀를 기울인다. 내 이야기는 편치 않다. 지어낸 이야기들처럼 달콤하거나 조화롭지도 않다. 내 이야기는 더는 자신을 속이지 않으려는 사람들의 모든 삶과 마찬가지로 무의미와 혼돈, 광기와 몽상의 냄새가 난다.

인간의 삶은 자기 자신에게로 향하는 길이자, 어떤 길의 시도이자, 어떤 오솔길의 암시이다. 어느 시대건 완전히 자기 자신이 된 사람은 없다. 그럼에도 각자는 그런 자신이 되고자 애쓴다. 어떤 이는 모호하게, 어떤 이는 좀 더 명확하게 그 길을 걷지만, 최선을 다하기는 마찬가지다. 누구나 출생의 찌꺼기, 다시 말해 태어나기 전에 자신을 품었던 원초적 세계의 끈끈한 막과 알껍데기를 최후까지 갖고 간다. 일부는 인간이 되지 못하고 개구리나 도마뱀, 개미로 남는다. 또한 상체는 사람이고 하체는 물고기인 경우도 있다. 그러나 모두가 인간이 되라고 자연이 던진 존재들이다. 모두의 뿌리, 즉 어머니는 같다. 우리는 모두 동일한 구멍에서 나온다. 그러나 그 깊은 구멍에서 나온 실험이자 자연에 의해 던져진 모든 존재는 자신의 목표만을 추구한다. 우리는 서로를 이해할 수 있지만 자신을 해석할 수 있는 것은 오직 자신뿐이다.

1. 두 세계

열 살 때, 한 작은 도시의 라틴어 학교에 다니던 시절에 겪은 일로 이야기를 풀어 나가겠다.

그 시절의 많은 것이 벌써 향기가 되어 밀려들어 아픔과 기분 좋은 전율로 내 마음을 흔든다. 어두운 골목, 환한 집들, 탑, 시계 종소리, 사람들 얼굴, 온기와 아늑함으로 가득한 방들, 그리고 귀신에 대한 두려움과 뭔지 모를 비밀로 가득하던 방이 그런 것들이다. 따스하고 비좁은 방, 토끼, 하녀, 민간요법으로 쓰던 약, 말린 과일 냄새가 코끝을 간질인다. 그곳에는 두 세계가 뒤엉켜 있었고, 이 두 극(極)에서 낮과 밤이 나왔다.

한 세계는 아버지의 집이었다. 아니, 원래는 그보다 훨씬 좁아 내 부모님만 그 세계라 할 수 있었다. 이 세계는 나도 대부분 잘 알고 있었다. 이 세계의 이름은 어머니와 아버지였고, 사랑과 엄함, 모범과 학교라고도 불렸다. 부드러운 광채와 명료함, 청결함이 그 세계의 구성 성분이었고, 온화하고 다정한 말, 깨끗이 씻은 손, 말끔한 옷, 선한 관습이 그 특징이었다. 이 세계에서는 아침이면 찬송가를 불렀고 성탄절이면 오붓한 가족 파티가 열렸다. 여기선 미래도 아무 굴곡 없이 일직선으로 곧게 나아갔고, 의무와 책임, 양심의 가책과 고해, 용서, 선한 의도, 사랑과 존경, 성경 말씀과 지혜가 늘 함께했다. 삶을 명확하고 깨끗하고 아름답고 질서 있게 꾸려 나가려는 사람은 이 세계에 머물러야 했다.

다른 세계 역시 우리 집의 한가운데에서 시작했다. 하지만 위에서 언급한 세계와는 완전히 달랐다. 냄새도 달랐고, 다르게 말했으며, 다른 것을 약속하고 다른 것을 요구했다. 이 두 번째 세계에는 하녀들과 떠돌이 직공, 귀신 이야기, 추악한 소문들이 있었고, 입이 쩍 벌어지는 유혹적이고 무시무시하고 수수께끼 같은 일들이 다채롭게 펼쳐졌다. 또한 도살장과 감옥 같은 데서 일어나는 일들, 고주망태가 된 남정네와 상스러운 욕을 입에 달고 사는 여편네들, 새끼를 낳는 암소들, 고꾸라진 말들이 있었고, 강도와 살인, 자살에 관한 이야기도 끊이지 않았다. 이런 아름다우면서 소름이 오싹 끼치는 거칠고 잔인한 일들은 집 앞 골목이나 옆집뿐 아니라 곳곳에 널려 있었고, 경찰관과 부랑아들도 주위를 어슬렁거리며 돌아다녔다.

술 취한 사내들은 여편네를 때렸고, 저녁이면 젊은 아가씨들이 떼 지어 공장에서 꾸역꾸역 쏟아져 나왔고, 어떤 늙은 여자들은 마법을 걸어 사람을 병들게 했고, 숲에는 강도들이 살았고, 방화범들은 도망치다 시골 경찰들에게 체포되었다. 이런 격정적인 두 번째 세계는 곳곳에서 솟아나고 냄새를 뿜어 댔다. 아버지 어머니가 있는 우리 방들만 빼고서. 이렇듯 우리 집 방들에만 그게 없다는 건 퍽 좋았다. 여기 우리 집에 평화와 질서, 안식과 의무, 양심, 용서, 사랑이 있는 것도 놀라웠지만, 거기서 한 발짝만 넘어가면 그와는 완벽히 다른 세계, 즉 시끄럽고 요란하고 음산하고 폭력적인 것들이 있는 까닭에 급할 땐 한 번만 폴짝 뛰면 바로 어머니 품으로 도망칠 수 있다는 것도 신기했다.

가장 이상한 것은 두 세계가 서로 맞닿을 듯이 붙어 있다는 사실이었다. 예를 들어 우리 집 하녀 리나는 거실에서 저녁 예배를 올릴 때면 깨끗이 씻은 손을 주름 하나 없이 매끈한 앞치마 위에 올려놓고 문 옆에 앉아 밝은 목소리로 찬송가를 함께 불렀는데, 그럴 때면 완전히 아버지 어머니의 세계, 즉 밝고 올바른 우리의 세계에 속했다. 하지만 바로 이어 부엌이나 장작을 보관해 두는 헛간에서 내게 머리통 없는 난쟁이 이야기를 해 주거나, 비좁은 푸줏간에서 동네 아낙들과 시비가 붙어 악다구니를 칠 때면 아주 딴사람으로 변해 버렸다. 마치 비밀에 싸인 다른 세계로 들어간 사람 같다고나 할까?

어쨌든 모든 것이 그랬고, 특히 내가 가장 심했다. 물론 나는 아버지와 어머니의 자식으로서 분명 밝고 올바른 세계에 속했다. 하지만 눈과 귀를 돌리는 곳마다 다른 것이 있었다. 그렇다면 나는 다른 세계 속에서도 살고 있는 셈이었다. 비록 그 다른 것들이 내게 낯설고 섬뜩하게 느껴질 때가 많고, 거기서는 양심의 가책과 불안을 규칙적으로 느낀다고 하더라도 말이다. 심지어 나는 금지된 세계에서 살고 싶어 안달한 때도 있었다. 그 시절에는 밝음의 세계로 귀향하는 것이 아무리 필요하고 좋은 일이라고 하더라도, 별로 아름답지 못하고 좀 더 지루하고 삭막한 세계로 돌아가는 것처럼 느껴졌다. 물론 나도 가끔 아버지와 어머니처럼 밝고 순수하고, 뛰어나고 단정한 사람이 되는 것이 내 인생의 목표임을 알고 있었다. 하지만 그리로 가는 길은 멀었다. 거기까지 가려면 중·고등학교를 버텨 내야 했고, 대학 수업을 받고 각종 시험을 치러야 했다. 그 길은 항상 좀 더 어두운 다른 세계 곁을 스쳐 가거나, 그 세계를 정면으로 뚫고 지나가야 했다. 그러다 보면 그 세계에 빠져 아예 그곳에 머물게 될 수도 있었다. 세상에는 그런 길로 빠져 방황하는 탕아의 이야기들이 많았고, 나는 그런 이야기들을 게걸스럽게 읽어 댔다. 거기선 늘 아버지와 선한 세계로 돌아오는 것이 구원이자 훌륭한 일로 여겨졌다. 나 역시 그것만이 옳고 선하고 바람직한 일이라 굳게 믿었다. 그럼에도 내 마음을 한층 잡아끄는 것은 악인과 탕아의 이야기

14

였다. 감히 이런 말을 해도 될지 모르겠지만, 어떤 때는 탕아가 속죄하고 다시 자신의 길을 찾아가는 것이 아주 안타깝기도 했다. 하지만 그런 말은 밖으로 꺼내선 안 되고, 그런 생각조차 해서도 안 되었다. 다만 하나의 예감이자 가능성으로서 감정 밑바닥에 깊이 가라앉아 있을 뿐이었다. 나는 악마를 길거리나 연시*, 혹은 술집에서 만나는 사람들의 모습에서 쉽게 연상할 수 있었다. 그 자체로 악마같이 생긴 사람이든, 아니면 악마가 변장한 모습이든 간에. 그러나 우리 집에서는 결코 악마를 떠올릴 수 없었다.

내 누나들 역시 밝음의 세계에 속했다. 내가 보기에 누나들은 본질적으로 아버지와 어머니에게 더 가까웠고, 나보다 더선하고 예의 발랐을 뿐 아니라 실수도 적었다. 물론 누나들한테도 결점과 나쁜 버릇이 없진 않았지만 나와 달리 그렇게 심각하지 않았다. 나는 나쁜 것들과 접촉하면서 무척 힘들고 고통스러울 때가 많았음에도 어두운 세계에 한층 깊이 발을 들여놓았던 것이다. 누나들은 부모님과 마찬가지로 지켜지고 존중받아야 할 존재들이었다. 누나들과 싸우더라도 항상 나중에 양심 앞에서 용서를 구해야 할 원흉이자 나쁜 인간은 나 자신이었다. 누나들을 모욕하는 것은 선한 지배자인 부모님을 모

* 1년에 한두 번 정기적으로 열리는 큰 장(場). 일반적으로 먼 곳에서 오는 값비싼 상품을 거래하였는데, 견본 시장이나 박람회의 시초가 되었다.

독하는 것이나 다름없었기 때문이다.

나는 누나들보다 오히려 불량스럽기 그지없는 거리의 껄렁한 아이들과 공유할 수 있는 비밀이 많았다. 환하고 양심에 거리낌이 없는 날에는 누나들과 놀고, 누나들과 사이좋게 지내고, 선하고 고결한 빛에 나 자신을 비추어 보는 것이 즐거웠다. 아마 천사의 모습이 그러하지 않았을까 싶다. 천사는 우리가 아는 최고의 모습이었다. 우리가 성탄절과 행복 같은 단어에서 풍기는 밝은 기운에 둘러싸여 자신을 천사라고 생각한 것은 참으로 감미롭고 아름다웠다. 그러나 그런 시간과 나날은 얼마나 드문지! 나는 순진하고 착하고 허락된 놀이를 할 때면 지나치게 푹 빠져서 제멋대로 구는 바람에 누나들과 싸우거나 분란을 일으킬 때가 많았다. 그럴 때면 나는 나 자신에게 화가 치밀어 끔찍한 인간으로 돌변했고, 나 자신의 악랄함을 느끼면서도 못된 말과 못된 행동을 그치지 않았다. 그다음엔 후회와 참회의 우울하고 불쾌한 시간이 찾아왔고, 그 후엔 용서를 구하는 고통의 순간이 왔으며, 그다음엔 한 줄기 밝은 빛과 함께 불화 없는 고요하고 감사한 행복의 시간이 되돌아왔다. 몇 시간이든 몇 순간이든.

나는 라틴어 학교에 다녔다. 같은 반이던 시장 아들과 산림 관리관 아들이 이따금 우리 집에 놀러 왔다. 둘 다 거칠었지만, 기본적으로 선하고 허락된 세계에 속한 아이들이었다. 그런데 나는 이런 친구들이 있었음에도 평소에 우습게 여기던 이웃의 공립학교 아이들과 친하게 지냈다. 내 이야기는 그 아이들 중 한 명과 함께 본격적으로 시작된다.

수업이 없던 어느 오후였다. 내가 열 살이 채 되지 않았을 때였다. 나는 이웃의 두 친구와 함께 동네를 어슬렁거리며 돌아다녔다. 그때 우리보다 키가 한참 더 큰 한 아이가 우리에게 다가왔다. 덩치가 좋고 우악스럽게 생긴 열세 살쯤 된 그 애는 공립학교에 다니는 재단사 아들이었다. 그 애의 아버지는 주정뱅이였고, 온 가족이 별로 소문이 좋지 않았다. 그 애, 프란츠 크로머를 나도 잘 알고 있었다. 나는 그 애가 무서웠다. 그래서 그 애가 우리에게 다가오는 순간 기분이 별로 좋지 않았다. 그 애는 벌써 어른처럼 행동했고, 공장에 다니는 형들의 걸음걸이와 말투를 흉내 냈다. 우리는 그 애가 이끄는 대로 다리 옆 강가로 내려갔고, 세상의 눈을 피해 음습한 다리 밑으로 숨어 들어갔다. 아치형의 다리 벽면과 느릿느릿 흐르는 강물 사이의 좁은 강변에는 쓰레기와 유리 조각, 잡동사니, 녹슨 철사와 다른 오물 더미가 어지럽게 널려 있었다. 물론 간혹 쓸모 있는 물건들도 있었다. 우리는 프란츠 크로머가 시키는 대로 물가의 쓰레기 더미를 샅샅이 뒤져 찾은 것을 녀석에게 보여 주어야 했다. 그러면 녀석은 어떤 건 주머니에 챙겨 넣고, 어떤 건 강물에 던져 버렸다. 녀석은 특히 납이나 구리, 주석으로 만든 물건이 없는지 잘 찾아보라고 했다. 그런 물건은 나오는 족족 녀석의 주머니 속으로 들어갔다. 동물 뼈로 만든 낡은 빗도 마찬가지였다. 나는 녀석과 함께 있는 것이 숨이 막힐 정도로 답답했다. 아버지가 알면 당장 이런 교제를 금지할 것이기 때문이 아니라 크로머 자체가 두려웠기 때문이다. 하지만 다른 한편으로는 녀석이 나를 받아 주고 다른 친구들과 똑같이 대해 주는 것이 기뻤다. 녀석은 명령했고 우리는 복종했다. 나는 녀석과 이런 경험이 처음이었음에도 마치 오래전부터 해 오던 일처럼 느껴졌다.

마침내 우리는 바닥에 앉았다. 크로머는 강물에 침을 퉤 뱉었다. 마치 어른 같았다. 앞니 사이로 뱉은 침은 어디든 원하는 곳에 명중했다. 이윽고 대화가 시작되었다. 나와 같이 온 두 친구는 어린 학생이 저지를 수 있는 온갖 나쁜 행동과 장난들을 자랑스럽게 떠벌리며 잘난 척을 했다. 나만 입을 열지 않았다. 불안했다. 크로머가 내 침묵을 기분 나쁘게 생각해서 화를 내지 않을까 두려웠다. 같이 온 두 친구는 처음부터 나와 거리를 둠으로써 자신들이 크로머 편이라는 걸 분명히 했다. 이 애들 속에서 나는 이방인이었다. 내 옷차림과 태도도 이 애들의 눈에 거슬릴 것 같았다. 라틴어 학교에 다니는 좋은 집 자식인 나를 크로머가 좋아할 리 없었다. 그렇다고 내가 위기에 빠지면 같이 온 두 친구가 나를 구해 줄 것 같지도 않았다. 그냥 모른 척 넘길 게 분명했다.

결국 나는 너무 두려운 나머지 입을 열었고, 내가 주인공으로 등장하는 거창한 도둑 이야기를 지어냈다. 물방앗간 옆의 과수원에서 한 친구랑 밤중에 사과 한 자루를 훔쳤는데, 그것도 일반 사과가 아니라 레네테와 골드파르메네 같은 최고 품종이라고 했다. 순간의 위기를 모면하려고 거짓 이야기로 빠진 것이다. 하지만 이야기를 지어내는 데는 자신이 있었다. 다만 중간에 이야기가 막혀 더 나쁜 상황으로 몰리지 않도록 온갖 기교를 발휘해야 했다. 내 이야기는 계속 이어졌다. 우리 중 하나가 나무에 올라가 사과를 아래로 떨어뜨리는 동안 다른 하나는 망을 보았다. 그렇게 한참 하다 보니까 자루가 너무 무거워져서 마지막엔 다시 자루를 풀어 반을 꺼내 놓았다. 하지만 반 시간 뒤에 다시 와서 그것도 마저 가져갔다고 했다.

이야기를 마쳤을 때 나는 약간의 박수를 기대했다. 내가 지어낸 이야기에 내가 취해 얼굴까지 약간 상기된 상태였다. 같이 온 두 친구는 크로머의 반응을 기다리는지 입을 다물었다. 크로머가 실눈을 뜨고 뚫어지라 나를 바라보더니 위협적인 목소리로 물었다.

"그 말 사실이야?"

"그럼!"

"정말이야?"

"정말이라니까."

나는 불안해서 숨이 막힐 지경이었는데도 내 말을 취소하지 않았다.

"맹세할 수 있어?"

나는 덜컥 겁이 났지만 즉시 맹세할 수 있다고 대답했다.

"그럼 말해 봐. 하느님과 천국에 대고 맹세한다고!"

"하느님과 천국에 대고 맹세해!"

"그래?"

크로머는 이렇게 말하고는 고개를 돌렸다.

나는 이것으로 잘 끝났다고 생각했다. 그래서 크로머가 곧 일어나 집으로 돌아가려고 하자 마음마저 푹 놓았다. 다리에 이르렀을 때 나는 쭈뼛거리며 이제 집에 가야 한다고 말했다.

"급할 거 없어." 크로머가 웃었다. "어차피 가는 길이 같은데."

녀석은 하나도 급할 게 없는 사람처럼 느릿느릿 걸음을 옮겼다. 나는 녀석을 두고 혼자 앞으로 달려갈 용기가 나지 않았다. 그런데 녀석은 정말 우리 집 방향으로 가고 있었다. 이윽고 우리 집 대문과 묵직한 청동 손잡이, 햇빛이 비치는 창문, 어머니 방의 커튼이 보이는 순간 내 입에서 절로 안도의 한숨이 새어 나왔다. 아, 드디어 집에 무사히 돌아왔어! 밝음의 세계로, 평화의 세계로 돌아왔다고!

내가 재빨리 문을 열고 들어가 문을 닫으려는 찰나 크로머가 문틈으로 몸을 들이밀더니 함께 따라 들어왔다. 마당 쪽에서만 햇빛이 들어오는, 서늘하고 어두운 현관 복도에서 녀석이 내 팔을 잡더니 나직이 말했다.

"뭐가 그리 급해?"

나는 겁먹은 얼굴로 녀석을 빤히 바라보았다. 내 팔을 움켜쥔 녀석의 손이 무쇠처럼 단단했다. 나는 녀석이 대체 무슨 꿍꿍이로 이러는지 몰랐다. 혹시 내게 무슨 나쁜 짓을 하려는 건 아닐까? 지금 큰 소리로 비명을 지르면 위에서 누가 제때 나타나서 나를 구해 줄 수 있을까? 나는 곧 그 생각을 그만두었다.

"왜 이래?"

"별거 아냐. 그냥 좀 물어볼 게 있어서. 다른 사람들은 들을 필요가 없고."

"뭔데? 나보고 뭘 더 말하라고? 난 올라가 봐야 해."

"그건 네 사정이고." 크로머가 나직이 말했다. "물방앗간 옆의 그 과수원이 누구 건지 너도 아나 해서."

"몰라. 그걸 내가 어떻게 알아. 물방앗간 주인 거겠지."

크로머가 팔로 내 어깨를 감싸더니 자기 쪽으로 바짝 당겼다. 이제 녀석의 얼굴이 바로 코앞에 있었다. 녀석이 징그럽게 웃었다. 눈은 사악했고, 얼굴은 잔인함과 우월감으로 가득 차 있었다.

"어이, 꼬마, 그 과수원이 누구 건지는 내가 알아. 너한테 말해 줄 수도 있고. 그 집 사과가 도둑맞았다는 건 오래전에 알고 있었어. 과수원 주인이 뭐라고 했는지 알아? 누가 사과를 훔쳐 갔는지 알려 주는 사람한테는 2마르크를 준다고 했어. 알겠어?"

"맙소사! 설마 주인한테 일러바치진 않을 거지?"

나는 이렇게 말하면서도 크로머를 믿는 것이 얼마나 바보 같은 짓인지 이미 느끼고 있었다. 녀석은 다른 세계에서 살고 있었다. 그런 녀석에게 배신 따위는 결코 범죄가 아니었다. 나는 그것을 정확히 알았다. 이런 일에 있어서 다른 세계에서 온 인간들은 우리와 달랐다.

"일러바치지 않을 거냐고?" 크로머가 웃었다. "꼬마 친구, 너는 내가 2마르크 동전을 뚝딱 만들어 낼 수 있는 화폐 위조 범이라도 되는 줄 알아? 나는 땡전 한 푼 없어. 너처럼 부자 아버지도 없고. 2마르크를 벌 수 있다면 어떻게든 벌어야지. 게다가 내 말을 들으면 과수원 주인이 더 줄지도 몰라."

녀석이 갑자기 내 팔을 놓았다. 우리 집 복도에서는 이제 평화롭고 안전한 냄새가 나지 않았다. 내 주변의 세계가 와르르 무너지는 느낌이었다. 녀석은 내가 도둑이라고 떠벌리고 다닐 것이고, 그 이야기는 아버지의 귀에까지 들어갈 것이고, 또 어쩌면 경찰까지 찾아올지 몰랐다. 혼돈의 공포가 나를 위협했고, 세상의 온갖 증오와 위험이 내게 칼끝을 겨누는 듯했다. 이제 내가 도둑이 아니라는 것은 중요하지 않았다. 맹세까지 하지 않았던가! 아, 이를 어쩌면 좋지! 어떡하지?

눈물이 솟구쳤다. 나는 문득 돈을 주고서라도 이 덫에서 빠져나와야겠다고 생각했다. 그래서 절망적인 심정으로 주머니를 모두 뒤졌다. 그러나 아무것도 없었다. 사과도 주머니칼도 없었다. 그때 퍼뜩 시계가 떠올랐다. 낡은 은시계였다. 가지는 않았지만 나는 그냥 지니고 다녔다. 할머니한테 물려받은 시계였다. 나는 얼른 시계를 꺼냈다.

"크로머, 내 말 좀 들어 봐. 내 이름은 제발 말하지 말아 줘. 그건 너한테도 안 좋을 거야. 이 시계를 줄게. 자 봐. 이것 말고는 가진 게 없어. 너 가져. 은으로 만든 거야. 안에 부품도 괜찮아. 조금 고장이 나기는 했지만 고쳐 쓰면 돼."

크로머가 싱긋 웃으며 큼직한 손으로 시계를 받았다. 나는 그 손을 보면서, 그 손이 내게 얼마나 험악하고 적대적인지, 내 인생과 평화를 얼마나 단단히 틀어쥐려고 하는지 느꼈다.

"은으로 만든 거야."

내가 기어들어 가는 목소리로 말했다.

"이따위 고물 시계는 필요 없어!" 크로머가 경멸스럽게 말했다. "너나 고쳐 써!"

"크로머!" 내가 소리쳤다. 녀석이 몸을 홱 돌려 가 버리지나 않을까 하는 두려움으로 벌벌 떨면서. "조금만 기다려! 제발 이 시계 받아 줘! 진짜 은이야. 정말이라고. 이거 말고 다른 건 없어."

크로머가 나를 차갑고 경멸스럽게 노려보았다.

"그러니까 너도 지금 내가 어디로 가려고 하는지 알기는 아는구나. 참, 경찰서에 가도 되겠군. 마침 잘 아는 순경 아저씨도 있으니까."

녀석이 가려고 몸을 돌렸다. 나는 얼른 녀석의 옷소매를 잡았다. 이대로 가게 내버려 둘 수는 없었다. 녀석이 간 다음에 일어날 일들을 감수하느니 차라리 죽는 게 몇백 배는 더 나을 것 같았다.

"크로머, 제발 이러지 마. 그냥 장난으로 이러는 거지?"

나는 너무 흥분해서 목소리까지 갈라졌다.

"그래, 장난이라고 해 두지. 하지만 그 장난이 너한테는 아주 비싸게 먹힐걸."

"그러지 말고 제발 말로 해. 내가 어떻게 하면 돼? 뭐든지 다 할게!"

녀석이 반쯤 내리깐 눈으로 나를 유심히 훑어보더니 다시 웃음을 터뜨렸다.

"왜 이렇게 말귀를 못 알아들어?" 녀석이 갑자기 사람 좋은 표정을 지었다. "너도 내가 왜 이러는지 잘 알잖아. 난 지금 마음만 먹으면 언제든 2마르크를 벌 수 있어. 그런 돈을 포기할 만큼 부자가 아니라고. 하지만 넌 부자야. 심지어 시계까지 있어. 넌 나한테 2마르크만 주면 돼. 그걸로 끝이야."

나는 이제야 녀석의 말을 이해했다. 하지만 2마르크라니! 그것은 내게 10마르크나 100마르크, 아니 1,000마르크만큼이나 도저히 구할 수 없는 큰돈이었다. 나는 돈이 없었다. 물론 어머니 방에 내 작은 저금통이 있기는 했다. 하지만 거기에도 명절 때나 삼촌이 놀러 왔을 때 받은 10페니히와 5페니히짜리 동전 몇 개가 들어 있을 뿐이었다. 그것 말고는 돈이 없었다. 나는 아직 용돈을 받을 나이가 아니었다.

내가 슬프게 말했다.

"정말 아무것도 없어. 돈도 없어. 돈 말고는 달라는 건 다 줄게. 인디언 책도 있고, 장난감 병정도 있어. 나침반도 있고. 다 갖다 줄게."

크로머는 비웃듯이 입을 실룩거리더니 바닥에 침을 퉤 뱉었다. 그러고는 명령조로 말했다.

"헛소리 집어치워! 그런 고물 쓰레기는 너나 가져. 뭐, 나침반? 화나게 하지 마. 잘 들어. 돈을 가져와!"

"돈이 없어. 돈이 생길 곳도 없다고. 나보고 어쩌라는 거야?"

"그건 내 알 바 아니고. 내일 2마르크를 가져와. 수업 끝나고 저 아래 시장에서 기다리고 있을게. 돈만 가져오면 그걸로 끝이야. 만일 안 가져오면 어떻게 되는지 알지?"

"어디서 돈을 구하라고? 제발…… 난 돈이 없어."

"너희 집에 돈 많잖아. 갖고 오고 안 갖고 오고는 네가 알아서 할 일이야. 내일 학교 끝나고 봐. 분명히 말한다. 만일 안 갖고 오면……."

크로머는 무서운 눈으로 나를 쏘아보더니 다시 한 번 침을 뱉고는 그림자처럼 사라졌다.

나는 계단 위로 올라갈 수가 없었다. 내 인생은 완전히 망가져 버렸다. 이대로 도망쳐 다시는 돌아오지 않거나, 물에 빠져 죽어 버릴까 하는 생각마저 들었다. 그러나 물에 빠져 죽는 게 어떤 것일지 구체적으로 그림이 그려지지 않았다. 나는 어둠 속에서 계단 맨 아래 칸에 앉았다. 그러고는 한껏 몸을 웅크린 채 내게 닥친 불행에 몸을 내맡겼다. 그때 장작을 가지러 광주리를 들고 내려오던 리나가 울고 있는 나를 발견했다.

나는 리나에게 위에 올라가서 아무 말도 하지 말라고 부탁하고는 계단을 올라갔다. 유리문 옆의 옷걸이에 아버지의 모자와 어머니의 양산이 걸려 있었다. 불현듯 이 물건들에서 고향의 냄새와 애정의 물결이 나를 향해 쏟아져 나왔다. 나는 간절히 애원하고 감사하는 마음으로 이 물건들을 맞았다. 마치 집 나간 탕아가 예전 고향집에 돌아와 그 친숙한 모습과 냄새에 강한 향수를 느끼듯이. 그러나 이제는 이 모든 것이 내 것이 아니었다. 밝음의 세계에 사는 아버지와 어머니의 것일 뿐이었다. 나는 악행과 죄악의 낯선 물결에 깊이 휩쓸려 들어갔다. 이제 내게 남은 것이라고는 적의 위협과 위험, 공포, 치욕뿐이었다. 모자와 양산, 복도의 오래된 사암 바닥, 장롱 위의 커다란 그림, 거실에서 새어 나오는 누나들의 목소리, 이 모든 것이 예전보다 더 사랑스럽고 부드럽고 소중하게 다가왔다. 그러나 예전처럼 내게 위안이 되거나 안전한 토대가 되어 주는 것이 아니라 오히려 나를 향한 질책처럼 느껴졌다. 이제 이것들은 내 것이 아니었다. 나는 이 집의 밝음과 고요함을 더는 함께 나눌 수 없었다. 나는 발에 오물을 묻혀 들어왔고, 시커먼 그림자도 달고 들어왔다. 아무리 발판에 문질러도 결코 떨어지지 않을 오물이었고, 나의 고향 세계는 눈치조차 채지 못할 그림자였다. 물론 예전에도 나는 어른들이 모르는 많은 비밀과 두려움이 있었다. 하지만 오늘 내가 이 집으로 갖고 들어온 것에 비하면 어린애 장난이나 유치한 놀이에 지나지 않았다. 시커먼 운명이 나를 뒤쫓았고, 음흉한 두 손이 나를 향해 뻗쳐 오고 있었다. 어머니도 나를 지켜 주지 못할 손이었고, 어머니가 알아서는 안 되는 손이었다. 이젠 내가 저지른 잘못이 도둑질인지 거짓말인지는(나는 하느님과 천국에 대고 거짓 맹세까지 하지 않았던가?) 중요하지 않았다. 내 죄는 이것 아니면 저것이냐의 문제가 아니었다. 내 죄는 내가 악마에게 손을 내밀었다는 사실이다. 내가 왜 거기에 따라갔을까? 내가 왜 아버지의 말보다 크로머의 말에 더 복종했을까? 왜 내가 도둑질 이야기를 꾸며 냈을까? 왜 내가 그런 나쁜 짓을 마치 영웅의 행동이라도 되는 것처럼 뽐냈을까? 이제 악마가 내 손을 잡았고, 이제 적이 내 뒤를 쫓고 있었다.

어느 순간 내일에 대한 공포는 더 이상 느껴지지 않았다. 대신 무엇보다 내가 점점 어두운 나락으로 추락하고 있다는 끔찍한 확신이 들었다. 나는 또렷이 느끼고 있었다. 이 하나의 잘못에서 새로운 잘못들이 잇따를 것이고, 이제부터는 내가 누나들을 대하는 태도뿐 아니라 부모님에게 인사하고 입 맞추는 것조차 모두 거짓일 테고, 이제부터는 아무도 모르는 나만의 어두운 운명과 비밀을 안고 살아야 한다는 것을.

아버지의 모자를 찬찬히 살펴보는 순간 내 속에서 신뢰와 희망이 섬광처럼 번쩍 일었다. 그래, 아버지에게 모든 것을 털어놓자. 아버지의 심판과 처벌을 받아들이고, 아버지를 내 비밀의 공유자이자 구원자로 만들자. 물론 힘들고 고통스러운 속죄의 시간이 찾아올 것이다. 하지만 지금껏 그랬던 것처럼 용서를 구하는 참회의 시간은 충분히 견뎌 낼 수 있을 것 같았다.

이 얼마나 달콤하고 매혹적인 유혹인가! 그러나 그것은 유혹에 그쳤다. 나는 내가 그러지 못하리라는 것을 알고 있었다. 이제 내게는 혼자서 감당해야 할 비밀과 죄가 있다는 것도 알고 있었다. 어쩌면 지금 나는 갈림길 앞에 서 있는지 몰랐다. 이 시간부터는 영원히 사악한 길로 빠져들고, 악과 비밀을 나누고, 악에 종속되고, 악에 복종하고, 악의 무리가 될 수 있었다. 나는 어른과 영웅 행세를 했다. 그렇다면 그에 따른 대가를 치러야 했다.

내가 방에 들어갔을 때 다행히 아버지는 내 젖은 신발만 보았다. 신발에 눈이 팔려 아버지는 더 나쁜 것을 눈치채지 못했다. 그런 질책이라면 얼마든지 참을 수 있었다. 나는 속으로 젖은 신발에 대한 아버지의 꾸지람을 다른 내 행동에 대한 질책으로 받아들였다. 순간 내 속에서 이제껏 느껴 보지 못한 묘한 감정이 불꽃처럼 일어났다. 내가 아버지보다 우월하다는, 아릿하면서도 사악하고 뒤틀린 감정이었다. 나는 한순간 아버지의 무지에 대해 약간의 경멸감을 느꼈다. 젖은 신발에 대한 아버지의 꾸지람은 참으로 하찮기 그지없었다. 나는 아버지가 다 알고 있으면 어쩌나 하고 걱정했는데, 아니었다. 마치 살인죄를 고백해야 할 범죄자가 훔친 빵 하나 때문에 심문을 받는 기분이었다. 추악하고 역겨운 감정이었다. 하지만 다른 한편으로는 사람을 깊숙이 끌어들이는 강렬한 감정이기도 했다. 이 감정이 다른 어떤 생각보다 스스로를 내 비밀과 죄에 단단히 붙들어 맸다. 나는 이런 생각이 들었다. 크로머는 지금쯤 벌써 경찰서에 가서 나를 신고했을지 모른다. 그렇다면 폭풍우가 내 머리 위로 몰려들고 있는데도 여기서 나는 순진한 어린애 취급을 받고 있는 셈이었다.

여기까지 이야기하는 동안 이 체험에서 가장 중요하고 주목해야 할 대목이 바로 이 순간이었다. 그러니까 그것은 아버지의 신성함에 생겨난 첫 균열이었다. 나의 어린 시절을 떠받치고 있던 기둥들, 모든 인간이 자기 자신이 되기 전에 무너뜨려야 할 기둥들에 그어진 첫 칼자국이었다. 우리의 운명은 본질적으로 아무에게도 보이지 않는 이런 체험들로 이루어져 있다. 그런 칼자국과 균열은 갈수록 커지다가 아물고 잊히지만, 내면의 가장 은밀한 방에서는 여전히 살아 숨 쉬고 계속 피를 흘린다.

나는 이 새로운 감정이 섬뜩할 정도로 두려웠다. 그래서 즉시 아버지 앞에 무릎을 꿇고 발에다 입을 맞추며 사죄라도 하고 싶은 심정이었다. 그러나 진짜 마음속 깊은 곳에 있는 것은 사죄할 수 없는 법이다. 세상의 현자들뿐 아니라 어린아이도 그 사실을 또렷이 느낀다.

　내게 닥친 일은 물론이고 당장 내일 일을 어떻게 해야 할지를 두고 곰곰이 생각할 필요를 느꼈다. 그러나 그러질 못했다. 나는 저녁 내내 우리 집 거실의 변화된 공기에 적응하는 일에만 골몰했다. 벽시계와 탁자, 성경, 거울, 서가, 벽에 걸린 그림 등 우리 집의 모든 것들이 내게 이별을 고하는 듯했다. 나는 얼어붙은 가슴으로, 내 세계와 행복한 내 인생이 이제부터 과거가 되고 내게서 떨어져 나가는 것을 지켜보아야 했고, 내가 저기 바깥의 낯설고 어두운 세계에 뿌리를 내리고 묶이는 것을 느껴야 했다. 처음으로 나는 죽음을 맛보았다. 죽음은 쓴맛이었다. 죽음은 탄생이고 두려운 새 삶에 대한 불안이자 공포이기 때문이다.

　마침내 침대에 누웠을 때 나는 기뻤다. 연옥의 불꽃처럼 고통스러운 저녁 예배를 마지막으로 견뎌 낸 뒤였기 때문이다. 우리는 찬송가를 불렀다. 내가 좋아하는 찬송가 중 하나였다. 아, 그러나 나는 차마 따라 부를 수가 없었다. 찬송가의 음 하나하나가 쓰디쓴 독약 같았다. 아버지가 축복 기도를 할 때도 나는 함께 기도하지 못했다. "저희 모두와 함께하소서!" 하는 말로 기도가 끝나는 순간 나는 발작과도 같은 경련과 함께 내가 가족들에게서 떨어져 나가는 것을 느꼈다. 주님의 은총이 우리 가족 모두에게 내렸지만, 나는 이제 함께할 수 없었다. 결국 나는 지치고 싸늘한 심정으로 그 자리를 떠났다.

한동안 침대 속의 온기에 포근하고 편안하게 감싸여 있다가 어느 순간 내 심장이 다시 공포의 나락으로 떨어지면서 오늘 있었던 일에 대한 두려움으로 불규칙하게 뛰기 시작했다. 어머니는 여느 때처럼 내게 잘 자라고 인사하고는 방을 나갔다. 발소리의 여운이 아직 내 방에 남아 있고 흔들리는 촛불이 아직 문틈으로 어른거리고 있을 때 나는 생각했다. 이제 어머니가 다시 들어오실 거야. 뭔가 이상한 점을 눈치채신 거지. 어머니는 내게 입을 맞추며 아무 걱정 말라는 듯이 인자하게 물으실 거야. 그러면 나는 울음을 터뜨리겠지. 그로써 내 목에 걸린 돌멩이도 녹아내리고, 나는 어머니를 껴안으며 모든 걸 털어놓겠지. 그러면 만사가 해결되고, 나도 구원받을 거야! 나는 문틈으로 불빛이 보이지 않은 지 한참이 지났을 때도 한동안 바깥쪽으로 귀를 기울이며 분명히 어머니가 돌아올 거라고 생각했다. 반드시 그런 일이 일어날 거라고 믿었다.

곧이어 나는 다시 내 문제로 돌아왔다. 적이 눈앞에 보였다. 그것도 또렷이 보였다. 녀석은 한쪽 눈을 반쯤 내리깔고 입술을 비틀며 비릿하게 웃고 있었다. 눈을 떼지 못하고 녀석을 계속 바라볼수록 녀석의 모습은 더욱 커지고 추악해졌다. 녀석의 사악한 눈이 악마처럼 이글거렸다. 녀석은 내가 잠들 때까지 내 옆에 찰싹 붙어 있었다. 하지만 꿈에는 나타나지 않았다. 오늘 있었던 일도 꿈에 보이지 않았다. 대신 우리 가족, 즉 부모님과 누나들과 내가 함께 배를 타는 꿈을 꾸었다. 휴일의 평화와 광채가 우리를 행복하게 에워싸는 꿈이었다. 한밤중에 나는 잠에서 깼다. 행복했던 꿈의 뒷맛이 여전히 남아 있었다. 누나들의 흰 여름옷이 햇빛 속에 어른거리는 것도 보였다. 그러나 나는 곧 이 낙원에서 나뒹굴어 다시 현실로 돌아왔다. 맞은편에서는 적이 다시 사악한 눈으로 나를 노려보고 있었다.

아침이었다. 어머니가 급히 내 방에 들어오며 지금 몇 시인데 아직도 안 일어나느냐고 소리쳤다. 그런데 내 안색이 좋지 않은 것을 보더니 어디 아프냐고 물었고 순간 나는 구토를 했다.

그게 효과가 있었다. 나는 몸이 아파 학교에 가지 않아도 되는 날이면, 침대에 누워 카밀레 차를 마시면서 어머니가 옆방에서 청소하는 소리와 리나가 현관에서 푸줏간 주인과 주고받는 말을 듣는 것을 좋아했다. 학교에 가지 않는 오전 시간에는 무언가 마법적이고 동화적인 것이 깃들어 있었다. 방 안으로 들어와 노니는 햇빛도 학교에서 초록색 커튼을 쳐서 교실로 못 들어오게 막는 그 햇빛이 아니었다. 하지만 오늘은 그런 맛이 전혀 나지 않았다. 오히려 음산한 기운만 감돌았다.

아, 이대로 그냥 죽어 버렸으면! 그러나 이 정도로 죽지는 않을 것 같았다. 예전에 몇 번 그랬던 것처럼 몸만 약간 안 좋을 뿐이었다. 이 정도로는 할 수 있는 것이 없었다. 학교에 가는 것 정도는 면제받을 수 있겠지만, 열한 시에 시장에서 기다리고 있을 크로머까지 어쩌지는 못했다. 어머니의 다정함도 이번에는 위안이 되지 못했다. 오히려 어머니가 성가시고 불편하게 여겨졌다. 나는 곧 다시 잠든 척하며 생각에 잠겼다. 아무리 생각해도 방법이 없었다. 열한 시에 시장에 가야 한다는 사실은 변하지 않았다. 그래서 나는 열 시쯤에 조용히 일어나 몸이 좀 괜찮아진 것 같다고 말했다. 그럴 때는 대개 둘 중 하나였다. 침대에 좀 더 누워 있어야 하거나, 아니면 오후에 학교에 가는 것이었다. 나는 학교에 가고 싶다고 했다. 이미 속으로는 계획이 짜여 있었다.

돈을 안 갖고 크로머에게 갈 수는 없었다. 그렇다면 저금통을 손에 넣어야 했다. 원래 내 저금통이었다. 거기에 돈이 많지 않다는 건 잘 알고 있었다. 그것도 턱없이 부족했다. 하지만 약간은 되었다. 빈손으로 가는 것보다야 이렇게 얼마라도 갖고 가는 것이 더 낫고, 이렇게라도 해야 크로머의 마음을 조금 달랠 거라는 건 어린 나도 이미 직감으로 알고 있었다.

나는 양말 바람으로 어머니 방에 살금살금 들어가 테이블에서 저금통을 집어 들었다. 마음이 좋지 않았다. 그러나 어제만큼 안 좋지는 않았다. 숨이 막힐 것처럼 심장이 두근거렸다. 층계참에서 저금통을 살펴보며 저금통이 잠겨 있는 것을 알았을 때도 심장 고동 소리는 진정되지 않았다. 저금통을 여는 것은 무척 쉬웠다. 창살처럼 생긴 얇은 양철 막대만 끊어 버리면 되었다. 끊어진 막대를 보니 마음이 아팠다. 나는 진짜 도둑질을 한 것이다. 지금까지는 사탕이나 과일 같은 군것질거리를 몰래 훔쳐 먹은 것밖에 없었다. 그런데 이것은 도둑질이었다. 원래 내 돈이라고 하더라도 말이다. 나는 내가 다시 크로머에게로, 녀석의 세계로 한 발짝 더 다가가는 것을, 내가 점점 더 깊이 추락하는 것을 느꼈다. 물론 그에 대한 저항심도 들었다. 하지만 이제 악마가 나를 데려간다고 하더라도 돌아갈 길이 없었다.

나는 두려운 마음으로 돈을 세어 보았다. 겉으로는 가득 찬 것처럼 보였지만 막상 꺼내 놓고 보니 정말 얼마 되지 않았다. 모두 65페니히였다. 나는 아래층 현관에 저금통을 숨긴 뒤 돈을 손에 꼭 쥐고 집을 나갔다. 평소에 현관문을 지나갈 때와는 기분이 달랐다. 위에서 누군가 나를 불렀다. 아니, 부르는 듯했다. 나는 재빨리 자리를 떴다.

아직 시간은 많았다. 나는 남들의 눈을 피해 길을 돌아갔다. 익숙하던 골목길이 왠지 낯설어 보였고, 집들이 나를 노려보는 듯했다. 사람들도 갑자기 나를 수상쩍게 바라보는 것 같았다. 도중에 나는 우리 반 애가 예전에 가축 시장에서 1탈러*를

* 3마르크 가치에 해당하는 은화.

34

주웠다는 이야기가 퍼뜩 떠올랐다. 나는 하느님이 기적을 행하시어 내게도 그런 돈을 발견할 수 있게 해 달라고 기도하고 싶었다. 그러나 내게는 이제 그렇게 기도할 권리가 없었다. 설사 있다고 하더라도 깨어진 저금통이 다시 원래대로 돌아갈 수는 없었다.

프란츠 크로머는 멀리서부터 나를 알아보았지만, 나하고는 아무 용무도 없는 사람처럼 느릿느릿 걸어 내려왔다. 내 곁에 섰을 때야 녀석은 슬쩍 손짓하며 자기를 따라오라고 했다. 거역할 수 없는 명령이었다. 녀석은 한 번도 돌아보지 않고 유유히 걷기만 했다. 슈트로가세 골목길을 내려가 작은 나무다리를 지나갔다. 녀석이 걸음을 멈춘 곳은 집들이 끝나는 곳에 있는 신축 공사장이었다. 지금은 작업하지 않아서 문과 창문 없이 벽들만 앙상하게 서 있었다. 크로머가 주위를 두리번거리더니 문 안으로 들어갔고, 나도 따라 들어갔다. 녀석이 벽 뒤로 가더니 나를 보고 오라고 손짓했다. 그러고는 내게 손을 내밀었다.

"가져왔지?"

녀석이 차갑게 물었다.

나는 주먹 쥔 손을 호주머니에서 빼내 녀석의 손바닥에다 동전을 쏟았다. 녀석은 마지막 5페니히짜리 동전이 쨍그랑하고 떨어지기도 전에 벌써 돈을 다 세었다.

"65페니히군."

녀석이 나를 쏘아보았다.

"응." 내가 소심하게 대답했다. "나한테 있는 건 이게 다야. 너무 적은 건 알아. 하지만 이것뿐이야. 더는 없어."

"똑똑한 앤 줄 알았는데." 크로머는 마치 부드럽게 야단을 치듯이 말했다. "남자끼리의 약속엔 규칙이 있어. 난 정당하지 않은 건 뺏고 싶지 않아. 그건 너도 알 거야. 이 쇠붙이는 필요 없으니까 다 가져가. 자! 다른 사람한테 가면 에누리 한 푼 없이 다 받을 수 있어. 그게 누군지는 너도 알지?"

"더는 없어! 정말이야. 저금통을 깬 거라고."

"그건 네 사정이야. 아, 물론 그렇다고 널 곤란하게 만들고 싶은 생각은 없어. 넌 나한테 1마르크하고 35페니히를 빚졌어. 언제 줄 거지?"

"아, 그래. 분명히 줄게, 크로머! 지금은 몰라. 아마 곧 생길 거야. 내일이나 모레나. 하지만 아버지한테 돈 이야기를 할 수 없는 건 너도 이해하지?"

"그건 내 알 바 아니고. 난 너한테 나쁜 일이 생기지 않기를 바라는 사람이야. 난 마음만 먹으면 점심 전에도 바로 그 돈을 받을 수 있어. 무슨 말인지 알지? 난 가난하거든. 넌 좋은 옷을 입고, 나보다 훨씬 맛있는 점심을 먹어. 하지만 난 아무 말도 하지 않겠어. 조금은 기다려 주지. 모레 내가 휘파람을 불겠어. 오후에. 그때 돈을 갖고 나와. 내 휘파람 소리 알지?"

크로머가 시범 삼아 휘파람을 불었다. 나도 자주 들은 소리였다.

"응, 알아."

크로머는 마치 내가 자기하고 전혀 상관없는 사람이라는 듯이 나를 혼자 내버려 두고는 가 버렸다. 그랬다. 이것은 우리 둘 사이의 거래였다. 그 이상 아무것도 아니었다.

지금도 나는 갑자기 크로머의 휘파람 소리가 들려오면 간이 떨어질 정도로 놀랄 것 같다. 그때 이후 나는 그 소리를 자주 들었고, 환청처럼 늘 들리기도 했다. 내가 어디에 있건, 어떤 놀이를 하건, 어떤 일을 하건, 어떤 생각을 하건 휘파람 소리가 내게 파고들지 못할 때는 없었다. 나는 그 소리에 예속되었고, 그 소리는 나의 운명이 되었다. 울긋불긋 물든 온화한 가을날 오후면 나는 내가 무척 아끼던 우리 집 작은 화단에 자주 나가 있었다. 그럴 때면 특별한 충동에 떠밀려 좀 더 어린 시절에 하던 놀이를 다시 하곤 했다. 그러니까 지금의 나보다 어리고, 아직 착하고 자유롭고 순진하고, 또 좀 더 안전하게 보호받는 소년 역할을 한 것이다. 그런데 그런 놀이 한가운데로 어디선가 크로머의 휘파람 소리가 들려오면 나는 항상 예상하고 있으면서도 소스라치게 놀랐고, 그와 함께 놀이의 줄이 뚝 끊기면서 상상은 박살 나 버렸다. 그 후 내 갈 길은 정해져 있었다. 나는 거머리처럼 질긴 박해자를 따라 나쁘고 추악한 장소로 갔고, 그에게 변명을 늘어놓고, 돈을 갖고 오지 못한 것에 대해 다시 경고를 들어야 했다.

이 모든 것은 시간으로 따지면 몇 주 정도밖에 되지 않았지만, 나에게는 마치 몇 년, 아니 영원처럼 느껴졌다. 내가 돈을 가져간 날은 드물었다. 가져갔다고 해도 5페니히나 10페니히 동전이 전부였다. 리나가 부엌 식탁에 놓아둔 시장바구니에서 슬쩍한 것이었다. 나는 번번이 크로머에게 야단을 맞았고 온갖 험한 욕을 들었다. 내가 녀석을 속였고, 내가 녀석의 정당한 권리를 박탈했고, 내가 녀석의 돈을 훔쳤고, 내가 녀석을 불행에 빠뜨렸다는 것이다. 나는 살면서 가슴을 쥐어짜는 것 같은 고통을 그때만큼 자주 느낀 적이 없었고, 타인에게 그렇게 심하게 예속되고 그렇게 큰 절망감을 느껴 본 적도 없었다.

저금통은 장난감 동전으로 채워서 원래 있던 자리에 갖다 놓았다. 저금통에 대해 물어보는 사람은 없었다. 하지만 그것은 언제든 발각될 수 있었다. 그래서 나는 크로머의 투박한 휘파람 소리보다 조용히 다가오는 어머니가 무서울 때가 더 많았다. 저금통에 대해 물어보려고 오는 게 아닐까 하는 두려움으로 가슴이 철렁 내려앉았던 것이다.

돈 없이 나의 악마에게 간 적이 많았기 때문에 녀석은 나를 다른 식으로 괴롭히고 이용해 먹기 시작했다. 나는 녀석을 위해 일해야 했다. 녀석은 자기 아버지가 맡긴 심부름을 내게 시켰다. 혹은 10분 동안 한쪽 발을 들고 뛰게 하거나, 행인의 양복저고리에다 몰래 종이쪽지를 붙이는 따위의 힘들고 어려운 과제를 내주었다. 나는 꿈속에서도 이런 괴롭힘에 자주 시달렸고, 땀에 푹 젖은 채로 악몽에서 깨어나곤 했다.

한동안 나는 실제로 아팠다. 자주 토했고, 자주 오한이 들었다. 밤에는 열이 나고 온몸이 땀에 젖었다. 어머니는 무언가 잘못되었다는 것을 느꼈는지 내게 많은 관심을 보였다. 하지만 그 때문에 나는 더 괴로웠다. 그런 어머니에게 믿음으로 보답할 수 없었기 때문이다.

어느 날 밤 내가 일찍 잠자리에 들었을 때 어머니가 초콜릿을 갖고 내 방에 들어오셨다. 말을 잘 듣고 착하게 보낸 날이면 잠자기 전에 항상 그런 군것질거리를 상으로 받았던 좀 더 어렸을 때의 일이 떠올랐다. 그때처럼 어머니는 지금 내 침대 곁에 서서 초콜릿을 내밀었다. 나는 너무 괴로워 고개만 저었다. 그러자 어머니는 어디 아프냐고 물으며 내 머리를 쓰다듬었다. 그러나 나는 이 말밖에 내뱉을 수 없었다.

"싫어요! 아무것도 먹고 싶지 않아요."

어머니는 초콜릿을 침대맡 탁자에 올려놓고 나갔다. 이튿날 어머니가 어제 내 행동에 대해 꼬치꼬치 캐물으려고 했을 때 나는 전혀 모르는 것처럼 굴었다. 한번은 어머니가 의사 선생님을 불렀다. 의사는 나를 진찰하고 나서 아침에 찬물로 목욕할 것을 처방했다.

당시 내 상태는 일종의 정신착란이었다. 나는 우리 집의 질서 있는 평화 속에서 유령처럼 자신을 드러내지 않은 채 괴로워하며 살았다. 다른 식구들과 어울리지 못했고, 잠시라도 나 자신의 처지를 잊는 일은 드물었다. 자꾸 말을 하라고 종용하는 아버지에게는 점점 마음을 닫고 차갑게 변해 갔다.

2. 카인

고통으로부터의 구원은 전혀 예기치 않았던 곳에서 왔다. 그와 동시에 지금까지도 줄곧 영향을 끼치는 뭔가 새로운 것이 내 삶으로 들어왔다.

얼마 전 우리 학교에 한 남자애가 전학 왔다. 이 도시로 이사 온 부유한 미망인의 아들인데, 팔에 애도를 뜻하는 검은 리본을 달고 있었다. 그 애는 나보다 한 학년이 높고 나이는 몇 살이 많았다. 다른 애들도 마찬가지지만 나도 곧 그 애에게 눈길을 주었다. 그 특이한 학생은 외모보다 훨씬 나이가 들어 보이는 느낌을 풍겼고, 전혀 소년 같지 않았다. 우리처럼 유치한 아이들 사이에서 그 애는 어른처럼 낯설고 성숙하게 행동했다. 어떻게 보면 신사 같기도 했다. 물론 인기는 별로 없었다. 놀이에 끼지 않은 것은 물론이고, 사내애들 사이에서 흔히 벌어지는 주먹 다툼 따위에는 더더욱 가까이하지 않았다. 다만 선생님들 앞에서 기죽지 않고 당당하게 소신을 밝히는 것에 대해서는 모두 마음에 들어 했다. 그 애의 이름은 막스 데미안이었다.

하루는 데미안의 반이 우리 반에 왔다. 우리 학교에서는 이런저런 이유로 무척 큰 우리 반 교실에 다른 반이 와서 함께 수업하는 경우가 종종 있었던 것이다. 우리 반은 성경 수업이었고, 데미안 반은 작문 시간이었다. 나는 카인과 아벨 이야기를 지겹게 들으며 데미안을 흘끔흘끔 건너다보았다. 사람을 묘하게 사로잡는 얼굴이었는데, 무척 단호하면서도 밝고 영민해 보였다. 그는 주의 깊고 사색에 젖은 표정으로 책상 위로 고개를 숙이고 있었다. 과제를 푸는 학생이 아니라 자기만의 문제에 몰두하고 있는 연구자 같았다. 그런데 나는 그런 데미안이 편하게 느껴지지 않았다. 반대로 뭔지 모를 반감을 느꼈다. 데미안은 너무 우월감이 넘치고 차가워 보였고, 도발적이다 싶을 정도로 자신감에 차 있었다. 눈에도 어린애들이 좋아하지 않는 어른의 표정이 담겨 있었다. 약간 슬픈 조롱의 빛이었다. 하지만 나는 무언가에 이끌리듯 그를 계속 바라볼 수밖에 없었다. 그가 내 마음에 들어서 그런지, 아니면 싫어서 그런지는 몰라도. 어느 순간 데미안이 내게로 눈을 돌리자 나는 깜짝 놀라 시선을 거두었다.

지금 생각해 보면 그가 당시에 어떤 학생이었는지는 이렇게 말할 수 있을 듯하다. 데미안은 모든 점에서 우리와 달랐다. 자기만의 색깔과 특성이 뚜렷했고, 그래서 남의 눈에 쉽게 띄었다. 하지만 그럴수록 남의 눈에 띄지 않으려고 노력했다. 농사꾼 자식들 사이에 있으면서 그 아이들처럼 보이려고 무진 애쓰는 변장한 왕자 같다고 할까?

학교에서 집으로 돌아가는 길에 데미안이 내 뒤에서 오고 있었다. 다른 애들이 흩어지자 그가 쫓아와 인사를 했다. 이 인사도 우리처럼 애티를 내려고 애썼음에도 어른스럽고 정중했다.

"같이 좀 갈까?"

데미안이 다정하게 물었다.

나는 은근히 대접을 받은 것 같은 기분에 고개를 끄덕했다. 그러고는 내가 어디 사는지 이야기했다.

"아, 거기?" 데미안이 웃으면서 말했다. "그 집 나도 알아. 대문 위에 아주 특이한 게 붙어 있지. 첫눈에 확 눈길을 끌더라고."

나는 데미안이 무엇을 두고 말하는지 바로 알아차리지 못했다. 다만 그가 나보다 우리 집에 대해 더 많이 아는 것 같아서 놀라웠다. 아마 아치형 대문 위의 홍예머리* 장식 돌을 말하는 모양이었다. 그것은 일종의 문장(紋章)이었는데, 세월의

---

* 홍예문, 즉 아치형 문에서 안쪽 곡선의 정점.

풍파에 많이 깎이고 색깔도 여러 번 덧씌워졌다. 어쨌든 내가 아는 한 우리 가족과는 아무 상관이 없는 물건이었다.

"그건 난 잘 몰라." 내가 약간 부끄러워하며 말했다. "새, 아니면 그 비슷한 걸 거야. 분명 아주 오래됐을 테고. 옛날에 수도원 일부로 사용한 건물이래."

데미안이 고개를 끄덕였다.

"그럴 수도 있겠네. 어쨌든 자세히 한번 관찰해 봐! 그런 건 아주 흥미로울 때가 많거든. 내가 보기에 그건 매 같아."

우리는 계속 걸었다. 나는 무척 어색했다. 갑자기 데미안이 무슨 재미있는 거라도 떠올랐는지 웃음을 터뜨렸다.

"맞아, 너희 수업 시간에 나도 같이 있었지? 이마에 표식을 단 카인 이야기를 했던가? 안 그래? 어때, 그 얘기 마음에 들어?"

마음에 안 들었다. 학교에서 배우는 것 중에 내 마음에 드는 것은 거의 없었다. 하지만 나는 솔직하게 말할 자신이 없었다. 마치 어른하고 이야기하는 것 같았기 때문이다. 그래서 나는 아주 마음에 든다고 대답했다.

데미안이 내 어깨를 톡톡 두드렸다.

"나한테는 속에 없는 소리 할 필요 없어. 하지만 그 이야기가 아주 특이한 건 사실이야. 내가 보기에, 수업 시간에 배운 다른 대부분의 이야기보다 훨씬 특이한 것 같아. 물론 선생님은 그 부분에 대해서는 별로 이야기를 안 하셨어. 주로 하느님과 죄악 같은 일반적인 이야기만 하셨지. 하지만 내 생각엔……." 데미안이 말을 중단하더니 미소를 지으며 물었다. "이런 이야기 좋아하니?"

데미안은 잠시 눈치를 보는 것 같더니 다시 말을 이어갔다.

"그러니까 내 생각엔, 카인의 이 이야기를 완전히 다른 식으로도 이해할 수 있다는 거야. 학교에서 가르치는 것들은 대부분 진실하고 옳아. 하지만 선생님들이 가르치는 것과는 다른 식으로 볼 수도 있어. 그렇게 되면 한층 더 훌륭한 의미를 찾을 수 있지. 예를 들어 카인의 이야기와 그의 이마에 찍힌 낙인과 관련해서, 선생님의 설명은 많이 부족해. 만족하기가 어려워. 너도 그렇게 생각하지 않니? 형이 동생과 싸우다가 동생을 때려죽이는 건, 그래 일어날 수 있어. 그 형이 나중에 자신이 한 일이 두려워져서 꼬리를 내리는 것도 가능하고. 하지만 그런 비열한 살인에 대해 훈장을 받는 건, 그러니까 그의 목숨을 지켜 주고, 다른 모든 이에게 공포를 불러일으킬 그런 훈장을 이마에 새기는 건 정말 이상하지 않니?"*

* 아담의 장자 카인은 하느님이 동생 아벨의 제물은 흡족하게 받으면서 자신의 제물은 거들떠보지 않는 것에 화가 나 동생을 쳐 죽인다. 하느님은 아우의 피로 대지를 물들인 카인을 풍요로운 땅에서 내쫓으신다. 카인은 벌이 너무 가혹하고, 주님의 보호 없이 세상을 떠돌면 누구든 자신을 죽일 수 있을 거라고 하소연한다. 그러자 "주님은 카인이 주의 보호 아래 있다는 것을 누구든 알 수 있게 하기 위해 카인의 이마에 표식을 새겨 주셨다."(창세기 4:1-15)-독일어 성경 번역.

"맞아!" 내가 맞장구를 치며 관심을 보였다. 이 문제가 갑자기 내 마음을 확 잡아끌었다. "하지만 카인의 이야기를 어떻게 다른 식으로 설명할 수 있어?"

데미안이 내 어깨를 툭 쳤다.

"아주 간단해! 이 이야기는 원래 표식에서 시작해. 표식이 시작인 거지. 옛날에 한 남자가 있었는데, 남들이 두려워할 만한 무언가가 얼굴에 있었어. 사람들은 감히 그를 건드리지 못했어. 그 사람한테 완전히 압도됐기 때문이지. 그건 그 사람의 후예들한테도 마찬가지였어. 그런데 그 표식은 이마에 우편 소인처럼 실제로 찍혀 있지는 않았을 거야. 분명 그러지 않았을 거야. 인생이라는 게 그렇게 단순하고 조잡하게 흘러가지는 않거든. 아마 그건 겉으로 드러나지 않는 섬뜩한 것일 수도 있고, 사람들이 낯설어할 정신적 우월감이나 눈빛 속의 대담함일 수도 있어. 어쨌든 그 남자한테는 힘이 있었고, 사람들은 그를 무서워했어. 그 남자한테는 '표식'이 있었거든. 그런데 사람들은 그걸 자기들 마음대로 설명하려고 했어. 항상 자기한테 편한 것과 자기가 옳다고 여기는 것을 하려는 게 인간이거든. 사람들은 카인의 후예들이 두려웠어. 그들에게는 '표식'이 있었기 때문이지. 그래서 사람들은 그 표식을 원래 의미, 즉 훈장의 의미로 설명한 것이 아니라 그 반대로 설명했어. 그러면서 그 표식이 있는 인간은 섬뜩하다고 말했어. 물론 실제로 그렇기도 하지. 강인하고 용감한 자는 항상 남들에게 섬뜩하게 비치거든. 어쨌든 사람들은 두려움을 모르는 그런 섬뜩한 족속이 활개를 치고 돌아다니는 것이 무척 불편했어. 그래서 그 족속에게 별칭과 이야기를 지어 준 거야. 그 족속에게 복수하기 위해서, 자신들이 견뎌야 했던 모든 두려움에 대해 조금이라도 보상을 받기 위해서 말이야. 이해하겠어?"

"그럼 카인이 나쁜 사람이 아니었다는 말이야? 성경에 나오는 모든 이야기가 원래 사실이 아니라고?"

"그렇기도 하고 아니기도 해. 아주 오래전부터 내려오는 이야기들은 항상 사실이지만, 항상 올바르게 기록된 것도, 항상 올바르게 설명된 것은 아니었어. 간단히 말해서, 카인은 아주 뛰어난 사람이었어. 그런 그가 무서웠기 때문에 사람들이 그런 이야기를 붙여 놓은 거야. 그 이야기는 그냥 소문이었어. 사람들이 근거도 없이 이러쿵저러쿵 떠들어 대는 소리 말이야. 물론 카인과 그 후예들에게 '표식' 같은 게 있었고, 그들이 나머지 사람들과 달랐다는 것은 분명한 사실이야."

나는 무척 놀랐다.

"그럼 때려죽인 것도 사실이 아니라고 생각하는 거야?"

내가 충격을 받아서 물었다.

"그건 사실이야. 분명한 사실이지. 어떤 강자가 어떤 약자를 쳐 죽인 거야. 그게 실제로 자기 형제였는지는 의심스럽지만. 사실 중요한 건 그게 아냐. 가만히 생각해 보면 모든 인간이 형제잖아. 그렇다면 그냥 한 강자가 한 약자를 쳐 죽인 거야. 그게 영웅적인 행위이었을 수도 있고 아닐 수도 있어. 어쨌든 이제 모든 약자가 두려움에 떨며 불평을 늘어놓았어. 그러면서 사람들이 왜 그 남자를 그냥 처 죽이지 않느냐고 물으면 자신들이 겁쟁이라서 그렇다는 말은 못하고, 그 남자한테 신이 내려 준 표식이 있어서 그렇다고 대답하는 거야. 대충 그런 식으로 가짜 이야기가 생겨난 거지. 이거 내가 너무 오래 붙잡고 있었던 것 같네. 잘 가!"

데미안이 알트가세 골목길로 꺾고 나자 이제 나 혼자 남았다. 얼떨떨했다. 살아오면서 그때처럼 얼떨떨했던 적은 없었다. 데미안이 사라지자마자 그가 했던 말이 모두 터무니없는 말처럼 느껴졌다. 뭐, 카인이 고결한 사람이고 아벨이 겁쟁이라고? 카인의 표식이 훈장이라고? 말도 안 되는 소리였다. 그것은 신에 대한 모독이고 후안무치한 짓이었다. 그렇다면 우리의 사랑하는 신은 어디에 있다는 말인가? 하느님이 아벨의 제물을 받아들이고 아벨을 사랑하지 않았던가? 엉터리 같은 얘기였다. 데미안이 나를 속였고, 나를 갖고 놀려 했다는 생각이 들었다. 기가 막히게 영리한 놈이었다. 말은 또 어찌나 잘하던지……. 하지만 아니었다. 그럴 수는 없었다.

어쨌든 나는 성경 이야기든 다른 이야기든 그렇게 많은 생각을 해 본 적이 없었다. 게다가 프란츠 크로머를 그렇게 까맣게 잊은 것도 오랜만이었다. 그것도 저녁 내내 몇 시간 동안 말이다. 나는 집에 돌아와 성경에 나오는 카인 이야기를 다시 한 번 찬찬히 읽어 보았다. 아주 짧고 명확했다. 거기서 특별하고 비밀스러운 해석을 구하는 것은 미친 짓이었다. 데미안의 말대로 하면 사람을 쳐 죽인 자도 자신을 하느님의 총아라고 주장할 수 있었다. 어림없는 말이었다. 다만 데미안이 그 문제를 이야기하는 태도가 세련되었을 뿐이다. 마치 모든 것이 지극히 자명하다는 듯이 쉽고 그럴듯하게 포장했을 뿐이다. 그것도 그런 눈빛으로 말이다!

물론 나 자신이 약간 정상이 아니었다. 무척 혼란스러운 상태라고 할 수 있었다. 나는 그전까지 밝고 깨끗한 세계에 살았다. 나 자신이 일종의 아벨이었던 셈이다. 그런 내가 지금은 '다른' 세계에 푹 물들었고 그 세계로 깊이 추락해 버렸다. 하지만 그건 원래 내가 원한 일이 아니었다. 그렇다면 어떻게 하다 그 지경이 되었을까? 순간 내 속에서 어떤 기억이 불쑥 솟구쳐 올랐다. 숨을 턱 막히게 하는 기억이었다. 지금의 내 불행이 시작된 그 추악한 날 저녁이었다. 그때 난 아버지와 대면하면서, 한순간이었지만 아버지와 아버지의 밝은 세계, 지혜의 세계를 한꺼번에 꿰뚫어 보고 경멸했다. 그랬다. 그때는 내가 카인이었고, 카인의 표식을 갖고 있었다. 그때는 이 표식이 결코 수치가 아니라 훈장이라고 생각했고, 악과 불행을 겪은 내가 아버지보다, 그리고 선하고 경건한 사람들보다 더 우월하다고 믿었다.

내가 이 문제를 당시에 그렇게 명확한 사고의 형태로 체험

했던 것은 아니다. 하지만 그때의 체험 속에는 이미 이 모든 것이 담겨 있었다. 고통스러우면서도 내 가슴을 자부심으로 가득 채운 야릇한 동요와 감정의 불꽃이었다.

곰곰이 생각해 보면, 데미안은 두려움을 모르는 사람들과 겁쟁이들에 대해 얼마나 특이하게 말했던가! 카인의 이마에 찍힌 표식에 대한 해석은 또 얼마나 이상했던가! 어른 같은 그의 묘한 눈은 또 얼마나 야릇하게 빛났던가! 순간 내 머릿속을 어렴풋이 스쳐 지나가는 생각이 있었다. 혹시 데미안이 카인은 아닐까? 자신이 카인을 닮지 않았다면 카인을 변호할 이유가 있을까? 카인에게나 있다는 그런 힘이 왜 데미안의 눈 속에서도 보이는 것일까? 왜 데미안은 '다른' 사람들, 즉 겁은 많지만 신이 흡족해하는 경건한 사람들에 대해 조롱하듯이 말하는 것일까?

나는 이 생각의 결론에 도달하지 못했다. 그것은 내 어린 영혼이라는 우물 속에 던져진 하나의 돌멩이였다. 이후 카인과 살인, 표식에 관한 고민은 아주 오랫동안 내 인식과 의문, 비판의 출발점이 되어 주었다.

나는 다른 아이들도 데미안에게 관심이 많다는 것을 알아차렸다. 내가 카인에 관한 이야기를 누구에게도 하지 않았음에도 데미안은 이미 학교에서 관심의 대상이 된 듯했다. '새로 전학 온 아이'에 대한 소문이 많이 떠돌았다. 내가 그 소문들을 모두 알았더라면 그것들을 근거로 데미안이라는 인물을 파악하고 유추할 수 있었을 텐데 그러지를 못했다. 처음에 내가 안 것이라고는, 데미안의 어머니가 무척 부자라는 소문뿐이었다. 또 데미안 모자가 교회에 가지 않는다는 소문도 있었다. 그래서 어떤 애들은 그들 모자가 유대인이라고 했고, 어떤 애들은 정체를 숨기고 사는 회교도라고 주장하기도 했다. 그 밖에 막스 데미안의 엄청난 힘에 대한 동화 같은 이야기도 나돌았다. 하루는 그 반에서 가장 힘센 애가 싸움을 걸었는데, 데미안이 거절하자 녀석이 겁쟁이라고 놀렸고, 그러자 데미안이 그 애를 아주 무참히 짓밟아 버렸다는 것이다. 그건 확인된 이야기였는데, 현장에 있던 애들 말로는 데미안이 그냥 한 손으로 그 애의 목덜미를 잡고 힘을 꽉 주었을 뿐인데, 그 애는 얼굴이 새하얘지면서 나중에는 슬금슬금 도망을 쳤고, 그 뒤로 며칠 동안 팔을 쓰지 못했다고 한다. 심지어 어느 날 저녁에는 그 애가 죽었다는 소문까지 돌았다. 그렇게 한동안 별의별 소문이 다 돌았고, 모든 것이 사실로 받아들여졌다. 더구나 하나하나가 모두 자극적이고 신기했다. 그러다 얼마간 잠잠하더니 곧 새로운 소문이 학교에 쫙 퍼졌다. 데미안이 여자애들과 사귀는데 이미 '알 건 다 아는' 그렇고 그런 관계라고 했다.

그사이 프란츠 크로머와 나의 관계는 어쩔 수 없는 방향으로 계속 나아가고 있었다. 나는 크로머에게서 벗어날 수 없었다. 이따금 크로머가 며칠 동안 나를 가만히 내버려 두어도 나 스스로 녀석에게 속박되었다. 꿈속에서 녀석은 늘 그림자처럼 나와 함께했다. 녀석이 현실에서 저지르지 않는 악행까지도 나는 꿈속에서 환상으로 그것을 저지르게 했다. 꿈속의 나는 완전히 녀석의 노예였다. 그러다 보니 내가 원래 꿈을 잘 꾸는 편이기는 하지만, 현실보다 이런 꿈속에서 살 때가 더 많았다. 아무튼 나는 꿈속의 이 그림자 때문에 활력과 생기를 잃었다. 무엇보다 자주 꾸었던 꿈은 크로머가 나를 학대하고, 내게 침을 뱉고, 나를 무릎으로 찍어 누르는 꿈이었다. 그보다 더 심한 것은 크로머가 나를 더 나쁜 범죄로 유혹하는 꿈이었다. 아니, 유혹이라기보다 거부할 수 없는 힘으로 마구 윽박질렀다. 그중에서도 가장 끔찍했던 것은, 내가 중간에 반쯤 미친 상태로 깨어나곤 하는 꿈인데, 아버지를 살해하는 꿈이었다. 크로머가 칼을 갈아 내 손에 쥐여 주었고, 우리는 가로수 뒤에 숨어 누군가를 기다렸다. 나는 누가 올지 몰랐다. 누군가 다가오는 것이 보이자 크로머가 내 팔을 꽉 잡으며 내가 찔러야 할 사람이 저 사람이라고 말했다. 내 아버지였다. 순간 나는 소리를 지르며 깨어났다.

이런 일들 때문에 카인과 아벨에 관한 생각은 여전히 머릿속에 남아 있었지만, 데미안에 대한 생각은 거의 하지 않았다. 데미안이 다시 내게 나타난 것은 희한하게도 꿈을 통해서였다. 그날도 여느 때처럼 학대받고 고통받는 꿈을 꾸었다. 그런데 이번에는 나를 무릎으로 찍어 누른 사람이 크로머가 아니

라 데미안이었다. 아주 새롭고 인상적인 체험이었다. 그 이유
는, 크로머한테서는 고통과 반감 속에서 겪어야만 했던 일이
데미안한테서는 흔쾌한 마음으로, 심지어 공포와 환희가 뒤섞
인 감정으로 겪었기 때문이다. 이 꿈을 두 번 꾸고 나자 크로
머가 다시 원래 자리에 나타났다.

오래전부터 그래 온 일이지만, 나는 지금도 꿈속에서 체험
한 것과 현실에서 체험한 것을 정확히 구분하지 못한다. 그러
나 어찌 됐건 내가 이런저런 자잘한 도둑질로 녀석에게 빚진
돈을 모두 갚고 난 뒤에도 크로머와의 나쁜 관계는 끝나지 않
았다. 그럴 수밖에 없었던 것이 녀석은 내가 돈을 가져올 때
마다 그 돈을 어디서 구했는지 꼬치꼬치 캐물었고, 그렇게 해
서 알게 된 내 좀도둑질을 빌미로 다시 나를 협박했기 때문이
다. 결국 나는 예전보다 더 단단히 녀석의 올가미에 걸려들었
다. 크로머는 모든 걸 내 아버지한테 이르겠다고 협박했다. 그
런데 그럴 때마다 내가 받는 공포는 처음부터 그런 짓을 하지
말았어야 했다고 느끼는 후회만큼 크지 않았다. 하지만 나는
아무리 비참한 신세로 전락했다 하더라도 모든 것을 후회하
지는 않았고, 항상 후회하지도 않았다. 때로는 어쩌면 모든 게
이렇게 될 수밖에 없었던 같기도 했다. 내 머리 위에는 재앙
의 그림자가 짙게 드리워져 있었고, 그것을 뚫고 나가려는 시
도는 부질없어 보였다.

아마 부모님도 이런 상황으로 적지 않게 힘들었을 것이다.

언제부터인가 내가 귀신에라도 씌었는지, 예전에는 그렇게 친숙하게 함께하던 우리의 공동생활에 더는 함께하려 하지 않으니 그 마음이 오죽했겠는가! 물론 나도 속으로는 잃어버린 낙원을 동경하듯 우리의 공동생활을 미친 듯이 그리워하곤 했다. 가족들은 나를 나쁜 물이 든 못된 아이가 아니라 환자 취급을 했다. 특히 어머니가 그랬다. 그러나 상황이 진짜 어땠는지는 두 누나의 태도에서 가장 잘 드러났다. 누나들은 무조건 내가 하는 대로 내버려 둠으로써 나를 더더욱 비참하게 만들었는데, 그런 태도에는 나를 귀신 들린 사람으로, 내 상태를 비난이 아닌 동정의 대상으로 여기면서도 내 속에 악마가 똬리를 틀고 있는 게 틀림없다는 생각이 깔려 있었다. 나는 가족들이 나를 위해 기도하는 것을 느꼈다. 예전과는 다른 식의 기도였다. 그러나 이 기도가 소용없다는 건 나 자신이 더 잘 알고 있었다. 물론 나도 마음의 짐을 내려놓고 모든 것을 제대로 고백하고 싶다는 욕구를 간절하게 느낄 때가 많았다. 그러나 아버지에게도 어머니에게도 이 모든 것을 제대로 설명할 수 없다는 것은 직감으로 깨닫고 있었다. 두 분은 내 말을 따뜻하게 들어주고 나를 다독이고 동정해 주겠지만, 나를 완전히 이해하지는 못할 것이다. 이 모든 것이 사실 내게는 운명이었음에도 그분들은 탈선으로만 여길 게 분명했다.

어떤 이들은 열한 살도 채 안 된 애가 어떻게 그렇게 느낄 수 있는지 머리를 갸웃거리리라는 것을 안다. 그런 사람들에게는 내 이야기를 하지 않겠다. 나는 인간을 좀 더 잘 아는 사람들에게만 이야기하겠다. 자신의 감정 일부를 생각으로 바꾸는 데 익숙한 어른들은 아이들의 이런 생각을 자로 재듯 측정하고는 그런 체험이 없었다고 판정 내린다. 그러나 내 인생에서 그때만큼 깊이 체험하고 깊이 괴로워했던 적은 극히 드물었다.

비 오는 어느 날이었다. 나의 박해자가 나를 성 앞 광장으로 불러냈다. 비에 젖어 시커메진 마로니에에서 물방울이 뚝뚝 떨어졌다. 나는 광장 한 귀퉁이에 서서 기다렸다. 마로니에에서 떨어진 젖은 잎사귀들을 발로 헤집으며. 돈은 없었지만, 크로머에게 뭐라도 주기 위해 케이크 두 조각을 챙겨 왔다. 어딘가 구석에 서서 녀석을 기다리는 것은 오래전부터 습관처럼 굳어졌다. 그것도 장시간 기다릴 때가 많았다. 나는 불가피한 것을 받아들이듯 순순히 받아들였다.

마침내 크로머가 나타났다. 오늘은 오래 머물지 않았다. 녀석은 내 가슴팍을 주먹으로 가볍게 몇 대 치고는 웃었고, 케이크를 받아 들고는 내게 젖은 담배까지 권했다. 물론 나는 받지 않았다. 어쨌든 녀석은 평소보다 상냥하게 굴었다.

녀석이 떠나면서 말했다.

"아 참, 잊어버리기 전에 하는 말인데, 다음에 올 때는 누나와 같이 와. 큰누나 말이야. 누나 이름이 뭐였더라?"

나는 무슨 말인지 몰라 어리둥절한 눈으로 녀석을 바라보기만 했다.

"무슨 말인지 모르겠어? 네 누나를 데리고 오라고."

"크로머, 그건 안 돼. 내가 할 수 있는 일이 아니야. 누나도 안 나오려고 할 거야."

나는 이게 또다시 다른 트집이나 꼬투리를 잡으려는 수작이겠거니 생각하고 다음 말을 기다렸다. 녀석이 흔히 쓰는 수법이었다. 일단 뭔가 어림없는 것을 요구해서 나를 공포로 몰아넣은 뒤 내가 못 하겠다고 하면 잔뜩 욕을 퍼붓고는 서서히 협상을 시작했던 것이다. 그러면 나는 다시 돈이나 다른 선물을 갖다 주고 그 함정에서 빠져나와야 했다.

그런데 이번에는 달랐다. 녀석은 내가 거부했는데도 별로 기분 나빠 하는 것 같지 않았다.

"그냥 한번 생각해 보라는 거야. 네 누나랑 알고 지내고 싶어서 그래. 그냥 알고 지내는 건데 어때. 산책할 때 같이 가자고 해서 데리고 나와. 그러면 내가 자연스럽게 끼어들면 되지. 내일 휘파람을 불 테니까 그때 만나서 다시 이야기하자."

녀석이 가고 나자 그제야 나는 녀석이 원하는 것이 무엇인지 똑똑히 알아차렸다. 나는 아직 어렸지만, 나이 든 여자 남자가 만나면 어떤 비밀스럽고 상스러운 금단의 짓을 하는지 이리저리 주워들어서 알고 있었다. 그렇다면 이게 얼마나 엄청난 일인지도 갑자기 명확해졌다. 나는 절대 그런 일이 일어나게 하지 않겠다고 굳게 다짐했다. 그러나 그다음에 어떤 일이 벌어지고 크로머가 어떤 식으로 복수할 것인지는 상상조차 하기 싫었다. 이로써 새로운 고문이 시작되었다. 지금까지의 고통으로는 충분하지 않았던 모양이다. 나는 절망적인 심정으로 주머니에 두 손을 푹 찔러 넣은 채 텅 빈 광장을 걸어갔다. 새로운 고통과 새로운 노예 상태가 코앞에 있었다.

그때였다. 생기 있는 굵은 목소리가 나를 불렀다. 나는 깜짝 놀라 달아나기 시작했다. 나를 부른 누군가가 나를 따라잡더니 뒤에서부터 한 손으로 나를 부드럽게 잡았다. 막스 데미안이었다.

나는 잡힌 척하며 걸음을 멈추었다.

"형이었구나?" 내가 불안하게 말했다. "깜짝 놀랐잖아!"

데미안이 나를 가만히 바라보았다. 이때만큼 그의 시선이 어른스럽고 우월하고 내 마음을 깊이 꿰뚫은 적은 없는 것 같았다. 우리는 대화를 나누지 않은 지 오래되었다.

그가 정중하면서도 무척 확고한 태도로 말했다.

"놀랐다면 미안하지만, 아무것도 아닌 일에 쉽게 놀라서는 안 되지."

"그, 그렇기는 하지만…… 그럴 수도 있지 뭐."

"물론 그럴 수도 있지. 하지만 생각해 봐. 너한테 아무 짓도 하지 않은 사람한테 놀라서 움찔하면 그 사람은 어떻게 생각하겠어? 뭔가 이상한 느낌이 들고, 궁금해하지 않겠어? 아마 그 사람은 이상하게 잘 놀라는 너를 보면서, 뭔가 두려워하는 것이 있어서 저러나 보다고 생각할 거야. 겁쟁이들은 항상 무서워해. 하지만 내가 보기에, 넌 원래 겁쟁이가 아니야. 안 그래? 아 물론 영웅도 아니지. 아무튼 넌 지금 뭔가 무서워하는 것이 있어. 무서워하는 사람도 있고. 그런 게 있어서는 안 돼. 사람을 두려워해서는 안 된다고. 설마 나를 무서워하는 건 아니지? 아니면……?"

"아냐, 절대 아냐!"

"그래 보여. 하지만 무서워하는 다른 사람이 있는 건 사실이지?"

"모르겠어……. 날 내버려 둬. 나한테 뭘 바라는 거야?"

데미안이 나와 나란히 걸었다. 나는 달아날 생각으로 좀 더 빨리 걸었다. 그런데 옆쪽에서 그의 시선이 느껴졌다.

데미안이 다시 입을 열었다.

"이렇게 한번 가정해 보자. 난 널 좋게 생각해. 그러면 넌 날 무서워할 필요가 없어. 난 너하고 실험해 보고 싶어. 재미있는 실험이야. 네가 제법 쓸 만한 것을 배울 수 있을지도 모르고. 그건 두고 보면 알겠지. 어쨌든 난 가끔 사람들이 독심술이라고 부르는 기술을 쓰곤 해. 무슨 나쁜 마술 같은 건 아냐. 하지만 그 작동 원리를 모르는 사람의 눈에는 아주 이상해 보이지. 아무튼 그걸로 사람들을 깜짝 놀라게 할 수 있어. 자, 같이 한번 해 볼까? 그러니까 난 널 좋아해. 혹은 너한테 관심이 있어. 그래서 네 마음에서 벌어지고 있는 것을 밖으로 끄집어내

보고 싶어. 벌써 첫걸음은 뗐어. 내가 너를 놀라게 했거든. 그러니까 넌 지금 아무것도 아닌 일에 잘 놀라고 있어. 그건 너한테 뭔가 두려워하는 일이 있거나 그런 사람이 있다는 거야. 어쩌다 그렇게 됐을까? 사람은 누구도 무서워할 필요가 없어. 누군가를 무서워한다는 것은 그 사람한테 자신을 지배할 권리를 넘겨 버렸기 때문이야. 예를 들어 내가 어떤 나쁜 짓을 했는데, 누군가 그걸 알고 있어. 그러면 그 사람이 너를 지배하게 되는 거지. 알겠어? 아주 간단해. 안 그래?"

나는 어쩔 줄 모르는 표정으로 데미안의 얼굴만 바라보았다. 그의 얼굴은 평소처럼 진지하고 현명했다. 그리고 선량했다. 하지만 부드러움은 없었다. 오히려 엄한 기색이었다. 정의나 그 비슷한 것이 얼굴 속에 있었다. 나는 지금 내게서 무슨 일이 벌어지고 있는지 알 수 없었다. 그는 마치 마법사처럼 내 앞에 서 있었다.

데미안이 다시 물었다.

"무슨 말인지 알겠어?"

나는 고개만 끄덕거릴 뿐 다른 말은 할 수 없었다.

"아까 말했듯이 독심술이라는 것은 보기에 따라 아주 이상해. 하지만 독심술의 과정은 굉장히 자연스러워. 예를 들어, 내가 전에 카인과 아벨 이야기를 했을 때 네가 나에 대해 어떤 생각을 했는지 꽤 정확하게 말해 줄 수 있어. 하지만 그건 다른 이야기니까 관두자. 언제인지는 모르지만 네가 내 꿈을 꾸었을 수도 있다고 생각해. 하지만 그것도 관두자. 너는 영리한 애야. 대부분의 다른 애들은 어리석지. 나는 믿음이 가는 영리한 애랑 가끔 이야기하길 좋아해. 너도 괜찮지?"

"응, 괜찮아. 근데 무슨 말인지 전혀 이해가 안 돼."

"흥미로운 실험으로 다시 돌아가 보자! 우린 'S'라는 소년이 잘 놀라는 것을 발견했어. 그렇다면 그 애는 누군가를 두려워하고 있다는 거야. 어쩌면 아무한테도 알리고 싶지 않은 비밀을 그 누군가와 공유하고 있을 가능성이 커. 어때, 대충 맞지?"

나는 꿈속에서처럼 그의 목소리와 힘에 굴복하고 말았다. 그래서 나도 모르게 고개를 끄덕였다. 이건 내 속에서만 나올 수 있는 목소리가 아닐까? 모든 것을 알고, 나 자신보다 더 많이, 더 정확히 아는 목소리가 아닐까?

데미안이 내 어깨를 힘차게 툭 쳤다.

"역시 그랬군. 내 생각이 맞았어. 이제 한 가지만 더 물어볼게. 아까 저리로 가던 애 이름이 뭐지?"

순간 나는 겁이 덜컥 났다. 데미안에 의해 건드려진 내 비밀이 다시 내 속에서 고통스럽게 움츠러들면서 밖으로 나오려 하지 않았다.

"누구 말하는 거야? 아무도 없었어. 나 말고는."

데미안이 웃었다.

"그냥 말해! 걔 이름이 뭐야?"

나는 속삭이듯이 말했다.

"프란츠 크로머 말하는 거야?"

데미안이 고개를 끄덕거리며 만족스럽게 싱긋 웃었다.

"역시 눈치가 빨라. 우린 앞으로 친구가 될 거야. 근데 지금은 이 말을 꼭 해야겠어. 크로머라는 그 애, 사실 이름이 뭔지는 상관없지만, 나쁜 자식이야. 얼굴에 쓰여 있어, 나는 악당이라고. 네 생각은 어때?"

내 입에서 짧은 탄식이 터져 나왔다.

"그래. 걔는 나쁜 자식이야. 사탄이라고! 하지만 걔가 알아선 안 돼! 아무 말도 하지 마. 제발 걔가 알아선 안 돼! 형이 걔를 알아? 아니면 걔가 형을 알아?"

"진정해! 그 애는 갔어. 그리고 그 애는 날 몰라. 아직은. 하지만 내가 걔를 알고 싶어. 걔 공립학교 다니지?"

"응."

"몇 학년이지?"

"5학년. 걔한테는 아무 말 하지 마! 제발, 제발 아무 말 하지 마!"

"진정하라니까. 너한테는 아무 일 없을 거야. 혹시 크로머라는 애에 대해 좀 더 이야기해 줄 수 있니?"

"안 돼, 할 수 없어. 제발 날 좀 내버려 둬!"

데미안은 한동안 침묵하더니 이윽고 다시 말문을 열었다.

"아쉽군. 실험을 좀 더 이어갈 수 있었는데. 하지만 널 괴롭히고 싶은 마음은 없어. 그래도 그 녀석에 대한 두려움이 옳지 않다는 건 너도 알고 있지? 그렇게 두려워하면 완전히 망가져. 떨쳐 내야 해. 정말 제대로 된 인간이 되려면 그런 두려움은 떨쳐 내야 한다고! 알겠어?"

"알아. 형 말이 옳아. 하지만 안 돼. 형은 몰라. 내가 왜……."

"이제 네가 생각하는 것보다 내가 더 많은 것을 알고 있다는 걸 알겠지? 혹시 그 애한테 줘야 할 돈이라도 있어?"

"그렇기도 하지만…… 그건 중요한 문제가 아니야. 중요한 건…… 말할 수 없어. 말할 수 없다고!"

"걔한테 빚진 돈을 내가 줘도 도움이 안 될까? 그 돈을 너한테 그냥 줄 수도 있어."

"안 돼. 그게 아냐! 제발 부탁이야. 이 이야기는 아무한테도 하지 말아 줘! 한마디도! 형 때문에 더 힘들어져!"

"나를 믿어, 싱클레어. 나중에라도 넌 나한테 비밀을 말하게 될 거야."

"아냐, 그럴 일은 없어. 절대로!"

내가 거칠게 소리쳤다.

"좋을 대로 해. 내 말은 그냥 나중에 네가 나한테 더 많은 얘길 해 줄지도 모른다는 거였어. 억지로 말하라는 건 당연히 아니야. 설마 내가 그 크로머라는 녀석처럼 굴 거라고 생각하는 건 아니겠지?"

"아, 그건 아냐. 하지만 형은 아무것도 몰라!"

"그래, 몰라. 난 그냥 이 일을 깊이 생각해 보는 것뿐이야. 난 절대 크로머처럼 하지 않아. 믿어도 돼. 더구나 넌 나한테 빚진 것도 없어."

우리는 한참 침묵했다. 나는 마음이 차분하게 가라앉았다. 그런데 데미안이 나에 대해 이렇게 많이 알고 있는 것이 점점 수수께끼처럼 느껴졌다.

"이제 집에 가 봐야겠어." 데미안이 로덴 모직 외투를 단단히 여미며 말했다. "기왕 이야기가 나왔으니 다시 한 번 당부할게. 그 녀석을 떨쳐 내야 해! 달리 방법이 없으면 녀석을 때려죽여도 돼! 그럴 수 있으면 좋겠어. 그럼 네가 아주 대단해보일 거야. 내가 도와줄게."

나는 새로운 공포에 휩싸였다. 갑자기 카인 이야기가 다시 떠오른 것이다. 나는 섬뜩해져서 훌쩍거리기 시작했다. 내 주위에 섬뜩한 것이 너무 많은 느낌이었다.

막스 데미안이 엷게 웃었다.

"됐어. 이제 집에 가! 우린 분명히 해낼 거야. 물론 때려죽이는 것이 가장 간단한 방법이기는 해. 이런 일에선 항상 가장 간단한 게 가장 좋은 방법이지. 네 친구 크로머와 붙어 지내는 건 결코 좋지 않다는 것만 명심해."

나는 집에 돌아왔다. 마치 1년쯤 나가 있었던 것 같은 기분이 들었다. 모든 것이 달라 보였다. 나와 크로머 사이에 미래나 희망 같은 것이 어른거렸다. 나는 더는 혼자가 아니었다.

이제야 내가 몇 주 동안 혼자 그 비밀을 끌어안고 얼마나 힘들어했는지 깨달았다. 여러 번 이런 생각을 한 것도 퍼뜩 떠올랐다. 아버지 어머니에게 모든 것을 고백하면 마음은 홀가분해지겠지만, 그렇다고 내가 완전히 구원받지는 못할 거라는 생각 말이다. 그런 내가 이제 남에게, 그것도 잘 알지도 못하는 타인에게 고해에 가깝게 내 속에 있는 것을 털어놓았다. 구원의 예감이 짙은 향기처럼 내게 다가오는 것이 느껴졌다.

그럼에도 공포는 한참 동안 극복되지 못했다. 나는 적과의 길고도 무시무시한 대결을 각오하고 있었다. 그런데 그럴수록 내 주변이 너무 조용하고 은밀하고 차분하게 흘러가는 것이 점점 이상하게 여겨졌다.

우리 집 앞에서 크로머의 휘파람 소리가 뚝 끊겼다. 하루, 이틀, 사흘, 일주일. 처음에 난 이 사실이 믿어지지 않았다. 그래서 녀석이 전혀 예상하지 못하는 시점에 불쑥 나타날 거라고 속으로 단단히 각오까지 하고 있었다. 그런데 녀석은 나타나지 않았다. 그 뒤로도 쭉. 나는 이 새로운 자유를 믿을 수 없었다. 도저히 사실 같지 않았다. 프란츠 크로머를 길에서 우연히 만나기 전까지는. 그날 녀석이 자일러가세 골목에서 내려오고 있었다. 내 바로 맞은편이었다. 그런데 녀석은 나를 보더니 움찔했고, 험악하게 인상을 쓰더니 몸을 휙 돌려 다시 올라가 버렸다. 나와 마주치지 않으려는 것이 분명했다.

아, 이런 꿈같은 순간이 있을까! 나의 적이 나를 보고 도망

을 치다니! 나의 사탄이 나를 무서워하다니! 기쁨과 놀라움의
전율이 짜릿하게 온몸을 타고 내렸다.

데미안이 다시 내 앞에 나타난 것은 그 무렵이었다. 그는
학교 앞에서 나를 기다리고 있었다.

"안녕."

내가 인사했다.

"안녕, 싱클레어. 어떻게 지내는지 듣고 싶어서 왔어. 요즘
은 크로머가 안 건드리지?"

"형이 그랬어? 어떻게? 어떻게 했는데? 무슨 일인지 난 도
저히 모르겠어. 녀석이 나타나질 않아. 전혀."

"잘됐네. 혹시라도 나중에 다시 나타나면, 물론 그런 일은
없을 거로 생각하지만 워낙 뻔뻔한 녀석이라 혹시 모르니까,
다시 나타나면 그냥 이렇게만 말해. 데미안을 잊지 말라고 말
이야."

"그게 무슨 말이야? 형이 크로머를 실컷 패 줬어?"

"아니. 난 그런 짓은 별로 안 좋아해. 너하고 그랬던 것처럼
걔하고도 이야기만 했어. 너를 가만히 놔두는 게 걔한테도 이
로울 거라는 걸 똑똑히 각인시켜 줬지."

"설마 걔한테 돈을 준 건 아니지?"

"그럴 리가 있겠어? 그건 이미 네가 써먹은 방법이잖아."

나는 좀 더 캐물으려고 했지만, 데미안은 가 버렸다. 그에
대해 예전의 그 답답한 감정만 남긴 채. 감사함과 경계심, 감

탄과 두려움, 호감과 반감이 묘하게 섞인 감정이었다.

나는 데미안을 다시 만날 생각을 했다. 그래서 이 모든 것에 대해 좀 더 많은 이야기를 나누고 싶었다. 카인의 이야기를 포함해서 말이다.

그러나 그런 일은 생기지 않았다.

고마움은 내가 믿는 미덕이 아니다. 어린아이에게 고마움을 요구하는 것도 잘못된 일인 것 같다. 그래서 내가 데미안에게 전혀 고마움을 표하지 않았던 것도 별로 놀랍지 않다. 지금도 나는, 만일 데미안이 크로머의 손아귀에서 나를 구해 주지 않았더라면 내가 평생을 병들고 타락한 모습으로 살았을 거라고 확신한다. 당시에도 이미 그 구원을 내 어린 생의 가장 큰 체험으로 느꼈다. 그런데도 나는 그 구원자가 기적을 행하자마자 그를 제쳐 두었다.

앞서 말했듯이 내가 고마워하지 않은 것은 이상한 일이 아니다. 단 하나 이상한 게 있다면 그것은 내가 전혀 호기심을 보이지 않았다는 사실이다. 데미안이 내게 보여 준 그 불가사의한 비밀들을 파헤치지 않고 어떻게 단 하루도 평온히 사는 게 가능했을까? 카인에 대해, 크로머에 대해, 독심술에 대해 더 많은 이야기를 듣고 싶은 욕망을 어떻게 억누를 수 있었을까?

이해는 되지 않지만, 사실이 그랬다. 나는 갑자기 악마의 그물에서 벗어난 나 자신을 발견했고, 밝고 즐거운 세계가 다시 내 앞에 놓여 있는 것이 보였다. 이제는 공포의 발작이나 질식할 것 같은 심장 고동 소리도 없었다. 저주의 주문이 풀렸다. 나는 이제 고통으로 몸부림치는 저주받은 자가 아니었고, 다시 평범한 학생으로 돌아갔다. 내 깊은 마음속 본능은 되도록 빨리 균형과 안정을 되찾으려 애썼고, 내가 겪은 온갖 추악하고 위협적인 것을 떨치고 잊기 위해 노력했다. 그와 함께 죄책감과 불안으로 얼룩진 이 사건은 겉으로 어떤 흉터와 흔적도 남기지 않고 내 기억에서 놀랄 정도로 빨리 사라졌다.

나를 도와주고 구해 준 사람까지 빨리 잊고 싶었던 그 심정은 지금도 이해할 수 있다. 나는 고통스러운 저주의 골짜기와 크로머에게 얽매인 끔찍한 노예 상태에서 벗어나 상처 입은 영혼의 모든 소망과 힘으로 내가 예전에 행복하고 만족하게 살았던 그곳으로 돌아갔다. 내게 다시 열린 잃어버린 낙원으로, 아버지 어머니의 밝은 세계로, 누나들에게로, 순수함의 향기로, 신의 마음에 들기 위해 애쓰는 아벨의 세계로.

데미안과 짧은 대화를 나누었던 그날 나는 이제야 다시 얻은 자유에 대해 완전한 확신을 얻었고, 더는 과거로 돌아가는 일이 없을 거라고 스스로 단언했다. 그러자 예전부터 그렇게 간절히 원해 온 것을 해낼 용기가 생겼다. 바로 고해성사였다. 나는 먼저 어머니를 찾아가 자물쇠가 망가지고 진짜 동전 대신 장난감 동전으로 채워진 저금통을 보여 주며, 내가 얼마나 오랫동안 죄책감에 사로잡혀 나를 괴롭힌 사악한 한 인간에게서 헤어나지 못했는지 털어놓았다. 어머니는 내 이야기를 다는 이해하지 못했지만 저금통을 보고, 예전과 다른 내 눈빛을 보고, 예전과 다른 내 목소리를 듣고는 이제 내가 다 나았고 예전의 아들로 돌아왔다고 느끼는 것 같았다.

나는 한껏 고양된 감정으로 내가 가족의 품에 다시 안긴 것을 축하하는 의식을 벌였다. 탕아의 귀향 의식이었다. 어머니는 나를 아버지에게 데려갔고, 이야기는 다시 되풀이되었고, 질문과 놀라움의 탄성이 터져 나왔다. 부모님은 내 머리를 쓰다듬으며 마음의 큰 짐을 벗었다는 듯이 긴 안도의 한숨을 내쉬었다. 모든 것이 마치 소설 속 이야기처럼 멋지게 흘러갔고, 모든 것이 기막힌 조화 속에서 말끔히 해결되었다.

나는 이 조화로운 세계 속으로 열광적으로 도피해 들어갔다. 일상의 평화와 부모님의 신뢰를 누리는 일은 도무지 질리지 않았다. 나는 우리 집의 모범생이 되었고, 예전보다 더 많이 누나들과 놀았으며, 가정 예배를 볼 때는 구원받고 회개한 사람의 감정으로 예전의 그 아름답던 찬송가들을 함께 불렀다. 모두 진심에서 우러나온 행동이었고, 거짓이라고는 전혀 깃들지 않았다.

그렇다고 문제가 없었던 것은 아니다. 내가 데미안을 잊은 진정한 이유도 여기서 설명될 수 있다. 나는 고해를 데미안에게 해야 했다. 그랬다면 고해성사라는 장식과 감동은 덜했겠지만, 결과는 더 풍성했을지 모른다. 지금 나는 예전의 낙원에

다시 완전히 뿌리를 내렸고, 고향으로 돌아와 은총으로 받아들여졌다. 데미안은 이 세계에 속하지 않았고, 이 세계에 어울리지 않았다. 크로머와는 달랐지만 그 역시 분명 유혹자였다. 두 번째 세계인 악의 세계로 나를 이끌었던 것이다. 나는 더는 그 세계에 대해 알고 싶지 않았다. 영원히. 다시 아벨이 된 지금, 나는 아벨을 포기할 수도 없고 포기하고 싶지도 않았고, 카인을 예찬하는 것을 도울 수도 없고 돕고 싶지도 않았다.

밖으로 드러난 상황은 그랬다. 그러나 안에서는 달랐다. 나는 크로머라는 악마의 손에서 풀려났다. 하지만 내 힘과 능력으로 풀려난 게 아니었다. 나는 세상의 여러 오솔길을 걸어보려 했다. 그러나 그 길들은 너무 미끄러웠다. 누군가의 친절한 손이 나를 붙잡아 추락을 막아 주었을 때 나는 한눈팔지 않고 곧장 어머니의 품속으로 달아나 버렸다. 애정과 경건함이 넘치는, 천진난만한 어린 시절의 보금자리였다. 이후 나는 원래 내 모습보다 더 어리게 굴고 더 매달리고 더 어리광을 부렸다. 나 혼자의 힘으로는 인생길을 걸을 수 없었기에 크로머 대신 새로 의존할 대상을 찾아야 했던 것이다. 그래서 나는 맹목적인 심정으로 아버지 어머니의 세계를 선택했다. 내가 이미 그것만이 유일한 세계가 아니라는 것을 알아차렸음에도 과거의 그 사랑스럽고 밝은 세계로 도망친 것이다.

만일 내가 부모님의 세계를 택하지 않았다면 데미안에게 의지해서 모든 걸 털어놓았을 것이다. 그러지 않았던 이유는 당시 그의 낯선 생각에 대한 근거 있는 의심 때문이었을 것이다. 하지만 사실 그것은 두려움에 지나지 않았다. 부모님보다 내게 훨씬 많은 것을 요구할 사람이 데미안일 것 같았기 때문이다. 그는 아마 쉴 새 없이 자극과 경고로, 조롱과 비꼼으로 내가 제힘으로 버티고 일어설 수 있도록 부추겼을 것이다. 아, 이제야 나는 안다. 자기 자신에게 이르는 길로 나아가는 것만큼 이 세상에서 더 하기 싫은 일이 없다는 것을.

그럼에도 나는 반년쯤 뒤 유혹을 이기지 못하고 아버지와 산책 중에 물어보았다. 아벨보다 카인을 더 훌륭하다고 평가하는 사람들도 있다던데 아버지 생각은 어떠냐고.

아버지는 내 물음에 무척 놀라시며 이렇게 설명했다. 그건 별로 새로운 견해가 아니다. 원시 기독교 시절에도 있었던 그 견해는 여러 종파에서 가르쳤고, 그중 한 종파는 스스로를 '카인교도'라 부르기도 했다. 하지만 그런 정신 나간 교리는 당연히 우리의 신앙심을 깨뜨리려는 악마의 유혹에 불과하다. 카인이 옳고 아벨이 틀렸다고 믿는다면 우리의 신이 틀렸고, 성경의 신이 결코 올바른 유일신이 아니라 잘못된 신이라는 결과에 이르게 되기 때문이다. 실제로 카인교도들은 그런 식으로 가르치고 설교했다. 하지만 그 이단들은 오래전에 세상에서 사라졌다. 그런데도 내 학교 친구가 어떻게 그런 것을 알고 있는지 의아하다고 했다. 어쨌든 아버지는 그런 생각들에는 일체 눈길을 주지 말라고 진지하게 훈계했다.

3. 강도

    내 어린 시절에 대해, 아버지 어머니 곁의 아늑한 보금자리에 대해, 부모님에 대한 내 사랑에 대해, 그리고 애정이 깃든 부드럽고 밝은 가정환경에서 부족함 없이 살아가는 것에 대해 이야기하는 것은 퍽 아름답고 정답고 사랑스러운 일일 테다. 그러나 나의 유일한 관심은 나 자신에게로 이르기 위해 내디뎠던 하나하나의 발걸음들뿐이다. 푸근한 휴식의 순간들과 행복의 섬, 낙원들의 매력을 나 역시 모르진 않지만, 나는 그것들을 아득한 곳의 불빛으로 남겨 둔 채 더는 그 세계로 돌아갈 욕심을 내지 않는다.

    따라서 이 이야기가 아직 나의 소년 시절에 머무르는 한 나는 내게 새롭게 닥친 일과 나를 앞으로 나아가게 만든 일, 그리고 부모님의 세계에서 나를 확 잡아채 간 일에 대해서만 이야기하겠다.

그런 자극들은 항상 '다른 세계'에서 왔다. 그것들은 항상 두려움과 강요, 양심의 가책을 수반했고, 항상 혁명적이었고, 항상 내가 지키고 싶은 평화를 위험에 빠뜨렸다.

허용된 밝은 세계에서는 어둠에 숨어 있을 수밖에 없는 원초적 충동이, 나 자신 속에도 존재한다는 것을 새로 발견한 시절이 있었다. 다른 사람들도 마찬가지겠지만, 나도 천천히 눈떠 가는 성(性)에 대한 내 감정이 마치 무너뜨려야 할 적과 파괴자처럼 느껴졌다. 또한 그것은 금기이자 유혹과 죄악이었다. 내 호기심이 더듬는 것, 꿈과 욕망, 두려움이 내게 가져다준 것, 그리고 사춘기의 커다란 비밀은 결코 내 어린 시절의 평화와 행복에는 맞지 않았다. 결국 나도 남들처럼 하고 말았다. 어린아이가 아니면서 어린아이처럼 구는 이중생활을 한 것이다. 친숙하고 허락된 세계 속에 사는 내 의식은 불쑥불쑥 솟구치는 새로운 세계를 부정했다. 그렇지만 나는 꿈과 충동, 저 아래 지하의 욕망들 속에서도 살았다. 밝은 의식의 세계가 어두운 본능의 세계 위에 놓은 다리들은 점점 위태로워졌다. 내 속에서는 이미 어린아이의 세계가 무너지고 있었기 때문이다.

거의 모든 부모처럼 내 아버지 어머니도 아들의 성적 충동이 자연스럽게 커 나가도록 돕지 못하고 애써 모른 척했다. 다만 두 분은 내가 내 속에서 일어나는 실제적인 움직임들을 부정하고, 점점 비현실적이고 거짓으로 변해 가는 어린아이의 세계에 계속 안주하려는 나의 필사적인 노력을 지극 정성으로 도와주었을 뿐이다. 세상의 부모들이 이런 점에서 얼마나 도움이 될지 알 수 없기에 나는 부모님을 비난할 생각이 없다. 나 자신을 장악하고 나의 길을 찾는 것은 나의 일이다. 그러나 유복하게 자란 대부분의 아이처럼 나도 나 자신의 일을 잘 해내지 못했다.

누구나 이런 어려움을 겪는다. 대개 자기 삶의 요구가 외부 환경과 가장 치열하게 싸우고, 혹독하게 싸워 이겨야만 앞으로 나아가는 길이 열리는 인생 시기에 겪는 일이다. 많은 사람이 죽고 새로 태어나는 경험을 한다. 그것은 우리의 운명이기도 하다. 그런데 이런 일은 살면서 단 한 번밖에 일어나지 않는다. 어린 시절이 서서히 썩어 문드러질 때, 혹은 모든 사랑하는 것이 우리 곁을 떠나려 하고 우리가 갑자기 외로움과 주변의 지독한 싸늘함을 느끼는 때가 그렇다. 무척 많은 사람이 영원히 이 낭떠러지에 매달리고, 평생 돌이킬 수 없는 과거와 잃어버린 낙원의 꿈에 고통스럽게 집착하며 산다. 꿈 중에서 가장 나쁘고 잔인한 꿈이다.

내 이야기로 다시 돌아가자. 유년기의 끝을 알리는 느낌이나 꿈의 영상들은 일일이 언급할 만큼 중요한 것들이 아니다. 중요한 것은 '어둠의 세계', 즉 '다른 세계'가 다시 나타난 것이다. 예전에 프란츠 크로머가 차지했던 자리가 이제는 나 자신 속에 마련되어 있었다. 그로써 '다른 세계'가 다시 밖에서 부터 나를 지배할 힘을 얻었다.

크로머와 있었던 일은 벌써 몇 년이 지났다. 그 극적이고 죄책감에 젖어 있던 시기는 이미 오래전 일이라 당시 내 인생에서 짧은 악몽처럼 흔적도 없이 사라진 것처럼 보였다. 그랬다. 프란츠 크로머는 내 인생에서 오래전에 사라졌다. 우연히 만나더라도 녀석에게 거의 신경을 쓰지 않게 될 정도로 말이다. 내 인생의 비극에서 또 다른 중요 인물인 데미안은 그때까지도 내 주변에서 완전히 사라지지 않았다. 그러나 그 역시 오랫동안 내 삶의 가장자리에, 멀찌감치 떨어져 있었다. 보이기는 하지만 내게 영향을 미치지는 못할 거리였다. 그런 그가 이제 서서히 내게 다가오고 있었다. 다시 힘과 영향력을 발휘하면서.

그 시절 데미안과 관련해서 생각나는 것들을 조심스럽게 떠올려 본다. 당시 나는 데미안과 1년 남짓 대화를 나누지 않았다. 아니 그보다 더 오래되었을 수도 있다. 나는 그를 피했고, 그 역시 먼저 나서지 않았다. 예를 들어 길을 가다가 만나도 그는 내게 고개만 끄덕거렸다. 때로 나는 그런 다정한 태도에서 조롱과 비꼬는 듯한 질책이 숨어 있는 느낌을 받았다. 물론 그건 전적으로 내 착각일지 모른다. 어쨌든 그와 내가 함께 겪었던 일과 그가 예전에 내게 보여 준 그 이상한 영향력은 그나 나나 모두 잊은 듯했다.

그의 모습을 떠올려 본다. 머릿속으로 한 장면이 그려진다. 그가 저기 있고 내가 그를 바라본다. 그는 학교에 가고 있다. 혼자서, 혹은 다른 상급반 학생들 틈에서. 이방인처럼 외롭고 조용한 모습이다. 학생들 사이에서 유유히 걷는 것이 마치 자기만의 공기에 둘러싸여 자신이 설정한 법칙에 따라 살아가는 사람 같다. 그를 좋아하는 사람은 없었다. 그와 친한 사람도 없었다. 그의 어머니만 빼고. 데미안은 자기 어머니하고도 아이가 아닌 어른처럼 교류하는 듯했다. 선생님들은 되도록 그를 가만히 내버려 두었다. 물론 데미안도 좋은 학생이었다. 하지만 그는 누구의 마음에 들려고 애쓰지 않았다. 이따금 소문으로 그가 선생님한테 반박하거나 따지고 들었다는 말이 나돌았는데, 상대를 도발하고 비꼬는 면에서 혀를 내두르게 하는 수준이라고 했다.

나는 눈을 감고 다시 그를 생각한다. 그의 모습이 떠오른다. 이게 어디였지? 그가 다시 나타난다. 우리 집 앞 골목이다. 어느 날 데미안이 거기에 서 있었다. 손에 공책을 들고서. 그림을 그리고 있었다. 우리 집 대문 위 낡은 문장에 새겨진 새를 모사하는 중이었다. 나는 커튼 뒤로 몸을 숨긴 채 창가에 서서 그를 지켜보았다. 문장을 향한 그의 얼굴이 신중하면서 차갑고 밝았다. 나는 마음속 깊이 경탄하며 바라보았다. 남자의 얼굴이었다. 연구자나 예술가의 모습이었다. 우월감에 젖어 있고, 자의식에 차 있고, 밝음과 차가움이 묘하게 뒤섞인 얼굴이었다. 거기다 뭔가를 아는 것 같은 눈까지.

또다시 그의 모습이 떠오른다. 우리 집 대문 앞에서 그림을 그리던 그를 본 지 얼마 지나지 않았을 때였다. 학교에서 돌아오는 길에 우리는 바닥에 쓰러진 말 한 마리를 에워싸고 있었다. 말은 농사용 수레의 끌채에 묶인 채 콧구멍을 벌렁거리며 애처롭게 숨을 헐떡거렸고, 몸 어딘가의 상처에서 피가 흐르는지 옆구리 쪽 길바닥의 흰 먼지가 서서히 검붉게 물들고 있었다. 내가 속이 메스꺼워 말에게서 눈을 돌리는 순간 데미안의 얼굴이 보였다. 그는 평소 스타일답게, 앞으로 나오지 않고 맨 뒤에 서 있었다. 편안하면서도 꽤 우아해 보였다. 말의 머리로 향한 것 같은 그의 시선에는 예의 그 깊고 고요하고, 또 열정적이면서 동시에 냉철한 주의력이 담겨 있었다. 나는 한참 동안 그에게서 눈을 떼지 못했다. 그때 나는 이성적 인식 저편에서 무언가 아주 독특한 것을 느꼈다. 데미안의 얼굴에서였다. 소년이 아닌 남자의 얼굴인 것은 또 확인할 수 있었다. 그런데 이번에는 그것만이 아니었다. 더 많은 것이 보였다. 아니, 본 것 같았다. 아니, 느낀 것 같았다. 그것은 남자의 얼굴도 아니었다. 뭔가 다른 것이 있었다. 마치 여자의 얼굴이 그 속에 담긴 듯했다. 특히 이 얼굴은 순간적으로 남자도 아이도 아니고, 늙지도 젊지도 않았다. 어떻게 보면 천 살은 된 것 같고, 어떻게 보면 아예 시간을 벗어난 것 같았다. 마치 우리가 사는 세계와는 다른 시간 속에 사는 것처럼. 동물이나 나무, 혹은 별들만 그렇게 보일 수 있었다. 하지만 그때는 몰랐다. 지금 어른이 되어서야 깨달은 것뿐이다. 그리고 그때는 정확히 느끼지도 못했다. 비슷한 것을 어렴풋이 느꼈을 뿐이다. 어쩌면 그는 아름다웠을 수도 있고 내 마음에 들었을 수도 있다. 또 어쩌면 내 눈에 싫게 느껴졌을지도 모른다. 물론 단정 지을 수는 없는 일이지만. 다만 나는 보았다. 데미안이 우리와 다르다는 것을. 그는 동물 같았고, 유령 같았고, 혹은 하나의 그림 같았다. 나는 그의 모습이 어땠는지 모르지만, 우리 모두와 상상할 수 없을 정도로 달랐던 것만큼은 분명했다.

더는 기억나지 않는다. 어쩌면 위의 사실들도 일부는 이후의 인상들에서 비롯된 것인지도 모른다.

몇 살 더 먹은 뒤에야 나는 마침내 데미안과 좀 더 가까워졌다. 데미안은 당시의 풍습과는 달리 그럴 나이가 됐는데도 또래 아이들처럼 교회에서 견진성사를 받지 않았다. 이를 두고 또 소문이 꼬리에 꼬리를 물었다. 학교에서는 당장 데미안이 유대인이 틀림없다는 둥, 혹은 이교도일 거라는 둥 말들이 나돌았다. 심지어 어떤 애들은 그들 모자가 아예 종교가 없거나, 아니면 어떤 황당하고 나쁜 사이비 종파에 빠져 있을 거라고 주장하기도 했다. 그와 관련해서 나는 데미안이 어머니와 연인 관계로 살고 있을 거라는 의혹의 말까지 들은 기억이 난다. 어쨌든 그는 지금껏 신앙 고백 없이 커 온 것 같았고, 그

것이 그의 미래에는 좋지 않게 작용할 수도 있을 것 같았다. 그런 판단에서였는지는 몰라도, 그의 어머니는 아들을 그의 동급생보다 2년 늦게 견진성사에 참여시키기로 했다. 그래서 데미안은 몇 달 동안 나와 같은 반에서 견진성사 수업을 들었다.

한동안 나는 데미안 주위에 얼씬도 안 했다. 더는 그와 엮이고 싶지 않았다. 그는 너무 많은 소문과 비밀에 휩싸인 인물이었다. 특히 나로서는 크로머 사건 이후 내 속에 남아 있는 그에 대한 부채감 때문에 더더욱 그에게 선뜻 다가가지 못했다. 그런데 하필 그 무렵 나는 나 자신의 비밀로 전전긍긍하고 있었다. 견진성사 수업 시간은 내가 성적인 문제에 결정적으로 눈을 뜬 시기와 정확히 일치했다. 그래서 결코 나쁜 뜻은 없었음에도 나는 그 경건한 가르침에 관심을 가질 수 없었다. 신부님들이 말씀하시는 것들은 내게서 아주 멀리 떨어진, 고요하고 거룩한 비현실적인 세계 속에 있었다. 그것들은 무척 아름답고 소중한 것일 수는 있었지만 결코 현실적이고 자극적이지 못했다. 반면에 성적인 문제는 극도로 현실적이고 자극적이었다.

이런 심적 상태 때문에 내가 수업에서 멀어질수록 내 관심은 점점 막스 데미안에게로 쏠렸다. 무언가가 우리를 연결하는 듯했다. 이제 나는 이 연결의 끈을 가능한 한 정확히 따라가 보겠다. 내 기억이 닿는 한, 그것은 아직 교실에 불을 밝혀야 할 만큼 이른 아침 시간에 시작되었다. 어느 순간 신부님의 이야기가 카인과 아벨에 이르렀다. 나는 수업에 거의 관심을 보이지 않았다. 졸려서 귀에 들어오지도 않았다. 그때 신부님이 목소리를 높여 카인의 표식에 대해 절절히 이야기하기 시작했다. 순간 나는 누군가 나를 건드리는 것 같은, 혹은 내게 경고를 하는 것 같은 느낌을 받았다. 눈을 들었다. 앞쪽 책상들에서 데미안이 나를 향해 고개를 돌린 것이 보였다. 무슨 말을 하는 것 같은 환한 눈 속에는 비웃음 같기도 하고, 진지함 같기도 한 빛이 어려 있었다. 그가 내게 눈길을 준 것은 한 순간이었다. 그런데도 그때부터 나는 갑자기 긴장해서 신부님의 말에 귀를 기울였다. 카인과 그 표식에 대한 신부님의 이야기를 들으며 마음속 깊은 곳에서 한 가지 깨달음이 솟구치는 것을 느꼈다. 신부님이 가르치는 것은 사실이 아닐 수도 있고, 다른 식으로 볼 수도 있고, 또 거기에 대해 비판도 가능하다는 깨달음이었다.

그 순간부터 데미안과 나 사이에 다시 연결 고리가 생겼다. 그런데 희한하게도, 영혼이 하나가 된 것 같은 느낌이 들자마자 나는 그 느낌이 마치 마술처럼 공간적으로도 이동하는 것을 보았다. 그게 데미안이 직접 조종한 일인지, 순전히 우연인지는 알 수 없었다. 다만 당시에는 그게 우연이라 굳게 믿었다. 어쨌든 며칠 뒤 데미안이 갑자기 그 종교 수업 시간에 자리를 바꾸었다. 내 바로 앞자리였다(콩나물시루 같은 교실에서 빈민 구제소 아이들이 내뿜는 고약한 냄새 한가운데에서 내가 아침마다 데미안의 목덜미에서 풍기는 상큼한 비누 냄새를 맡는 것을 얼마나 좋아했는지는 지금도 기억이 생생하다!). 며칠 뒤 그는 다시 자리를 바꾸었다. 이번에는 내 옆자리였다. 이후 그는 겨울과 이듬해 봄 내내 그 자리를 떠나지 않았다.

그때부터 아침 수업 시간이 확 바뀌었다. 나는 졸리지도 지루해하지도 않았다. 오히려 그 시간이 기다려졌다. 우리 둘은 가끔 굉장히 집중해서 신부님의 설명에 귀를 기울였다. 특이한 이야기나 이상한 금언이 나온 경우인데, 그럴 때면 내 짝꿍은 슬쩍 눈길을 주어 내 주의를 불러일으켰다. 그리고 신부님의 말에 비판이나 의심을 해야 할 때는 다른 눈길을 보냈다. 아주 단호한 눈길을.

우리는 수업을 전혀 듣지 않는 나쁜 학생이었던 적도 무척 많았다. 데미안은 선생님과 학생들에게 늘 정중했다. 나는 그가 다른 남자애들처럼 쓸데없는 장난을 치는 것을 한 번도 본 적이 없고, 그가 큰 소리로 웃거나 떠드는 것도 보지 못했으며, 선생님한테 야단을 맞는 것도 본 적이 없었다. 그러나 어떤 때는 아주 낮은 목소리로 나를 자기 일에 끌어들이기도 했다. 물론 그렇게 속삭이는 것보다 신호와 눈길을 주는 경우가 더 많았지만 말이다. 어쨌든 그가 하는 일은 퍽 이상한 구석이 있었다.

예를 들어 그는 학생 중에 누가 자기한테 관심이 있는지,

그가 학생들을 어떤 식으로 연구하는지 말해 주었다. 몇몇 학생에 대해서는 매우 자세히 알고 있었는데, 수업 시간 전에 그는 이런 식으로 말하곤 했다.

"내가 엄지손가락으로 신호를 하면 저 애가 우리를 돌아보거나 목덜미를 긁적거릴 거야."

그러다 내가 수업에 빠져 그의 말은 생각지도 않고 있을 때 갑자기 데미안이 엄지손가락으로 의미심장한 동작을 해서 내가 재빨리 눈을 돌려 보면 지목된 아이는 항상 마치 줄에 묶인 꼭두각시 인형처럼 데미안이 말한 동작을 했다. 내가 선생님에게도 한번 해 보라고 졸랐지만, 데미안은 들어주지 않았다. 그런데 언젠가 수업이 시작되기 전에, 내가 오늘은 예습해 오지 않아 신부님이 나한테 아무것도 물어보지 않았으면 좋겠다고 말했을 때는 데미안이 나를 도와주었다. 신부님이 교리문답 일부를 암송할 학생을 찾아 교실 안을 두리번거리다가 불안에 떨던 내 얼굴에 시선을 멈추었다. 그런데 이상한 일이 벌어졌다. 내게로 천천히 걸어오시던 신부님이 손가락을 뻗어 나를 가리키며 내 이름을 막 부르려고 하는 찰나에, 갑자기 정신이 나간 사람처럼 멍한 표정을 짓더니 목깃을 당기고는, 이번에는 자신의 얼굴을 똑바로 쳐다보고 있던 데미안에게 고개를 돌려 무언가를 물어보려고 했다. 그런데 곧 무언가에 깜짝 놀란 사람처럼 다시 시선을 돌렸고, 어색하게 몇 번 헛기침을 하더니 다른 학생을 지목했다.

나는 이런 장난을 무척 재미있어했지만, 데미안이 나한테도 자주 이런 장난을 쳤다는 것을 서서히 알아차렸다. 학교 가는 길에 갑자기 데미안이 내 뒤를 얼마간 졸졸 따라오고 있다는 느낌이 들어서 돌아보면 정말 뒤에 그가 있었다.

"대체 어떻게 형이 원하는 대로 남의 생각을 움직이는 거야?"

내가 물었다.

그는 특유의 어른스러운 태도로 사무적이고 차분하게 설명해 주었다.

"아냐, 그렇게 할 수는 없어. 사람한테 자유의지는 없거든. 신부님이 아무리 자유의지가 있다고 강조하셔도 그건 아냐. 남이 자기 마음대로 내 생각을 움직일 수 없듯이 나도 내 마음대로 남의 생각을 움직일 수는 없어. 하지만 주의 깊게 관찰할 수는 있어. 그러면 남이 무슨 생각을 하고 무엇을 느끼는지 상당히 정확하게 알 수 있을 때가 많고, 다음 순간에 무엇을 할 것인지도 대부분 예측할 수 있어. 사실 그건 아주 간단해. 사람들이 모를 뿐이지. 물론 연습이 필요해. 예를 들어, 나비 종류 중에 어떤 나방은 암컷이 수컷보다 훨씬 적어. 이 녀석들은 동물과 똑같이 번식해. 수컷이 암컷에게 수정을 시키고, 그다음 암컷이 알을 낳는 거지. 그런데 이건 연구자들에 의해 여러 번 검증된 건데, 네가 이 나방의 암컷 한 마리를 갖고 있으면 밤중에 수컷 나방들이 떼 지어 몰려와. 그것도 몇 시간씩 떨어진 거리에서! 상상이 돼? 그렇게 먼 곳에서 찾아온다는 게? 그러니까 수컷들은 몇십 킬로미터 떨어진 거리에서도 이 암컷 한 마리를 감지해. 사람들이 그 원리를 설명해 보려고 하지만 쉽지 않아. 분명 탁월한 후각이나 그 비슷한 능력 덕분일 거야. 훌륭한 사냥개가 보이지 않는 흔적을 찾아 추적하는 것처럼 말이야. 이해하겠어? 자연엔 그런 일이 넘쳐 나. 하지만 누구도 그것을 설명하지는 못해. 다만 내 생각은 이래. 그 나방 종에서 암컷이 수컷처럼 흔했다면 수컷은 결코 그렇게 예민한 코를 갖지 못했을 거라고! 수컷들이 그런 코를 가지게 된 건 스스로를 그렇게 단련했기 때문이야. 결국 동물이든 사람이든 온 신경과 의지를 어떤 특정한 것에 집중하면 그것을 얻을 수 있어. 그게 다야. 네가 신기하게 여긴 것도 그런 원리야. 너도 어떤 사람을 정해서 자세히 관찰해 봐. 그러면 그 사람 자신보다 그 사람에 대해 더 많은 것을 알 수 있어."

나는 하마터면 '독심술'이라는 말을 입에 올려 오래전에 있었던 크로머와의 일을 데미안에게 상기시킬 뻔했다. 크로머 사건을 거론하지 않는 것은 우리 둘 사이의 또 다른 이상한 일이었다. 데미안은 몇 년 전 내 인생에 그렇게 강력하게 개입했던 것에 대해 지나가는 말로라도 암시하는 일이 없었다. 그래서 우리 둘 사이에는 그런 일이 전혀 없었거나, 아니면 어느 쪽이든 상대가 그것을 잊었다고 굳게 믿는 듯했다. 심지어 한두 번 함께 길을 가다 프란츠 크로머와 마주친 적도 있었지만, 우리는 눈길은 물론이고 크로머에 대해 말 한마디 주고받지 않았다.

내가 물었다.

"그렇게 되면 의지는 어떻게 돼? 형 말로는 자유의지가 없다면서. 그래 놓고 자기 의지를 어떤 것에 단단히 집중하기만 하면 목표에 도달할 수 있다고 하는 건 앞뒤가 맞지 않잖아! 내 의지의 주인이 되지 못하면 내가 어떻게 내 의지를 마음대로 여기 혹은 저기에 집중할 수가 있어?"

데미안이 내 어깨를 톡톡 두드렸다. 내가 그를 기쁘게 했을 때 나오는 행동이었다.

그가 웃으며 말했다.

"그런 질문을 하다니 훌륭해! 사람은 그렇게 항상 물어보고 의심해야 해. 근데 그 문제는 아주 간단해. 나방이 자기 의지를 별이나 그 비슷한 것에 향하게 한다고 해서 그게 될까? 불가능해. 그런 시도도 하지 않을 테고. 나방은 자기한테 의미와 가치가 있고, 자기에게 필요하고, 자기가 무조건 얻고 싶은 것만 구할 뿐이야. 그럴 때에만 정말 어마어마한 결과를 얻을 수 있어. 다른 동물에게는 없는 마법의 육감(六感)을 발전시킨 게 바로 그 결과야. 그런 면에서 우리 인간은 동물보다 여지가 많고 관심도 많은 게 사실이야. 하지만 우리도 비교적 좁은 범위에 속박되어 있고, 그 범위를 뛰어넘을 수는

84

없어. 물론 이런저런 상상은 할 수 있겠지. 가령 꼭 북극에 가고 싶다는 꿈 같은 거 말이야. 하지만 그런 소망은 내 속에 완전히 뿌리를 내려 내 마음이 정말 그 소망으로 가득 찰 때만 진정으로 원하고 실행으로 옮길 수 있어. 마음이 소망으로 가득 차면 네 마음속에서 명령하는 것을 시험해 봐. 그러면 마치 훌륭한 말을 앞에 매단 것처럼 네 의지를 마음껏 펼칠 수 있을 거야. 하지만 안 되는 것도 있어. 예를 들어 우리 신부님이 앞으로 안경을 안 쓰고 다니게 하겠다는 생각이 그런 거야. 그런 일은 아무리 의지를 쏟아도 안 돼. 그냥 장난일 뿐이거든. 반면에 지난가을처럼 내가 앞쪽 자리를 뒤로 옮겨야겠다고 확고한 의지를 가졌을 때는 순순히 잘 풀렸어. 그때까지 아파서 학교에 나오지 않던 애가 갑자기 등교하는 바람에 알파벳 순서로 나보다 앞에 있던 그 애에게 누군가 자리를 내주어야 했는데, 당연히 내가 그랬지. 내 의지는 항상 그런 기회를 잡을 준비를 하고 있었거든."

"그래, 그때 일도 정말 이상했어. 우리가 서로 관심을 보이던 순간부터 형이 점점 내 쪽으로 자리를 바꾸어 왔어. 어떻게 한 거야? 형은 처음부터 바로 내 옆자리에 앉은 게 아니라 내 앞에서 몇 번 자리를 바꾸었어. 안 그래? 어떻게 한 거야?"

"설명해 줄게. 사실 처음에 자리를 바꾸겠다는 생각이 들었을 때만 해도 난 내가 어디로 가고 싶어 하는지 정확히 몰랐어. 그냥 뒤쪽에 앉고 싶다는 생각뿐이었어. 그러니까 너한테로 가고 싶다는 의지를 그때까지는 의식하지 못했어. 어쨌든 네 의지도 그러는 나를 도와주고 함께 끌어 주었어. 그러다가 네 앞에 앉았을 때에야 비로소 내 소망이 반쯤 성취된 것을 알아차렸어. 내가 처음부터 원했던 게 바로 네 옆에 앉는 것임을 그제야 깨달은 거지."

"하지만 그때는 새로 온 애도 없었잖아?"

"그래, 없었어. 그때는 그냥 내가 원하는 대로 해 버렸어. 이 것저것 따지지 않고 바로 네 옆자리에 앉아 버린 거지. 나와 자리를 바꿀 수밖에 없게 된 네 짝꿍은 잠시 의아해하더니 그 냥 내 뜻대로 해 줬어. 신부님도 뭔가 변화가 있는 것을 눈치 챈 것 같았지만, 나와 관련해서 무슨 생각을 하려고 하면 번 번이 알지 못하는 뭔가가 몰래 신부님을 괴롭혔어. 내 이름이 데미안이라는 것도 알고 계셨고, 알파벳 'D'로 시작하는 아이 가 저 뒤 'S'로 시작하는 줄에 앉아 있다는 것이 잘못된 일이 라고 느끼고 계셨지만, 그게 의식으로까지 뚫고 들어가지는 못했어. 그러는 신부님을 내 의지가 번번이 막아서고 방해했 거든. 신부님도 무언가 이상한 것을 반복해서 느끼시고는 나 를 바라보며 연구를 하기 시작했어. 참으로 선량하신 분이지! 하지만 그걸 막는 방법도 있어. 아주 간단한 방법이지. 항상 신부님의 눈을 피하지 않고 똑바로 바라보는 거야. 웬만한 사 람은 견디질 못해. 모두 불안해하지. 너도 누구한테 원하는 것 이 있으면 기습적으로 그 사람의 눈을 똑바로 바라봐. 그래도 그 사람이 불안해하지 않으면 포기해! 그 사람한테는 아무것도 얻을 수 없을 테니까. 절대로! 하지만 그런 일은 무척 드물어. 그게 통하지 않는 사람은 지금껏 딱 한 사람밖에 못 봤어."

"그게 누군데?"

내가 재빨리 물었다.

데미안은 깊은 생각에 잠길 때처럼 눈을 가늘게 뜨고 나를 빤히 바라보았다. 그러더니 곧 눈을 돌리고는 대답을 하지 않았다. 나는 궁금해 미칠 것 같았지만 같은 질문을 반복하지는 않았다.

지금 생각하면 그때 데미안이 말한 사람은 그의 어머니였던 것 같다. 그는 어머니와 무척 친밀하게 살아가는 듯했다. 하지만 어머니에 대해서는 내게 한마디도 하지 않았고, 나를 집으로 데려간 적도 없었다. 그래서 나는 그의 어머니가 어떻게 생겼는지 알지 못했다.

당시 나도 이따금 데미안을 흉내 내어, 어떤 것에 내 의지를 강하게 집중해 보곤 했다. 아주 간절한 소망이 있었던 것이다. 그러나 뜻대로 되지 않았고, 아무것도 이루지 못했다. 그에 관해 데미안과 이야기를 나누어 볼 생각은 하지 못했다. 내가 은밀히 소망하는 것을 그에게 고백할 수가 없어서 그랬을 것이다. 그도 묻지 않았다.

종교 문제에서 나의 신앙심은 그사이 군데군데 구멍이 생겼다. 그러나 나는 전적으로 데미안으로부터 영향을 받은 내 생각과 신에 대해 완전한 불신을 드러내는 다른 학생들의 생각을 명확히 구분할 줄 알았다. 실제로 그런 학생들이 더러 있었다. 이들은 틈틈이, 신을 믿는 것은 인간 존엄에 맞지 않는 웃기는 짓이라느니, 동정녀에게서 태어났다는 예수의 탄생 신화와 삼위일체는 그저 웃음밖에 나오지 않는 이야기라느니, 혹은 오늘날에도 그런 싸구려 교리를 선전하고 다니는 것은 수치라느니 하는 말을 흘리고 다녔다. 나는 결코 그렇게 생각하지 않았다. 나 역시 의심을 품고 있기는 했지만, 어린 시절의 모든 경험을 통해 내 부모님이 살아온 것 같은 그런 경건한 삶이 어떤 것인지 충분히 알고 있었고, 이것이 품위 없는 짓도 위선도 아니라는 것을 명확히 깨닫고 있었다. 오히려 나는 종교적인 것에 대해 여전히 깊은 경외심을 갖고 있었다. 다만 데미안을 통해 성서 이야기와 교리를 좀 더 자유롭게, 좀 더 개인적으로, 좀 더 유희적으로, 좀 더 상상력이 풍부하게 바라보고 해석하는 데 익숙해져 있을 뿐이었다. 어쨌든 나는 데미안이 일깨워 준 새로운 해석들을 즐겁게 받아들였다. 물론 카인 이야기처럼 너무 과격하게 느껴지는 것도 많았지만 말이다.

한번은 견진성사 수업 시간에 데미안이 훨씬 대담한 견해로 나를 깜짝 놀라게 했다. 그전에 신부님은 골고다 언덕에 대해 말했다. 그리스도의 수난과 죽음에 대한 성서 보고는 아주 오래전부터 내게 굉장히 깊은 인상으로 남아 있는 이야기였다. 내가 아주 어릴 때, 아버지가 수난일 같은 날에 예수의 수난사를 읽어 주면 나는 가슴 깊이 감동해서 처절하게 아름답고, 창백하고, 섬뜩하면서도 무한한 생동감이 넘치는 이 세계, 즉 겟세마네 동산과 골고다 언덕에 푹 빠져 살았다. 그래서 바흐의 마태 수난곡을 들을 때면 이 비밀스러운 세계에 담긴 음울하고 강력한 수난의 광채가 지극히 신비로운 전율이 되어 나를 덮쳤다. 지금도 나는 이 음악과 〈비극적 행위〉*에서 모든 문학과 예술적 표현의 진수를 느낀다.

어쨌든 견진성사 수업 시간 끝나 갈 무렵 데미안이 생각에 잠긴 표정으로 내게 이렇게 말했다.

"싱클레어, 이 이야기에는 마음에 들지 않는 부분이 있어. 천천히 한번 읽어 보고, 깊이 음미해 봐. 분명 석연찮은 부분이 있어. 두 강도 이야기 말이야. 언덕 위에 십자가 세 개를 나란히 세워 놓은 것부터가 벌써 아주 거창해! 하지만 그 충직한 강도 이야기는 종교적 교화를 위한 감상적 선전에 불과해! 우선 그 남자는 여러 악행을 저지른 범죄자였어. 하느님은 당연히 다 알고 계셨겠지. 그런 인간이 마지막에 와서 마음이 누그러져 눈물로 반성과 회개의 잔치를 벌이고 있어. 두 걸음이면 무덤에 들어갈 시점에 그런 회개가 무슨 의미가 있을까?

* Actus Tragicus. 바흐 작품 번호 106번 교회 성악곡. 노랫말 첫 줄을 딴 정식 제목은 〈하느님의 시대가 최고 중의 최고라〉이다.

황당한 얘기지. 그건 성직자 나부랭이들이 의미 없이 지껄여대는 이야기일 뿐이야. 교화하려는 의도에 싸구려 감동을 엮어서 만든, 달콤하지만 솔직하지 않은 이야기라고. 만일 지금 네가 두 강도 중에 하나를 친구로 선택하거나, 둘 중 하나에게 신뢰를 보내야 한다면 누구를 고르겠어? 분명 그 울먹거리는 개종자는 아닐 거야. 그래, 다른 쪽이야. 그 사람이야말로 주관이 뚜렷한 대장부야. 그 남자는 회개나 개종 따위는 아주 가소롭게 여겼어. 자신의 상황에서 그런 건 그저 귀에만 듣기 좋은 헛소리 정도로 생각한 거지. 그 사람은 끝까지 자기 길을 갔어. 그곳까지 자신을 동행한 것이 분명해 보이는 악마를 마지막까지도 비겁하게 버리지 않았어. 악마와 결별했다고 말하지 않았다고. 주관이 있는 사람이지. 하지만 성서에서 그런 사람은 항상 손해를 봐. 그 사람도 카인의 후예일 가능성이 커. 그렇게 생각하지 않니?"

나는 몹시 당황했다. 예수가 십자가에 못 박혀 죽은 이야기는 항상 마음의 고향처럼 친숙했는데, 이제 돌이켜 보니 내가 그 이야기를 얼마나 혼자만의 생각이나 상상력 없이 몰개성적으로 듣고 읽었는지 알 수 있었다. 그럼에도 데미안의 새로운 생각은 무척 불편했고, 내가 계속 지켜야 한다고 믿는 최후의 보루까지 뒤엎으려 했다. 그럴 수는 없는 일이었다. 무엇이든 누구든 간에 모든 것을 그렇게 함부로 다룰 수는 없었다. 특히 세상에서 가장 거룩한 분한테 그럴 수는 더더욱 없었다.

데미안은 여느 때처럼 내가 무슨 말을 꺼내기도 전에 벌써 내 마음속 거부감을 눈치챘다.

그가 체념하듯 말했다.

"그래, 알아. 이건 아주 오래된 이야기야. 실제로 그렇게 생각하라는 건 아냐! 다만 이 말은 꼭 해 두고 싶어. 내가 말한 게 바로 이 종교의 결함을 뚜렷이 보여 주는 부분 가운데 하나야! 문제는, 구약과 신약의 이 신이 매우 탁월한 존재이기는 하지만 결코 우리가 '완전한 신'으로 떠올리는 그런 형상은 아니라는 거야. 그 신은 선하고 고결하고 자상하고 아름답고 드높고 감상적이야. 좋아, 아주! 하지만 세계는 다른 것으로도 이루어져 있어. 그런데 세계의 반쪽에 해당하는 이 부분은 전부 악마의 것으로 치부되어, 겉으로 드러내서도 발설해서도 안 되는 것이 되어 버렸어. 예를 들어 사람들은 신을 모든 생명의 아버지라 찬양하면서도 모든 생명이 만들어지는 단계에서 없어서는 안 될 모든 성생활을 절대 입에 올리지 말아야 할 것으로 금지할 뿐 아니라 심지어 악마의 짓거리나 죄악으로 간주하기도 해. 나는 사람들이 이 여호와 신을 경배하는 것을 조금도 반대하지 않아. 다만 내 말은, 다른 반쪽까지 포함해서 세상을 이루는 '모든 것'을 경배하고 거룩하게 여기자는 거야. 인위적으로 따로 떼어 낸 이 공식적인 반쪽짜리 신만 경배하지 말고. 그러려면 신에 대한 예배 외에 악마를 위한 예배도 올려야겠지. 나는 그게 옳다고 생각해. 아니면 악마까지 품은 신을 하나 새로 만들든지. 우리가 지극히 자연스러운 일을 하면서도 두 눈을 감아야 하거나 찡그릴 필요가 없는 그런 신으로 말이야."

데미안은 평소와 다르게 격정적으로 이야기했다. 하지만 말이 끝나자마자 다시 미소를 지으며 더는 나를 몰아붙이지 않았다.

그런데 그의 말들은 지금껏 누구에게도 털어놓지 않고 항상 가슴에 품고만 다녔던 내 어린 시절의 수수께끼를 풀어 주는 열쇠나 다름없었다. 데미안이 신과 악마, 그리고 공식적인 신의 세계와 묵살된 악마의 세계에 대해 했던 말은 바로 나 자신의 생각, 나만의 신화와 일치했다. 그러니까 밝음과 어둠의 두 세계, 아니 세계의 두 반쪽에 대한 내 생각과 정확히 일치했다는 말이다. 내 문제가 모든 사람의 문제였고, 모든 삶과 모든 사고의 문제였다는 것을 깨닫는 순간 그 인식은 마치 거룩한 그림자처럼 갑자기 나를 뒤덮었다. 게다가 나 자신의 은밀하고 개인적인 삶이 어떤 거대한 사유의 영원한 흐름과 깊이 연결된 것을 느끼는 순간 두려움과 경외심까지 밀어닥쳤다. 그러나 이런 깨달음으로 내 생각이 틀리지 않았음을 확인하고 일순간 행복감에 젖었음에도 나는 기쁘지 않았다. 오히려 가혹하고 씁쓸한 뒷맛이 남았다. 그 깨달음에는 일말의 책임감과 함께 이제는 어린아이일 수 없고, 혼자서 걸어가야 한다는 명령이 담겨 있었기 때문이다.

나는 살아가면서 처음으로 가슴속 깊이 숨겨져 있던 비밀을 내 친구에게 털어놓았다. 아주 어린 시절부터 품어 온 '두 세계'에 대한 나만의 생각이었다. 이로써 내가 저 가슴 밑바닥에서부터 그의 말에 동의하고 그의 옳음을 인정한다는 것을 데미안도 즉시 알아차렸다. 하지만 이런 기회를 자신에게 유리한 쪽으로 활용하는 것은 그의 적성에 맞는 일이 아니었다. 데미안은 지금껏 그 어느 때보다도 더 집중해서 내 말을 경청했다. 내가 말하는 내내 내 눈을 빤히 바라보기도 했는데, 마지막엔 내가 바로 보지 못하고 눈을 돌릴 수밖에 없었다. 또다시 그의 눈 속에서 시간을 넘어서는 그 이상야릇한 동물성과 어림잡을 수도 없는 나이를 보았기 때문이다.

데미안이 배려하듯이 말했다.

"그 이야기는 다음에 더 하기로 하자. 내가 보기에, 너는 속에 있는 것들을 아직 말로 다 표현해 내지는 못하는 것 같아. 그건 지금껏 네가 생각한 대로 살지 않았다는 것을 뜻해. 그건 좋지 못해. 직접 살아 보는 생각만이 가치가 있어. 넌 너의 '허락된 세계'가 단지 세계의 반쪽뿐이라는 걸 알면서도 다른 두 번째 반쪽을 숨기려고 했어. 신부님과 선생님들이 그러는 것처럼. 하지만 넌 그럴 수 없어. 누구든 일단 스스로 생각하기 시작하면 그건 불가능해."

나는 이 말에 깊은 충격을 받았다.

내가 거의 소리치듯이 말했다.

"하지만 진짜 하지 말아야 할 추악한 일들도 있어. 형도 그건 부정하지 못해! 그런 일들이 금지되어 있으면 우리는 그걸 포기해야 해. 살인이나 다른 온갖 악행이 이 세상에 존재한다는 건 나도 알아. 하지만 단순히 존재한다는 이유만으로 나더러 그런 짓을 해서 범죄자가 되라는 거야?"

데미안이 나를 진정시켰다.

"이런 이야기는 하루에 다 끝낼 수가 없어. 너더러 살인을 하라거나 여자를 강간해서 죽이라는 이야기가 아니야. 그건 절대 아니지. 넌 아직 '허락된 것'과 '금지된 것'의 본래 의미를 면밀히 꿰뚫어 볼 단계까지 오지 않았어. 이제 겨우 진실의 일부를 감지한 것뿐이야. 다른 게 곧 올 거야. 너 자신을 믿어! 예를 들어 넌 1년 전부터 네 속에서 어떤 충동을 느끼고 있어. 성적 충동 말이야. 다른 어떤 것보다 강한 그 충동은 일반적으로 '금지된' 것으로 분류돼. 반면에 그리스인들과 다른 많은 민족은 이 충동을 신성하게 여겼고, 그것을 위한 성대한 축제를 벌이며 경배하기까지 했어. 그러니까 어떤 것도 영원히 '금지된' 것은 없어. 얼마든지 바뀔 수 있다고. 지금도 신부님 앞에서 여자와 결혼을 맹세하면 누구든 여자와 잘 수 있어. 하지만 그런 의식 없이도 여자와 자는 것이 허락된 민족도 많아. 지금까지도 말이야. 그래서 어떤 것을 하지 말아야 하고, 어떤 것을 해도 되는지는 우리 스스로 찾아야 해. 각자 판단해야 한다고. 일반적으로 사람들은 금지된 것은 해선 안 되고, 그런 짓을 하면 몹시 나쁜 놈이 된다고 생각해. 거꾸로도 마찬가지야. 나쁜 놈이라야만 금지된 것을 할 수 있다고 생각하지. 하지만 가만히 생각해 보면 그건 그냥 편안함의 문제야. 편안한 것에 푹 빠져서 스스로 생각하지 못하고 자기 결정권을 잃은 사람이 바로 남이 금지해 놓은 대로 따르는 거야. 그런 사람은 쉽게 살아. 반면에 그들과 다른 사람들은 자기 속에서 도덕적 법칙을 찾아. 그래서 다른 데서는 금지된 일도 그들은 할 수 있어. 사람은 누구나 독자적으로 살아야 해."

데미안은 너무 많은 말을 한 것이 후회스러운지 갑자기 말을 멈추었다. 이미 나는 그의 내면에서 일어나는 감정 변화를 어느 정도 느낄 수 있었다. 그러니까 데미안은 머릿속에 떠오른 생각들을 아무리 편안하게, 그리고 겉으로는 대충 말하는 것 같아도, 언젠가 자기 입으로 말한 것처럼 '단순히 말을 하기 위해' 대화하는 것을 극도로 싫어했다. 그는 내가 이런 지적인 대화에 드러내는 관심의 진정성은 인정하면서도 재미 삼아 즐기는 측면이 너무 강하다는 인상을 받은 듯했다. 간단히 말해서, 나한테 완전한 몰입이 부족하다고 느낀 것 같았다.

방금 내가 쓴 마지막 말, 즉 '완전한 몰입'이라는 말을 다시 읽어 보니 갑자기 다른 한 장면이 떠오른다. 아직 어린아이 티를 완전히 벗지 못한 그 시절에 내가 데미안에게서 경험한 가장 인상적인 모습이었다.

견진성사가 다가오고 있었다. 종교 수업 마지막 몇 시간의 주제는 최후의 만찬이었다. 신부님은 이 주제를 무척 중요하게 생각해서 정성을 다해 수업을 진행하셨다. 그런 만큼 수업 시간에는 일말의 성스럽고 숭고한 분위기까지 느껴졌다. 그런데 바로 이 마지막 몇 시간에 내 생각은 다른 것에 묶여 있었다. 데미안이라는 내 친구에게 말이다. 교회 공동체 안으로 엄숙하게 받아들여지는 행사인 견진성사를 기다리는 동안 내 속에서는 마치 기다렸다는 듯이 어떤 생각이 솟구쳐 올랐다. 내게 반년 정도의 이 종교 수업은 여기서 배운 것 때문이 아니라 데미안과 함께 있으면서 받은 영향 때문에 의미가 있다는 생각이었다. 나는 이제 교회 공동체가 아니라 완전히 다른 것으로 들어갈 준비를 하고 있었다. 즉 어떤 식으로든 이 지상에 존재하고, 내가 데미안을 그 대표자나 전령으로 느끼는, 사유와 개성의 종단(宗團)으로 들어갈 채비를 하고 있었던 것이다.

나는 이런 생각을 몰아내려고 애썼다. 이 모든 것에도 불구하고 견진성사는 내게 무척 중요했고, 그래서 품격 있게 의식을 치르고 싶었다. 물론 그런 품격은 나의 새로운 생각들에는 별로 어울리지 않는 듯했다. 그럼에도 나는 원하는 것을 하고 싶었다. 나름의 생각이 일었고, 그것은 서서히 다가오는 교회 성사로 연결되었다. 나는 성사를 남들과는 다른 식으로 거행하기로 마음먹었다. 내게 그 성사는 내가 데미안을 통해 알게 된 새로운 사고의 세계로 들어가는 의식이 되어야 했다.

그 무렵이었다. 나는 다시 한 번 데미안과 치열한 논쟁을 벌였다. 수업 시간 바로 전이었다. 그는 수업에 들어가기 전에 윗옷 단추를 채웠다. 대단한 척 어른 흉내나 내는 내 말이 즐겁지 않은 듯했다.

데미안이 평소와 다른 진지함으로 말했다.

"우린 말이 너무 많아. 잘난 척하려고 말하는 건 아무 의미가 없어. 그건 그냥 자기 자신을 떠나는 거지. 자신을 떠나는 건 죄악이야. 사람은 자기 속으로 완전히 들어갈 수 있어야 해. 거북이처럼."

우리는 곧 교실로 들어갔다. 수업이 시작되었고, 나는 수업에 집중하려고 애썼다. 데미안도 나를 방해하지 않았다. 그런데 얼마 뒤 그가 앉아 있는 옆자리에서 무언가 독특한 느낌이 전해져 왔다. 옆자리가 갑자기 텅 비어 버리기라도 한 것처럼 휑하고 서늘한 그런 느낌이었다. 그 느낌이 점점 나를 죄어 오자 나는 고개를 돌려 보았다.

데미안이 앉아 있는 것이 보였다. 여느 때와 마찬가지로 허리를 곧게 편 좋은 자세였다. 그런데 왠지 평소와는 아주 달라 보였다. 내가 알지 못하는 무언가가 그에게서 나와, 그를 에워싸고 있는 것 같았다. 나는 그가 눈을 감고 있다고 생각했지만, 사실은 눈을 뜨고 있었다. 그러나 두 눈은 무언가를 보고 있지 않았다. 아무 흔들림이 없는 시선은 자기 마음속이나 아득히 먼 곳을 바라보는 듯했다. 데미안은 손가락 하나 움직이지 않았다. 숨을 쉬는 것 같지도 않았다. 입은 나무나 돌로 깎은 조각 같았고, 얼굴은 핏기 하나 없이 창백했다. 그것도 돌처럼 고르게 창백했다. 살아 있는 느낌을 주는 것은 갈색 머리카락뿐이었다. 두 손은 책상 위에 얌전히 놓여 있었다. 물건이나 돌멩이 혹은 과일처럼 아무 생기도 없이. 두 손 역시 창백하고 움직이지 않았지만 축 늘어져 있지는 않았고, 어떤 숨겨진 강한 생명을 보호하는 단단하고 훌륭한 껍질 같았다.

그 광경에 나는 몸을 파르르 떨었다. 데미안이 죽었어! 나는 하마터면 이 생각을 소리 질러 밖으로 드러낼 뻔했다. 그가 죽지 않았다는 건 나도 잘 알고 있었다. 나는 무언가에 홀린 것처럼 그의 얼굴에서 눈을 떼지 못했다. 창백한 돌 가면 같은 얼굴이었다. 나는 이것이 진정한 데미안의 모습이라고 느꼈다. 평소 나와 함께 걷거나 말할 때의 모습은 반쪽짜리 데미안이었을 뿐이다. 이따금 한 역할을 맡아 거기에 순응하고, 상대에 대한 호의에서 함께 움직여 주는 그런 데미안 말이다. 반면에 진짜 데미안은 지금 이 모습처럼 돌로 만든 것 같고, 나이를 가늠할 수 없고, 동물 같고, 바위 같고, 아름다우면서도 차갑고, 죽은 것 같으면서도 속으로는 어마어마한 생명력이 넘쳤다. 게다가 그 주위에는 텅 빈 정적과 강렬한 정기, 그리고 별들이 흘렀다. 아, 이 고독한 죽음! 나는 그가 지금 자기 속으로 완전히 빠져 들어간 것을 느끼며 전율했다. 외로움이 밀어닥쳤다. 그때만큼 외로웠던 적이 없었다. 나는 그의 일에 조금도 관여하지 못했고, 그는 내가 도달할 수 없는 곳에 있었다. 세상에서 가장 먼 섬보다 더 멀리. 나는 나 말고 이것을 알아채는 사람이 없다는 것이 의아했다. 모두 그의 모습을 보고 나처럼 전율해야 했다. 하지만 아무도 그에게 주목하지 않았다. 그는 마치 정물화처럼 앉아 있었다. 어떻게 보면 조각상처럼 뻣뻣했다. 파리 한 마리가 그의 이마에 앉았다가 천천히 코와 입술 쪽으로 내려갔다. 그런데도 그는 얼굴 한 번 움찔하지 않았다.

그는 지금 어디에 있는 것일까? 무엇을 생각하고 무엇을 느낄까? 천국에 있을까, 지옥에 있을까?

그것을 지금 그에게 물어보는 것은 불가능했다. 수업이 끝날 때쯤 그가 다시 살아나 숨을 쉬었다. 그의 눈이 나의 눈과 마주쳤고, 그는 예전으로 돌아갔다. 어디에 있다가 온 것일까? 피곤해 보였다. 얼굴에 혈색이 돌았고, 손은 다시 움직였다. 그런데 이젠 갈색 머리가 광채를 잃고 힘이 없었다.

그 후 며칠 동안 나는 내 방에서 여러 번 새로운 연습에 몰두했다. 허리를 반듯하게 세우고 의자에 앉아 시선을 단단히 고정한 채 몸을 전혀 움직이지 않으면서 기다렸다. 내가 이 자세를 얼마나 견딜 수 있는지, 그때 무엇이 느껴지는지. 그러나 몸만 힘들고 눈꺼풀 아래만 몹시 가려울 뿐이었다.

이 일이 있고 얼마 뒤 우리는 견진성사를 받았지만, 그 일에 대한 중요한 기억은 남아 있지 않다.

이제 모든 것이 달라졌다. 내 어린 시절은 산산이 부서졌고, 부모님은 그런 나를 당황스럽게 바라보았다. 누나들도 이젠 완전히 낯선 존재로 바뀌었다. 격동의 상태가 끝나고 마음이 차분히 가라앉으면서 예전의 익숙한 감정과 기쁨들도 가치와 빛을 잃었다. 정원에서는 이제 향기가 나지 않았고, 숲도 나를 유혹하지 못했다. 주변 세상은 재고 상품 떨이처럼 맥 빠지고 지루해졌으며, 책은 단순한 종잇조각으로, 음악은 소음으로 변해 버리고 말았다. 가을이 되면 나무에서 잎이 떨어지지만, 나무는 그것을 느끼지 못한다. 비가 나무를 타고 내리고, 햇빛이나 서리도 나무를 더듬는다. 나무속에서는 생명이 내면의 가장 좁은 곳으로 서서히 웅크려 든다. 나무는 죽지 않는다. 기다릴 뿐이다.

방학이 끝나면 나는 다른 학교로 옮기기로 결정되었다. 처음으로 집을 떠나 생활해야 했다. 가끔 어머니는 평소보다 더 다정한 모습으로 내게 다가와 미리 작별 인사를 하면서 사랑과 향수, 그리고 잊어서는 안 될 다른 것들을 내 가슴에 심어 주려 애썼다. 데미안은 여행을 떠났고, 나는 혼자였다.

4. 베아트리체

나는 데미안을 다시 만나지 못하고 방학이 끝날 때쯤 성(聖)
○○ 시로 갔다. 함께 간 부모님은 김나지움* 교사 댁에 나의
숙식을 맡기며 세심하게 돌보아 달라고 간곡히 당부했다. 그
러나 두 분이 그때 나를 어떤 세상으로 들어가게 하는지 알았
더라면 아마 소스라치게 놀라 온몸이 굳었을 것이다.

세월이 흘러 내가 좋은 아들과 쓸모 있는 시민으로 성장할
지, 아니면 내 본성이 나를 전혀 다른 길로 몰고 갈지는 아직
의문인 상황이었다. 아버지 집에서 그리고 위대한 정신의 그
늘 속에서 행복하게 살아 보려는 나의 마지막 시도는 오랜 시
간에 걸쳐 진행되었고, 가끔은 거의 성공에 이르기도 했지만

* 독일의 인문계 중등 교육기관.

결국엔 완전한 실패로 끝나고 말았다.

견진성사가 끝나고 내가 방학 중에 처음으로 맛본 묘한 공허함과 고독(공기까지 옅어진 것 같은 이런 공허함은 나중엔 나의 일상이 되었다)은 그렇게 빨리 사라지지 않았다. 고향과의 이별은 이상하리만치 쉬웠다. 슬픔을 느끼지 않는 나 자신이 부끄러울 정도였다. 누나들은 이유도 없이 울기만 했지만 나는 그럴 수 없었다. 그런 자신이 스스로 놀라웠다. 나는 항상 감성이 풍부하고 본바탕이 꽤 선한 아이였다. 그런 내가 완전히 변해 버린 것이다. 나는 외부 세계에 철저히 무심했고, 며칠 동안은 오로지 내 속의 목소리에 귀를 기울이며 마음속 지하에서 쏴르르 흘러가는 금지된 어둠의 강물 소리에만 열중했다. 나는 지난 반년 사이 무척 빨리 자랐다. 어느 순간 보니, 키만 껑충한 마르고 미숙한 아이가 세상을 들여다보고 있었다. 소년의 귀여움 같은 건 아예 사라지고 없었다. 사람들이 나를 그전처럼 사랑할 수는 없을 것 같았다. 더구나 나 자신도 스스로를 사랑하지 않았다. 막스 데미안에 대한 강렬한 그리움이 불쑥불쑥 솟구쳤다. 하지만 다른 한편으론 그가 밉기도 했고 내 인생이 이렇게 황폐해진 것에 대해 그에게 책임을 돌릴 때도 드물지 않았다. 황폐한 마음이 끔찍한 질병처럼 느껴지던 시기였다.

하숙집에서 나는 처음엔 사랑받지도 주목받지도 못하는 아이였다. 사람들이 처음엔 나를 놀리더니 나중엔 나와 거리를 두었다. 속을 알 수 없는 고약한 괴짜로 보는 게 분명했다. 나는 그렇게 보이는 것이 마음에 들어 그런 내 모습을 더더욱 과장했고, 남들의 눈에는 세상을 우습게 아는 사나이다운 태도로 비쳤을 게 분명한 고독의 세계로 빠져들었다. 그러나 속으로는 가슴을 갉아먹는 우울과 절망으로 몸부림칠 때가 많았다. 학교에서는 그전에 고향에서 배운 지식들을 써먹는 것으로 보내고 있었다. 새 학교의 학습 진도가 예전 학교보다 좀 뒤처졌던 것이다. 나는 대개 동급생들을 한참 어린 동생들처럼 얕잡아 보았다.

그렇게 1년 남짓 지났다. 방학 때 집에 가도 아무 감흥이 없었다. 나는 기꺼운 마음으로 다시 집을 떠났다.

11월 초였다. 나는 날씨와 상관없이 사색에 잠겨 짧게 산책하는 버릇이 들어 있었다. 그 산책길에서는 희열과 같은 감정을 느낄 때가 많았다. 우울, 세상에 대한 경멸, 자기 환멸로 가득 찬 희열이었다. 그러던 어느 날 저녁이었다. 나는 땅거미가 내리는 축축하고 안개 낀 도시 근교를 천천히 걷고 있었다. 공원의 넓은 가로수 길은 사람 하나 없이 쓸쓸했다. 그 길이 나를 잡아끄는 듯했다. 길에는 떨어진 나뭇잎이 수북이 쌓여 있었다. 나는 정체를 알 수 없는 묘한 쾌감으로 나뭇잎을 발로 헤집었다. 축축하고 쌉쌀한 냄새가 났다. 멀리 떨어진 나무들이 안개 사이로 유령처럼 크고 시커멓게 어른거렸다.

가로수 길 끝에서 나는 망설이듯 걸음을 멈추고는 검은 나

뭇잎들을 응시하며 부패와 소멸의 향기를 탐욕스럽게 들이마
셨다. 내 속의 무언가도 그 향기에 응답하며 이렇게 인사하는
듯했다. 그래, 삶이라는 게 참 허망하지?

문득 샛길에서 누군가 외투 자락을 팔락거리며 나타났다.
내가 계속 가려고 하자 그가 나를 불렀다.

"어이, 싱클레어!"

가까이서 보니 알폰스 베크였다. 우리 하숙집에서 가장 나
이 많은 학생이었다. 나는 그를 괜찮게 생각했다. 나를 비롯한
나이 어린 하숙생들을 항상 놀리고, 삼촌처럼 어른스럽게 구
는 것만 빼고는 특별히 싫은 점이 없었다. 힘도 무척 세다고
알려져 있었다. 하숙집 주인아저씨까지 휘어잡고 있다고 했
다. 게다가 학교에서 떠도는 이런저런 소문의 주인공이기도
했다.

"여기서 뭐 해?"

알폰스가 물었다. 보통 나이 든 형들이 우리 같은 동생들한
테 친근하게 말을 걸 때 쓰는 어투였다.

"아, 알겠어. 너, 시를 짓고 있었지?"

"그런 생각은 해 보지도 않았어."

내가 약간 퉁명스럽게 받았다.

그는 웃음을 터뜨리고는 나와 나란히 걸으며 혼자 떠들어
댔다. 정말 오랜만에 듣는 수다였다.

"겁먹을 필요 없어, 싱클레어. 나 그런 거 이해 못 하는 사람

아냐. 이런 저녁에 안개 속을 거니는 사람이라면, 그것도 이 가을에 말이야, 그러면 당연히 시가 나오지 않겠어? 난 이해할 수 있어. 죽어 가는 자연은 물론이고, 그 자연처럼 스러져 가는 청춘에 대한 시상이 마구 떠오르지 않겠어? 하인리히 하이네를 봐!"

"난 그렇게 감상적이지 않아."

내가 차단막을 쳤다.

"그럼 어쩔 수 없고! 하지만 이런 날씨엔 어디 조용한 데 가서 술이나 한잔하는 것도 괜찮을 것 같은데, 어때, 같이 갈래? 난 지금 혼자야. 가기 싫어? 그래, 나도 네가 모범생이 되고 싶다면 굳이 유혹하고 싶은 마음은 없어."

곧이어 우리는 변두리의 허름한 술집에 앉아 질이 의심스러운 와인을 마셨고, 두툼한 유리잔을 부딪쳤다. 처음엔 이러고 있는 게 별로 마음에 들지 않았지만 어쨌든 새로운 경험이었다. 술에 익숙지 않았던 나는 곧 말이 많아졌다. 마치 내 속에서 창문이 하나 덜컹하고 열리더니 그 속으로 바깥세상이 쑥 들어오는 것 같았다. 아, 얼마나 오랫동안, 얼마나 끔찍이 오랫동안 영혼에 대해 이야기하지 않고 살았던가! 나는 마음껏 상상의 나래를 펼치며 이야기를 늘어놓았다. 그 와중에 재미 삼아 나온 것이 카인과 아벨 이야기였다.

베크는 즐겁게 내 이야기에 귀를 기울였다. 드디어 나도 타인에게 뭔가 영향을 주고 있었던 것이다! 그가 내 어깨를 툭

치며 아주 대담한 녀석이라고 추켜세웠다. 내 가슴이 기쁨으로 터질 듯이 부풀어 올랐다. 지금껏 쌓여 있기만 했던 말에 대한 욕구를 아낌없이 쏟아 낸 것에, 인정받은 것에, 그리고 나보다 나이 많은 사람에게 뭔가 영향을 준 것에 가슴이 벅차오른 것이다. 특히 그가 나를 천재적인 요물이라고 불렀을 때 그 말은 마치 감미로운 독주처럼 내 영혼 속으로 흘러들어 왔다. 세상은 새로운 색깔로 불타올랐고, 내 속의 수많은 샘에서는 대담한 생각이 마구 쏟아져 나왔으며, 정신과 열정이 불꽃처럼 뜨겁게 이글거렸다. 우리는 선생과 학생들에 대해 이야기했다. 내가 보기에 우리 둘은 무척 잘 통하는 것 같았다. 우린 고대 그리스인들과 이교도들에 대해 이야기했다.

어느 순간 베크는 내 연애담을 듣고 싶어 했다. 그러나 나는 그 부분에 대해선 할 말이 없었다. 경험한 것이 없었기에 이야기할 것도 없었다. 물론 마음속에야 느끼고 구상하고 상상하는 것이 절절하게 존재했지만, 그건 술기운으로도 해결되거나 전달될 수 있는 것이 아니었다. 베크는 여자애들에 대해 훨씬 많이 알고 있었다. 나는 동화 같은 그의 이야기를 불타는 마음으로 경청했다. 그 속에는 믿을 수 없는 일들이 있었고, 내가 결코 가능하다고 여기지 않았던 일들이 이 무미건조한 현실 속으로 걸어 들어왔다. 그것도 지극히 당연하다는 듯이. 알폰스 베크는 열여덟 살 정도밖에 되지 않은 나이에 벌써 많은 경험을 한 것 같았다. 여자애들이 대개 어떻다는 이야기도 했다. 여자애들은 남자가 알랑거리고 매너 있게 행동하는 것밖에 원하지 않는데, 물론 그것도 근사하기는 하지만 남자 여자 사이에 일어나는 진짜는 아니라고 했다. 더 큰 성공을 기대할 수 있는 건 나이 든 아주머니들이라고 했다. 아주머니들은 무척 영리한 사람들이다. 예를 들어 문구점 주인 야겔트 부인은 뭔가 말이 통한다 싶으면 바로 가게 매대 뒤로 돌아가, 책에는 나오지 않는 일들을 허락한다고 했다.

나는 마법에 깊이 빠진 사람처럼 멍하니 앉아 있었다. 나였더라면 야겔트 부인을 바로 사랑할 수는 없을 거라는 생각이 들었지만, 어쨌든 이제껏 들어 보지 못한 굉장한 이야기였다. 거기에는 내가 꿈꾼 적이 없는 샘이 흐르는 듯했다. 나이 든 형들만 퍼마실 수 있는 그런 샘이었다. 물론 무언가 잘못된 것 같기도 하고, 내가 생각하던 사랑보다 훨씬 보잘것없고 평범한 맛이 나기도 했다. 그러나 어쨌든 그것이 현실이었고, 그것이 삶이고 연애였다. 게다가 그것을 경험하고 그것을 지극히 당연한 것으로 여기는 사람이 지금 내 옆에 앉아 있었다.

우리의 대화는 수준이 좀 낮아지면서 그전의 대담한 면을 잃어버렸다. 그와 함께 나도 더는 천재적인 요물이 아니라 단지 어른의 말에 귀를 기울이는 소년에 지나지 않았다. 그러나 이것은 지난 몇 달 동안의 내 인생에 비하면 엄청나게 멋진 낙원 같았다. 게다가 이제야 서서히 느끼기 시작했지만, 이 모든 것은 금지된 것이었다. 그것도 엄격히 금지된 것이었다. 여

기 술집에 앉아 있는 것부터 우리가 지금까지 말한 것 모두가
말이다. 그럼에도 나는 이 금지된 것 속에서 뜨거운 감정을
느끼고 혁명을 맛보았다.

그날 밤은 지금도 아주 또렷이 기억난다. 서늘하고 축축한
밤이었다. 가스등 불이 흐릿하게 타오르는 길을 지나 밤늦게
집으로 돌아갈 때 나는 처음으로 취했다. 속이 편치 않았다.
아니, 지독하게 괴로웠다. 하지만 그조차도 매력이자 달콤함
이었고, 반항이자 방탕한 축제였고, 인생이자 정신이었다. 베
크는 나를 피도 안 마른 햇병아리라고 계속 욕하면서도 의리
있게 나를 둘러업다시피 해서 집까지 데려가, 열린 복도 창문
을 통해 몰래 함께 하숙집 안으로 기어들어 갔다.

나는 잠깐 죽은 듯이 자고 나서 괴로워하며 일어났다. 술이
깨는 순간 엄청난 고통이 순식간에 밀려든 것이다. 나는 침대
에 일어나 앉았다. 낮에 입었던 셔츠를 그대로 입고 있었고,
다른 옷가지와 신발은 바닥에 아무렇게나 널려 있었다. 담배
냄새와 토사물 냄새가 방 안에 진동했다. 두통과 메스꺼움, 목
이 타 버릴 것 같은 갈증 사이로 문득 한 영상이 내 영혼 앞에
떠올랐다. 내가 오랫동안 눈을 돌린 영상이었다. 고향, 부모님
의 집, 아버지와 어머니, 누나들, 정원이 보였다. 조용하고 아
늑한 내 방도 보였고, 학교, 시장 광장, 데미안, 그리고 견진성
사 수업 시간도 보였다. 모두 환한 광채에 휩싸여 있었고, 놀
랄 정도로 아름답고 거룩하고 순수했다. 이제야 나는 알아차

렸다. 이 모든 것이 어제까지만 해도, 아니 불과 몇 시간 전까지만 해도 내 것이었고, 나를 기다리고 있었다는 것을. 그러나 지금 이 순간, 그 모든 것이 가라앉았고 악마의 저주를 받았다. 나는 이제 그 세계에 속하지 않았다. 그 세계는 나를 밀어냈고 역겨운 눈으로 쏘아보았다. 찬란했던 내 어린 시절의 동산에서 부모님에게 받았던 모든 사랑과 친숙한 것들, 즉 어머니의 입맞춤, 성탄절, 경건하고 밝았던 주일 아침, 정원의 꽃들, 이 모든 것이 오물로 뒤덮였고 내 두 발에 짓밟혀 버렸다. 이제 심판관들이 보낸 추격자들이 쫓아와, 나를 신성한 신전을 더럽힌 인간쓰레기라 부르며 밧줄에 꽁꽁 묶어 교수대로 끌고 간다고 하더라도 기꺼이 따라갔을 것이다. 그것이 공정하고 선한 결정이라 여겼기 때문이다.

그러니까 나란 놈의 마음 상태가 그랬다! 방황하며 세상을 경멸했던 나! 정신적으로 우쭐해서 데미안의 생각을 따라 했던 나! 그게 내 모습이었다. 세상을 더럽히는 인간쓰레기이자, 술에 취해 토악질이나 해 대는 역겨울 만큼 상스러운 놈이자, 사악한 충동을 이기지 못한 거친 야수였다. 하지만 나는 원래 모든 것이 순수하고 밝고 우아하고 부드러운 세계의 동산에서 나왔고, 바흐의 음악과 아름다운 시를 사랑했던 사람이었다. 갑자기 나 자신의 웃음소리가 들렸다. 구역질이 나고 분노가 치솟았다. 술에 취하고, 자제하지 못하고, 폐병 환자처럼 토할 듯이 뱉어 내는 바보 같은 웃음소리였다. 나는 그런 놈이었다!

그런데 이 모든 것에도 불구하고 이 고통 속에는 묘한 쾌감이 있었다. 오랫동안 나는 눈이 멀었고 무감각하게 움츠리고 있었다. 오랫동안 내 심장은 침묵했고, 피폐해져 구석에 숨어 있기만 했다. 그렇기에 내 영혼은 이런 자기 한탄과 전율, 끔찍한 감정을 반가워했다. 묘한 감정이 일었다. 불꽃이 일었다. 그 속에서 심장이 움찔거렸다. 나는 이 불행의 한가운데에서 해방과 같은, 봄과 같은 무언가를 혼란스럽게 느꼈다.

밖에서 보면 나는 그사이 착실히 내리막길을 걷고 있었다. 술에 취한 것도 그 한 번으로 끝나지 않았다. 우리 학교 학생들은 술집 출입이 잦았고 행패도 많이 부렸다. 나는 그런 패거리에서 가장 나이 어린 축에 들었으나, 얼마 안 있어 그냥 끼워 주는 아이가 아니라 그 패거리의 주동자이자 스타가 되었다. 그러니까 나이는 어리지만 물불을 가리지 않는 대담한 술꾼으로 떠오른 것이다. 나는 다시 한 번 어둠의 세계, 즉 악마의 일원이 되었고, 그 세계에서 대단한 왈패로 이름을 날렸다.

물론 속으로는 참담했다. 나는 자신을 망가뜨리는 방탕한 세계 속에서 살아갔다. 겉으로는 친구들 사이에서 왈패의 우두머리로, 맺고 끊는 것이 분명하면서도 유머 있는 인간으로 인정받았지만, 속으로는 두려움으로 어찌할 줄 모르는 영혼이 겁에 질려 파르르 떨고 있었다. 나는 지금도 기억한다. 일요일 아침에 술집에서 나오던 어느 날 길에서 즐겁게 노는 아이들을 보면서 나도 모르게 눈물 흘렸던 것을. 머리를 곱게 빗고 교회에 가기 위해 말끔하게 옷을 차려입은 아이들이었다. 나는 흘린 맥주로 곳곳이 진득진득한 허름한 술집 테이블에서 누구도 흉내 내지 못할 냉소로 친구들을 웃기고 또 종종 겁에 질리게 하면서도, 속으로는 내가 조롱하는 모든 것들에 경외심을 품고 있었고, 내 영혼 앞에, 내 과거 앞에, 내 어머니 앞에, 내 주님 앞에 무릎 꿇고 눈물을 흘렸다.

내가 결코 내 패거리와 하나가 되지 못하고 그들 가운데에서 외로움을 느끼고, 그래서 괴로워한 데에는 그만한 이유가 있었다. 나는 술집의 영웅이면서도 속으로는 거친 것을 비웃는 사람이었다. 교사와 학교, 부모, 교회에 대해 말할 때는 나름의 생각과 용기를 보여 주었고, 음담패설도 태연히 버텨 냈으며, 심지어 어떤 때는 내가 직접 음담패설을 내뱉기도 했다. 그러나 내 패거리들이 여자애들한테 갈 때는 결코 따라간 적이 없었다. 나는 혼자였다. 사랑도 내게는 뜨겁지만 희망 없는 그리움일 뿐이었다. 물론 말하는 품으로만 보면 거칠 것 없이 육욕을 탐하는 사람으로 비쳤을 것이다. 그러나 누구도 나만큼 예민하고, 나만큼 부끄러워하지 않았다. 때로 평범한 가정의 소녀가 예쁘고 깨끗하고, 밝고 우아하게 걸어가는 것을 보면서 나는 경이롭고 순수한 꿈을 느꼈다. 나보다 수천 배는 선하고 순결한, 정말 꿈같은 소녀였다. 한동안 나는 야겔트 부인의 문구점에도 가지 못했다. 야겔트 부인을 볼 때마다 알폰스 베크가 내게 해 준 이야기가 떠올라 얼굴이 빨개졌기 때문이다.

내가 이 패거리 속에서도 줄곧 외로움을 느끼고 그들과 다르다는 것을 깨달을수록 나는 더더욱 그들에게서 떨어져 나오지 못했다. 지금 생각해 보면, 내가 그렇게 술을 퍼마시고 허풍을 친 것이 그때 정말 좋기나 했는지도 잘 모르겠다. 나는 술에 도무지 적응되지 않아 술을 마실 때마다 숙취로 고생할 각오를 해야 했다. 모든 것이 강요 같았다. 나는 어쩔 수 없이 그렇게 할 수밖에 없었다. 그렇지 않으면 나라는 인간을 도대체 어떻게 해야 할지 알 수 없었기 때문이다. 나는 혼자 오래 있는 것이 무서웠고, 시시각각 마음이 부드럽고 부끄러운 쪽으로 바뀌는 것이 두려웠으며, 자주 찾아오는 달콤한 사랑에 대한 생각도 무서웠다.

내게 가장 아쉬운 것은 친구였다. 친구로 지내고 싶은 아이가 두세 명 있기는 했지만, 그 애들은 착실한 부류에 속했다. 학교에서 내가 어떤 아이인지는 오래전부터 모르는 사람이 없었다. 그래서 그 아이들은 나를 피했다. 모든 사람이 나를 언제 악의 구렁텅이로 떨어질지 모르는, 도저히 희망이 안 보이는 불량한 아이로 보았다. 선생님들도 나에 대해 많은 것을 알고 있었다. 나는 징계도 벌써 여러 번 받았다. 이제 남은 것은 학교에서 영원히 퇴출당하는 일뿐이었다. 나 자신도 잘 알고 있었다. 나는 오래전부터 성실한 학생이 아니었고, 그저 퇴학이 얼마 남지 않았다는 느낌으로 학교생활만 근근이 이어 갔다.

신이 일부러 우리를 외롭게 만들어 우리 자신에게로 인도 하는 많은 길이 있다. 당시에 나도 신과 함께 그 길을 갔다. 그 것은 아주 고약한 꿈과 비슷했다. 지금 내 눈앞에 불결하고 끈적거리는 오물 너머로, 깨진 맥주잔 너머로, 냉소적으로 떠 들어 대는 수많은 밤 너머로 마법에 걸린 한 몽상가가 끔찍할 정도로 더러운 길을 안절부절못하며 고통스럽게 기어가는 것 이 보인다. 공주를 찾으러 가는 길인데, 악취와 배설물로 가득 찬 뒷골목과 오물 웅덩이에 빠져 허우적거리고 있다. 내가 그 랬다. 나는 별로 우아하지 못한 방법으로 길을 나아가도록 정 해져 있었다. 내가 외로워지는 것도 정해져 있었고, 나와 어린 시절 사이에 험악한 얼굴의 문지기들이 지키는, 닫힌 천국의 문이 있는 것도 정해져 있었다. 그것은 시작이었다. 나에 대한 향수(鄉愁)가 샘솟기 시작한 것이다.

내 불량한 생활을 알리는 하숙집 주인의 편지를 받고 아버 지가 성 ○○시로 급히 달려와 처음 내 앞에 갑자기 나타났을 때만 해도 나는 속으로 움찔하며 놀랐다. 그러나 그 겨울이 끝나 갈 무렵 아버지가 다시 나타났을 때는 난 매정하고 무관 심한 태도로 바뀌어 있었다. 아버지는 꾸짖고 애원하고, 어머 니까지 들먹이며 내 마음을 돌리려 했지만 소용이 없자, 마지 막에는 격분해서, 정히 다른 방법이 없다면 수치와 창피를 무룹쓰고라도 나를 학교에서 끌어내 감화원에 처넣어 버리겠다고 말했다. 좋을 대로 하시라지! 아버지가 떠나고 나자 나도 마음이 안 좋았다. 그러나 어차피 아버지는 지금껏 나를 제대로 안 적이 없었고, 어떻게 해야 내 마음을 얻을 수 있는지도 몰랐다. 물론 아버지로서도 어쩔 수 없는 일이었을 거라는 생각도 가끔 들었다.

내가 나중에 어떻게 될지는 아무래도 상관없었다. 나는 의기양양하게 술집에 앉아 나만의 독특하고 별로 우아하지 않은 방식으로 세상과 싸우고 있었다. 내 나름대로 세상에 저항하는 방식이었다. 하지만 그 과정에서 나는 스스로를 망가뜨렸다. 이 상황은 때로 내게 이렇게 보이기도 했다. 세상에 나 같은 인간들이 필요 없다면, 세상에 나 같은 인간들에게 줄 더 나은 자리와 임무가 마련되어 있지 않다면 나 같은 인간은 망가지는 것밖에 다른 도리가 없어. 그래 봤자 결국 세상이 손해겠지만!

그해 성탄절 방학은 정말 유쾌하지 못했다. 어머니는 나를 보고 깜짝 놀라셨다. 나는 키가 훌쩍 컸고, 잿빛의 깡마른 얼굴은 눈가에 염증까지 생겨서 엉망이었다. 게다가 표정에도 전혀 생기가 없었다. 코밑에 거뭇거뭇 돋기 시작한 수염과 얼마 전부터 착용한 안경이 나를 더더욱 낯설게 했다. 누나들은 멀찌감치 물러나 키득거렸다. 모든 것이 불편했다. 서재에서 아버지와 나눈 대화도 불편하고 괴로웠고, 친척 몇 분의 반가운 인사도 불편했다. 하지만 그중에서도 가장 불편했던 것은 성탄절 이브였다. 성탄절 이브는 내가 태어난 이후 우리 집의 가장 중요한 날로, 축제와 사랑, 감사, 그리고 부모님과 나 사이의 유대를 새롭게 다지는 저녁이었다. 그러나 이번에는 달랐다. 그저 갑갑하고 어색할 뿐이었다. 아버지가 예전처럼 들판의 목자에 관한 복음서를 읽었다. "바로 그곳에 목자들이 양 떼를 지키고 있었으니……." 누나들은 예전처럼 성탄절 선물이 놓인 테이블 앞에 환한 표정으로 서 있었다. 그러나 아버지의 목소리는 밝지 않았고, 얼굴은 늙고 불만스러워 보였다. 어머니도 슬픈 표정을 짓고 있었다. 나는 모든 것이 괴롭고 거북했다. 선물도 축복도, 성경 말씀도 성탄 트리도. 렙쿠헨*에서는 달콤한 냄새가 났다. 그 냄새가 더 달콤했던 내 어린 시절의 기억을 새록새록 불러냈다. 성탄 트리의 향기도 이제는 일어날 수 없는 예전 일들을 떠올리게 했다. 나는 이 밤과 성탄절이 어서 끝나기만을 간절히 빌었다.

　겨우내 그렇게 흘러갔다. 방학 직전에 나는 학교에서 심각한 경고를 받았다. 계속 그렇게 생활하다가는 퇴학을 당할 거라는 경고였다. 어차피 퇴학은 시간문제였다. 오래 걸리지 않을 것이다. 난 아무래도 상관없었다.

　막스 데미안에게는 굉장히 서운한 마음을 갖고 있었다. 전

---

* 시럽과 꿀 같은 것들을 넣고 만든 독일 과자.

학 간 뒤로 데미안은 한 번도 보지 못했다. 성 ○○시로 옮긴 뒤 초창기에 두 번 편지를 썼지만 답장이 없었다. 그 때문에 나는 방학 때 집에 와서도 그를 찾지 않았다.

그 일은 내가 가을에 알폰스 베크를 만난 그 공원에서 일어 났다. 이른 봄 가시나무 산울타리가 푸릇푸릇한 옷으로 단장 하기 시작할 무렵 한 소녀가 내 눈에 번쩍 띈 것이다. 나는 혼 자 산책을 하고 있었다. 머릿속은 달갑지 않은 생각과 걱정거 리로 가득했다. 그럴 이유가 있었다. 최근 들어 건강이 나빠 졌고 늘 돈에 쪼들렸다. 학우들에게 진 빚도 좀 있었다. 얼마 라도 집에서 돈을 타 내려면 믿을 만한 핑곗거리를 또 만들어 내야 했다. 게다가 몇몇 가게에 담뱃값이나 다른 비슷한 용도 의 외상도 자꾸 불어나고 있었다. 물론 당시의 나는 이런 문 제를 아주 심각하게 고민하지는 않았을 것이다. 어차피 여기 서 보낼 시간은 얼마 남지 않았다고 생각했기 때문이다. 그 뒤에는 내가 물속으로 뛰어들든 감화원으로 보내지든 어떻게 든 결판이 날 텐데, 그러면 그런 시시한 문제가 무슨 대수겠 는가? 하지만 당장은 그런 유쾌하지 못한 문제들로 계속 씨름 해야 했다.

그러던 어느 봄날이었다. 공원에서 한 소녀가 내 눈길을 사 로잡았다. 날씬한 몸매에 키가 컸고, 옷차림은 우아했으며, 영 리한 소년 같은 얼굴이었다. 나는 보자마자 그녀가 마음에 들 었다. 내가 좋아하는 타입이었다. 내 상상력이 바쁘게 움직이기 시작했다. 그녀는 나보다 나이가 그리 많아 보이지 않았지만, 한결 성숙하고 우아했으며, 얼굴선이 또렷한 것이 완전한 숙녀에 가까웠다. 그러면서도 소년 같은 얼굴에 자만심 같은 것이 어른거렸다. 내가 무척 좋아하는 스타일의 얼굴이었다.

나는 짝사랑하는 소녀에게 직접 접근해서 사랑을 구한 적이 한 번도 없었다. 이번에도 마찬가지였다. 그러나 이번에 그 소녀에게서 받은 인상은 과거의 그 어느 때보다 강했고, 그 짝사랑이 내 인생에 미친 영향 역시 막대했다.

갑자기 다시 한 영상이 내 앞에 서 있었다. 고결하고 존경스러운 모습이었다. 아, 외경심과 경배에 대한 소망만큼 내 마음속에 그렇게 깊고 강렬한 충동과 욕구가 있었을까! 나는 그녀에게 베아트리체*라는 이름을 지어 주었다. 단테를 읽지 않아 그 여인에 대해서는 알지 못했지만, 내가 복사본으로 소장하고 있는 영국의 한 그림에서 그녀의 모습을 알고 있었던 것이다. 그 그림에는 영국 라파엘전파(前派)**의 기법으로 그려진 소녀가 있었다. 늘씬한 몸에 팔다리는 무척 길고, 머리는 가늘고 길쭉하며, 두 손과 얼굴에는 무언가 정신적인 것이 깃들어 있었다. 내가 만난 그 아름다운 소녀에게도 내 마음을 끄는 날씬함과 소년 같은 특징이 있고, 얼굴에 정신이나 혼이

* 단테의 『신곡』에서 숭고한 사랑의 이상으로 그려진 여인.
** 19세기 중엽 영국에서 일어난 예술운동으로, 라파엘로(1483~1520) 이전의 이탈리아 화가들처럼 자연에서 겸허히 배우고, 영감을 얻으려 했다.

담겨 있는 듯했다. 그렇지만 그림 속의 여인과 완전히 일치하지는 않았다.

나는 베아트리체와 단 한마디도 나누지 않았다. 그럼에도 그녀는 내게 깊은 영향을 끼쳤다. 내 앞에 자신의 영상을 세워 둠으로써 내게 신성한 곳으로 들어가는 문을 열어 주었을 뿐 아니라 나를 신전에서 기도하는 사람으로 변화시킨 것이다. 하루하루 날이 가면서 나는 술집 출입과 밤거리 배회를 끊었다. 그리고 다시 혼자가 되었고, 책을 읽고 산책을 즐겼다.

하루아침에 딴사람으로 변한 것은 비웃음을 사기에 충분했다. 그러나 이제 내게는 사랑하고 경배할 대상이 생겼고, 이상도 생겼다. 내 인생은 다시 다채로운 비밀로 가득 찬 여명과 예감에 휩싸였다. 그랬기에 나는 남들의 비웃음에 무덤덤할 수 있었다. 나는 다시 나 자신에게로 돌아왔다. 비록 숭배하는 한 영상의 노예이자 하인의 신분이었지만.

나는 당시를 회상할 때마다 항상 감동으로 마음이 뭉클해진다. 당시 나는 완전히 무너져 내린 한 인생기의 폐허 위에서 '밝음의 세계'를 다시 짓고자 무진 애를 썼다. 그때는 단 하나의 소망밖에 없었다. 내 속에서 어둠과 악을 완전히 몰아내고, 신 앞에 무릎을 꿇은 채 찬란한 빛 속에서 살고자 하는 소망이었다. 어쨌든 이 '밝음의 세계'는 어느 정도 나 자신이 창조한 것이었다. 그것은 어머니의 품으로 도망치거나, 책임질 일이 없는 안전한 곳으로 숨어 들어가는 것이 아니라, 내가

118

직접 고안하고 스스로에게 요구한 과업이었다. 더구나 책임감과 자기 수양이 따르는 과업이기도 했다. 내가 그동안 괴로워했고, 계속 도망치기에만 급급했던 성적 관심은 이제 이 신성한 불꽃 속에서 정신과 기도로 승화되어야 했다. 이제 어두운 것이 있어서는 안 되었다. 추악한 것도, 신음으로 지새운 밤도, 음탕한 그림을 보며 가슴이 쿵쾅거리던 것도, 금지된 문 앞에서 몰래 귀를 기울이던 일도, 육신의 욕정도 더는 있어서는 안 되었다. 이 모든 것 대신 나는 베아트리체의 영상으로 나의 제단을 세웠고, 그것에 나를 바침으로써 정신과 신들에게 나를 봉헌했다. 그리고 어둠의 힘들에서 다시 빼앗은 내 삶의 일부를 밝음의 세계에 제물로 바쳤다. 나의 목표는 쾌락이 아니라 순결함이었고, 행운이 아니라 아름다움과 뛰어난 정신이었다.

이러한 베아트리체 숭배는 내 인생을 백팔십도로 바꾸어 놓았다. 어제까지만 해도 조숙한 냉소주의자였던 내가 이제는 성인(聖人)이 되는 것을 목표로 삼은 신전의 하인이 되었다. 나는 그동안 내 몸에 밴 나쁜 삶만 떨쳐 낸 것이 아니라 모든 것을 바꾸려 했고 모든 것에 순결함과 고결함, 품위를 부여하고자 했다. 그래서 먹고 마시고 말하고 옷을 입을 때도 그 생각만 했다. 나는 아침을 냉수욕으로 시작했다. 처음엔 마음을 단단히 먹고 스스로를 강제해야 가능한 일이었다. 나는 진지하고 품위 있게 행동했고, 항상 자세를 곧게 유지했으며, 걸을 때도 천천히 기품 있게 걸었다. 밖에서 볼 때는 그런 모습이 이상하게 보일 수도 있었지만, 내 내면에서 그것은 신에 대한 예배나 다름없었다.

나의 새로운 신념을 표현하려는 여러 시도 중에서 참으로 중요해진 것이 한 가지 있었다. 그림 그리기였다. 처음엔 내가 소장한 영국의 베아트리체 그림이 내가 연모하는 실제 소녀와 만족할 만큼 비슷하지 않아서 직접 그려야겠다고 마음먹었다. 나 자신만을 위한 소녀를 그리고 싶었던 것이다. 그래서 얼마 전부터 따로 갖게 된 내 방 안에 설렘과 희망으로 멋진 도화지와 물감, 붓을 들여 놓고, 팔레트와 유리잔, 도자기 접시, 연필을 가지런히 놓아두었다. 작은 튜브에 담긴 고운 수성 물감은 환상적이었다. 특히 강렬한 산화크롬 초록 물감이 작고 흰 접시에 담겨 찬란한 빛을 발산하던 모습은 지금도 눈에 선하다.

출발은 신중했다. 처음부터 사람 얼굴을 그리는 것은 어려워서 일단 다른 것으로 연습했다. 장식 무늬와 꽃, 머릿속으로 상상한 풍경, 교회당 옆의 나무, 사이프러스 나무가 서 있는 로마 다리 같은 것들이었다. 때로 나는 이 놀이에 푹 빠졌고, 크레파스를 들고 마음대로 그림을 그리는 아이처럼 행복해했다. 그러다 마침내 베아트리체를 그리기 시작했다.

처음 몇 장은 완전히 실패해서 쓰레기통에 던져 버렸다. 길에서 몇 번 만난 그 소녀의 얼굴을 떠올려 보려고 할수록 그 모습은 점점 더 달아나는 듯했다. 결국 나는 포기하고, 이젠 상상에 맡겨 아무 얼굴을 그리려고 했다. 일단 시작만 해 놓고, 그다음부터는 붓 가는 대로 그리고 마음 가는 대로 색깔을 칠하려 했다. 그렇게 해서 드디어 내가 꿈꾸던 얼굴이 나왔다. 그림이 불만족스럽지는 않았다. 그렇지만 나는 거기서 그치지 않고 같은 시도를 계속해 나갔다. 한 장 한 장 새로운 그림이 나올 때마다 그림이 말하고자 하는 바는 점점 또렷해졌고, 실물이 아닌 어떤 특정한 유형에 가까워지는 느낌이었다.

나는 꿈결 같은 붓놀림으로 선을 긋고 물감을 칠해 가는 데 점점 익숙해졌다. 대상도 없이 그저 놀이하듯 움직이는 손놀림과 무의식에서 나온 그림이었다. 마침내 어느 날 거의 무의식 상태에서 하나의 얼굴이 완성되었다. 예전 그림들보다 가슴에 훨씬 깊이 와 닿는 얼굴이었다. 내가 아는 그 소녀의 얼굴은 아니었다. 사실 그 소녀는 벌써 오래전에 내 그림에서 사라졌다. 뭔가 다르고 비현실적이면서도 꽤나 소중한 것이 담겨 있었다. 소녀의 얼굴보다는 청년의 얼굴에 가까워 보였다. 머리도 나의 예쁜 그 소녀처럼 연한 금발이 아니라 붉은 빛이 도는 갈색이었다. 턱은 강하고 단단했지만, 입술은 붉고 도톰했다. 전체적으로는 가면처럼 약간 딱딱한 느낌을 풍기면서도 퍽 인상적이었고, 비밀스러운 삶으로 가득 차 있는 듯했다.

완성된 그림 앞에 앉아 있으면 기분이 묘해졌다. 마치 신의 형상이나 신성한 가면 앞에 앉아 있는 듯했다. 그림 속 얼굴은 남자 같기도 여자 같기도 했고, 나이는 가늠할 수 없었으며, 꿈꾸는 듯하면서도 결단력이 있어 보였고, 겉으론 딱딱한 듯하면서도 속으론 생동감이 넘쳤다. 게다가 어느 면에서는 나와 비슷해 보이기도 하는 이 얼굴은 내게 할 말이 있고 무언가를 요구하는 것 같았다. 또한 누군가와 비슷하게 생겼는데, 그게 누구인지는 알 수 없었다.

이제 이 그림 속의 얼굴은 나의 모든 생각과 동행했고 내 삶과 함께했다. 나는 그림을 서랍 속에 넣어 두었다. 괜히 남들에게 들켜 놀림감이 되고 싶지는 않았다. 하지만 방에 혼자 있을 때면 항상 그림을 꺼내 들여다보았고, 저녁이면 침대 맞은편 벽에 핀으로 붙여 놓고 잠들 때까지 바라보았다. 아침에 일어나 내 눈이 처음 향하는 곳도 그 그림이었다.

바로 그 무렵 나는 어린아이 때처럼 다시 많은 꿈을 꾸기 시작했다. 돌이켜 보니 몇 해 동안 전혀 꿈을 꾸지 않은 것 같았다. 이제 꿈이 다시 나를 찾아왔다. 새로운 형태의 영상들과 함께. 꿈에 그림 속의 얼굴이 나타날 때가 많았다. 그 얼굴은 살아서 말을 했고, 내게 다정하거나 쌀쌀맞게 굴었고, 어떤 때는 인상을 찌푸리고 어떤 때는 무한히 아름답고 조화롭고 고결한 표정을 지었다.

그런 꿈에서 깨어난 어느 날이었다. 나는 갑자기 그 얼굴이 누군지 알아보았다. 그 얼굴은 나를 지극히 잘 아는 사람처럼 바라보았다. 내 이름을 부르는 것 같기도 했다. 그 얼굴은 어머니가 자식을 알듯 나를 아는 것 같았고, 아득한 시절부터 나를 지켜보고 있었던 것 같았다. 나는 두근거리는 마음으로 그림 속의 얼굴을 뚫어지게 바라보았다. 숱 많은 갈색 머리, 여자 같은 입, 야릇한 느낌의 환한 색채로 빛나는(물감이 마르고 나자 저절로 그렇게 되었다) 강한 이마. 내 속에서 이 얼굴을 알 것 같다는 깨달음이, 다시 찾아냈다는 인식이 점점 또렷해졌다.

나는 침대에서 벌떡 일어나 그림 앞에 바짝 붙어 서서 그 얼굴을 살펴보았다. 특히 움직임 없이 한곳을 지긋이 응시하는, 초록빛이 도는 눈을 자세히 들여다보았다. 오른쪽 눈이 왼쪽 눈보다 약간 높았다. 그런데 어느 순간 이 오른쪽 눈이 찡긋했다. 미세한 움직임이지만 틀림없었다. 나는 눈의 이 찡긋거림과 함께 그 얼굴을 확실히 알아보았다.

아, 어떻게 이 얼굴을 이렇게 늦게 알아볼 수 있단 말인가! 그것은 데미안이었다.

나중에 나는 그림 속 얼굴과 기억 속에 떠오르는 데미안의 실제 얼굴을 자주 비교해 보았다. 둘은 비슷하지만 똑같지는 않았다. 그래도 데미안이었다.

어느 초여름 저녁이었다. 서창으로 석양빛이 비스듬히 비쳐 들었다. 방 안은 어둑어둑했다. 그때 문득 이런 생각이 번쩍 떠올랐다. 베아트리체, 아니 데미안의 그림을 십자형 창살 중간에 핀으로 붙여 놓고, 석양빛이 비쳐 들면 그 얼굴이 어떻게 변하는지 살펴보고 싶었다. 얼굴은 윤곽이 흐릿해졌다. 그러나 불그스름한 빛에 감싸인 눈과 이마의 밝은 빛깔, 선홍빛 입술은 그림 속에서 아주 격렬하게 타올랐다. 나는 석양빛이 완전히 사그라질 때까지 한참을 그림과 마주하고 앉아 있었다. 그러다가 서서히 이 그림이 베아트리체도 데미안도 아닌 나 자신이라는 느낌이 들기 시작했다. 물론 그림 속의 얼굴은 나와 닮지 않았다. 그럴 리가 없다는 생각이 들었다. 그렇지만 그 얼굴에는 내 삶의 본질이 담겨 있었다. 그 그림은 나의 내면이었고, 나의 운명 혹은 나의 데몬*이었다. 언젠가 내게 다시 친구가 생기면 그 얼굴이 저러할 것이고, 연인이 생기면 그녀의 얼굴이 저러할 것이며, 내 삶과 심지어 내 죽음까지 저러할 것 같았다. 이것은 내 운명의 소리이자 리듬이었다.

그 몇 주 동안 나는 책 한 권을 읽었다. 그 책은 예전에 읽은 어떤 책보다 내게 깊은 영향을 미쳤다. 나중에도 그만큼 강렬한 책은 거의 만나지 못했다. 혹시 니체의 책이라면 몰라

* dämon(영어의 demon). 본래는 선악을 떠나 인간 속에 내재하는 초자연적인 섬뜩한 힘, 혹은 천재적 특성을 가리키지만, 선과 악을 명확하게 구분하는 종교들(조로아스터교, 이슬람교, 기독교 등)의 등장과 함께 선한 신에 대비되는 악령, 악마의 총칭이 되었다. 이 작품에서는 전자의 해석에 방점을 두고 있고, 그런 면에서 나의 수호신, 수호령으로 해석될 수 있을 듯하다.

도 말이다. 어쨌든 내가 읽은 그 책은 노발리스*의 편지글과 잠언을 모아 놓은 책이었다. 잠언 중에는 내가 이해하지 못하는 것들이 많았지만, 하나같이 뭐라 표현할 수 없을 정도로 매혹적이고 내 정신을 휘어잡았다. 그 가운데 하나는 지금도 생생히 떠오르는데, 당시 나는 그 구절을 그 그림 밑에 펜으로 적어 놓았다. "운명과 마음은 한 개념의 다른 이름이다." 당시 이 말은 마음속 깊이 와 닿았다.

내가 베아트리체라고 부른 그 소녀는 이후로도 종종 마주쳤지만, 내 마음에서 더 이상 특별한 움직임은 일어나지 않았다. 대신 늘 부드러운 일체감과 직관적 예감이 느껴졌다. 너는 나와 연결되어 있어. 물론 네가 아니라 너의 그림이 말이야. 너는 내 운명의 일부거든.

막스 데미안에 대한 그리움이 다시 거세졌다. 몇 해 전부터 데미안에 대한 소식은 전혀 듣지 못했다. 딱 한 번 방학 중에 만난 것이 전부였다. 이 짧은 만남을 내 기록에서 숨긴 것을 이제야 알겠다. 수치심과 허영심 때문에 그랬다는 것도 알겠다. 이제 뒤늦게라도 그때 일을 언급해야 할 것 같다.

방학 중의 어느 날이었다. 나는 한창 술집을 들락거리던 시절의 거만하고 늘 약간 피곤한 듯한 얼굴로 고향 도시를 어슬

* 독일의 시인·소설가(1772~1801). 초기 낭만주의의 대표적 인물로 신비적인 것과 꿈, 죽음 따위의 초자연적인 세계를 그렸다.

렁거리며 돌아다니고 있었다. 산책용 지팡이를 흔들며, 속물들의 똑같이 늙은 얼굴들을 노려보면서. 그때 맞은편에서 내 옛 친구가 걸어왔다. 순간 나는 움찔했다. 그리고 번개처럼 프란츠 크로머가 떠올랐다. 제발 데미안이 그때 일을 잊었기를 간절히 바랐다. 그 일로 그에게 빚진 마음이 드는 것은 불편했다. 생각해 보면 모두 유치하기 짝이 없던 시절의 일이 아니던가! 그러나 그놈의 마음의 빚이라는 게⋯⋯.

그는 내가 인사를 하는지 기다리는 듯했다. 이윽고 내가 최대한 태연한 척 인사를 건네자 그가 손을 내밀었다. 아, 얼마만의 악수였던가! 따뜻하면서도 차갑고, 남자다운 굳은 악수였다.

그는 내 얼굴을 유심히 들여다보며 말했다.

"그사이 많이 컸구나, 싱클레어."

그런 말을 하는 데미안은 전혀 변하지 않은 것 같았다. 예전처럼 늙어 보이기도 하고 어려 보이기도 했다.

그는 가던 길로 가지 않고 나와 함께 산책했다. 우리는 별 의미 없는 대화만 나누었다. 서로의 신상에 관한 이야기는 오가지 않았다. 문득 내가 예전에 여러 번 편지를 보낸 기억이 떠올랐다. 답장을 받지 못한 편지들이었다. 나는 그가 이 일도 완전히 잊어버렸기를 간절히 바랐다. 정말 멍청하기 짝이 없는 내용의 편지였다. 다행인지 데미안은 편지에 관한 이야기도 입에 담지 않았다.

126

그때는 내 인생에서 아직 베아트리체와 소녀 그림이 등장하기 전이었다. 내가 한창 몸을 함부로 굴리던 시절이었다. 교외에 이르자 내가 술을 한잔 사겠다고 제안했다. 그는 순순히 술집까지 따라왔다. 나는 잔뜩 거들먹거리는 태도로 와인 한 병을 주문한 뒤 잔을 채워 건배했다. 그리고 대학생들의 술자리 분위기를 잘 아는 사람처럼 굴며 첫 잔을 단숨에 마셔 버렸다.

"술집에 자주 다녀?"

그가 물었다.

"그렇지 뭐." 내가 느긋하게 대답했다. "그것 말고 할 게 뭐가 있겠어? 가만히 보면 이것만큼 즐거운 일도 없지."

"그렇게 생각해? 물론 그럴 수도 있어. 술에도 퍽 근사한 점이 있으니까. 도취와 환희 같은 거 말이야. 하지만 술집을 제 집처럼 들락거리는 대부분의 사람한테는 그런 게 없어. 내 눈엔 그런 사람이야말로 속물로 보여. 그래, 하룻밤 동안 활활 타오르는 횃불을 들고 술에 취해 환희와 열광에 젖을 수는 있겠지. 하지만 그게 습관이 되어 한 잔 한 잔 홀짝거리는 건 진정한 도취가 아니야. 생각해 봐. 파우스트가 저녁마다 단골 술집에 앉아 술을 퍼마시는 게 상상이나 가?"

나는 술을 입에 털어 넣으며 적의에 찬 눈으로 그를 쏘아보았다.

"그래, 하지만 누구나 파우스트는 아니지."

내가 짧게 말했다.

그는 약간 놀란 표정으로 나를 바라보았다.

그러더니 웃었다. 예전처럼 상큼하고 우월한 태도로.

"뭐하러 이런 일로 싸우겠어? 아무튼 술꾼이나 탕아의 삶이 흠잡을 데 없는 보통 사람의 삶보다는 생동감이 있을 거야. 그리고 어느 책에선가 읽은 이야기인데, 탕아의 삶은 신비주의자가 되기 위한 최고의 준비 과정이라고 하더군. 성 아우구스티누스 같은 사람을 봐. 나중에는 탁월한 예지력을 갖춘 사람이 되었지만, 그전까지는 온갖 방탕한 생활과 쾌락에 빠져 살았어."

나는 그의 말이 미심쩍었다. 더구나 그의 의견에 제압당하고 싶은 생각은 더욱 없었다. 그래서 거만하게 말했다.

"그래, 누구든 자기 취향대로 사는 거지! 하지만 솔직히 말해서 난 예지력 같은 것엔 별 관심이 없어. 그런 사람이 되고 싶은 마음도 없고."

데미안이 눈을 약간 가늘게 뜨더니 내 마음을 안다는 듯이 나를 바라보았다.

그가 천천히 말했다.

"싱클레어, 너를 기분 나쁘게 할 생각은 없었다. 더구나 네가 지금 어떤 목적으로 이렇게 술을 마시는지는 우리 둘 다 몰라. 네 인생을 지휘하는 네 안의 그것만이 알겠지. 그렇다면 이건 알고 있는 게 좋아. 우리 안에는 모든 것을 알고, 모든 것을 알려고 하고, 모든 것을 우리 자신보다 더 잘하는 사람이 있다는 걸 말이야. 미안, 이제 집에 가 봐야겠어."

우리는 짧게 작별 인사를 나누었다. 나는 혼자 침통하게 앉아 와인 한 병을 다 비웠다. 그런데 술집을 나갈 때 데미안이 미리 계산한 것을 알고는 더더욱 화가 치밀었다.

내 생각은 이제 그 작은 사건에 멈추어 버렸다. 머릿속엔 온통 데미안뿐이었다. 그가 교외의 그 술집에서 했던 말이 기억 속에서 다시 걸어 나왔다. 한마디도 없어지지 않고 방금 한 말처럼 이상할 정도로 생생했다. '그렇다면 이건 알고 있는 게 좋아. 우리 안에는 모든 것을 아는 사람이 있다는 걸!'

나는 창에 붙어 있는 그림으로 눈길을 주었다. 이미 석양빛은 꺼져 있었다. 그런데도 그림 속의 눈은 아직 불타고 있었다. 그것은 데미안의 눈길이었다. 아니면 내 속에 있는 그 사람의 눈길이기도 했다. 모든 것을 안다는 그 사람.

데미안에 대한 그리움은 어떻게 생겨났을까? 나는 그에 대해 아무것도 몰랐다. 연락할 길이 없었다. 내가 아는 것이라고는, 그가 아마 어느 도시에서 대학 공부를 하고 있을 것이고, 그가 김나지움을 졸업하자 그의 어머니가 우리 도시를 떠났다는 것뿐이었다.

나는 크로머 사건까지 거슬러 올라가며 막스 데미안에 대한 기억들을 모두 내 속에서 끄집어냈다. 아, 과거에 그가 했던 말 중에서 얼마나 많은 것들이 다시 새록새록 되살아나던지! 그런데 그 말들은 여전히 의미가 있었다. 아니, 내게 닥친 문제였다! 별로 유쾌하지 않았던 우리의 마지막 만남에서 그가 탕아와 성인에 대해 했던 말도 불현듯 내 영혼 앞에 선명히 떠올랐다. 내게 일어난 일이 바로 그게 아니었을까? 마비된 사람처럼 자신을 잊고 술에 도취되거나 오물의 구렁텅이에 푹 빠져 살다가 마지막에 새로운 삶의 충동과 함께 정반대의 것, 즉 순결함에 대한 욕구와 성인에 대한 동경으로 뜨겁게 타오른 나 자신이 그런 탕아가 아니었을까?

나는 기억을 계속 더듬어 내려갔다. 밤이 된 지는 한참 지났다. 밖에선 비가 내리고 있었다. 내 기억 속에서도 비가 내렸다. 장소는 데미안이 언젠가 프란츠 크로머 일로 내게 꼬치꼬치 물어서 나의 첫 비밀을 알아맞힌 그 마로니에 광장이었다. 다른 기억들도 하나둘 떠올랐다. 학교 가는 길에서의 대화, 견진성사 수업 시간. 마지막으로 데미안과의 첫 만남이 떠올랐다. 그때 우리는 무슨 이야기를 나누었을까? 얼른 생각이 나지 않았다. 나는 천천히 과거의 시간으로 들어갔다. 어느 순간 그때 일이 다시 내게로 걸어왔다. 우리 집 앞에 데미안과 내가 서 있었다. 그가 카인에 관한 자기 생각을 이야기해 준 날이었다. 그전에 그는 우리 집 대문 위의 낡고 흐릿해진 문장에 대해 이야기했다. 위로 갈수록 점점 넓어지는 홍예머리에 새겨진 문장이었다. 그는 이 문장에 관심이 많았고, 이런 물건에는 주의를 기울여야 한다고 했다.

밤중에 나는 데미안과 문장 꿈을 꾸었다. 문장은 끊임없이 모습이 바뀌었다. 데미안이 들고 있던 문장은 어떤 때는 작은 회색으로, 어떤 때는 엄청나게 크고 다채로운 색깔로 나타났다. 그렇지만 그는 이것이 언제나 똑같은 것이라고 설명했다. 마지막에 그는 내게 이 문장을 먹으라고 했다. 그것을 삼키는 순간 나는 소스라치게 놀랐다. 삼킨 문장 속의 새가 내 속에서 살아나 서서히 나를 가득 채우더니 안에서부터 나를 파먹기 시작한 것이다. 나는 죽음의 공포에 휩싸여 벌떡 일어나 잠에서 깼다.

한밤중이었다. 나는 잠이 완전히 달아났다. 방 안으로 비가 들이치는 소리가 들렸다. 나는 창문을 닫으려고 일어났다. 바닥에서 주위보다 환한 무언가가 내 발에 밟혔다. 아침에 보니 그것은 내가 그린 그림이었다. 그림은 비에 젖어 바닥에 떨어져 있었는데, 곳곳이 길쭉하게 불룩 튀어 올라 있었다. 나는 그림을 말리려고 그림을 빨종이 사이에 넣고 두꺼운 책에 끼워 두었다. 다음 날 책을 열어 보니 그림은 다 말랐다. 그런데 예전과는 모습이 달랐다. 붉은 입술은 색이 바랬고, 약간 가늘어져 있었다. 그러고 보니 이젠 완전히 데미안의 입이었다.

나는 이제 다른 그림을 그릴 생각을 했다. 문장 속의 새 그림이었다. 그 새가 어떻게 생겼는지는 확실치 않았다. 내가 기억하는 한, 그림의 몇 부분은 가까이서 살펴보아도 똑똑히 알 수가 없었다. 문장 자체가 낡은 데다가 그사이 여러 번 덧칠했기 때문이다. 새는 어떤 것 위에 서 있는 것 같기도 했고, 앉아 있는 것 같기도 했다. 꽃 위나 광주리, 둥지, 혹은 나무우듬지 위일 수 있었다. 하지만 나는 그런 것에는 개의치 않고 머릿속으로 분명히 떠오르는 것부터 그려 나가기 시작했다. 맨먼저 떠오른 것은 강렬한 색상이었다. 막연한 충동에 따른 선택이었다. 이렇게 해서 그림 속 새의 머리는 황금색으로 칠해졌다. 그 뒤로도 나는 마음이 움직이는 대로 계속 그림을 그렸고, 며칠 뒤 새의 그림이 완성되었다.

그림 속의 새는 날카롭고 용맹스러운 매의 머리를 가진 맹금류였다. 새는 몸이 반쯤 시커먼 땅속에 박혀 있었는데, 마치 거대한 알 같은 땅덩어리에서 솟구쳐 나오려고 안간힘을 쓰고 있었다. 푸른 하늘의 배경 속에서 말이다. 그런데 그림을 오래 들여다볼수록 내 꿈속에 나타난 다채로운 문장 같다는 생각이 들었다.

데미안에게 편지를 쓰는 것은 내가 설령 어디로 보내야 하는지 알고 있다고 해도 가능한 일이 아니었을 것이다. 그러나 당시 내가 모든 일을 할 때 그랬던 것처럼 몽환적 예감에 사로잡혀 매 그림만큼은 데미안에게 보내기로 마음먹었다. 그가 실제로 받아 볼 수 있을지 없을지는 몰라도. 나는 그림 위에다 내 이름을 비롯한 아무것도 쓰지 않았다. 그냥 그림 테두리를 조심스럽게 자른 뒤 큰 편지 봉투를 사서 그 위에다 데미안의 예전 주소만 적었다. 그러고는 보냈다.

졸업 시험이 차츰 가까워졌다. 나는 예전보다 더 열심히 공부해야 했다. 선생님들은 지금까지의 불량한 생활 태도를 일거에 청산한 나를 자애롭게 받아 주었다. 물론 그때도 내가 좋은 학생은 아니었다. 다만 나 자신을 비롯한 모든 사람이 지금의 나를 보면서 반년 전까지만 해도 학교에서 쫓겨날 정도로 문제 학생이었다고는 상상하지 못했다.

아버지는 질책과 위협 없이 예전과 똑같은 어조로 내게 다시 편지를 썼다. 그러나 나는 아버지든 누구에게든, 내가 어떻게 그렇게 변하게 되었는지 설명하고 싶은 마음은 없었다. 나의 변화가 부모님과 선생님들의 소망과 맞아떨어진 것은 전적으로 우연이었다. 그런데 나는 이런 변화와 함께 남들과 더 가까워지거나 남들의 세계로 더 깊이 들어간 것이 아니라 오히려 더 외로워졌다. 그 변화에는 어딘가로 나아가는 목표가 있었다. 데미안에게로, 먼 운명으로 나아가는 목표였다. 그러나 나 자신은 그걸 모르고 있었다. 나는 그 길 한가운데에 있었기 때문이다. 이 일은 베아트리체로부터 시작했지만, 얼마 전부터 나는 그 베아트리체조차 까맣게 잊을 정도로 비현실적인 세계에서 내 그림과 데미안에 푹 빠져 살았다. 나는 누구에게도 내 꿈과 기대, 나의 심적 변화에 대해 말할 수 없었을 것이다. 설사 그럴 마음이 있었다고 하더라도 말이다.

하지만 내가 어떻게 그런 마음을 먹을 수 있겠는가?

5. 새는 알에서 나오려고 몸부림친다

내가 그린 환상의 새는 공중으로 날아가 데미안을 찾아다 녔다. 그리고 전혀 예상하지 못한 방식으로 답장이 왔다.

쉬는 시간이었다. 교실 책상 위 내 책에 쪽지가 꽂혀 있었 다. 가끔 애들이 수업 시간에 몰래 쪽지를 주고받을 때 접는 방식으로 접혀 있었다. 누가 나한테 이런 쪽지를 보냈는지 의 아했다. 이런 식으로 쪽지를 주고받을 만한 아이는 없었다. 처 음엔 흔해 빠진 애들 장난에 동참하라는 요구로 생각했다. 그 래서 당연히 그럴 생각이 없던 나는 쪽지를 읽지도 않고 내 책 앞쪽에 놓아두었다. 그러다가 수업 시간에 우연히 그 쪽지 가 내 손에 툭 떨어졌다.

나는 쪽지를 만지작거리다가 아무 생각 없이 펼쳤다. 그 속 에는 몇 마디가 적혀 있었다. 그것에 슬쩍 눈길을 던지는 순간 나는 한 단어에 눈이 꽂혔고, 곧 깜짝 놀라 쪽지를 읽기 시작했다. 예기치 않은 운명 앞에 심장이 얼음에 닿기라도 한 듯 잔뜩 오그라들었다.

'새는 알에서 나오려고 몸부림친다. 알은 세계다. 태어나려고 하는 자는 하나의 세계를 깨뜨려야 한다. 새는 신에게로 날아간다. 그 신의 이름은 아브락사스이다.'

나는 여러 번 반복해서 쪽지를 읽고 나서 깊은 생각에 잠겼다. 의심의 여지가 없었다. 이것은 데미안의 답장이었다. 그와 나 말고 이 새에 대해 알고 있는 사람은 없었다. 그렇다면 그는 내 그림을 받은 게 틀림없었다. 내가 그림을 보낸 뜻을 알아채고 이 그림을 해석할 수 있도록 나를 도와주려고 하는 것이다. 하지만 이 모든 것에 어떤 관련이 있을까? 게다가 아브락사스의 뜻을 모른다는 것이 특히 답답했다. '그 신의 이름은 아브락사스이다.'

그 뒤로 선생님의 말은 한마디도 귀에 들어오지 않은 채로 수업이 끝났다. 다음 시간이 시작되었다. 오전 마지막 시간이었다. 젊은 보조 교사가 진행하는 수업이었는데, 막 대학을 마친 이 선생님은 젊은 데다가 쓸데없이 권위를 내세우지 않았기 때문에 인기가 높았다.

이 폴렌 선생님의 지도로 우리는 헤로도토스를 읽었다. 이 수업은 내가 흥미를 느낀 몇 안 되는 과목 중 하나였지만 이번에는 관심 밖이었다. 나는 기계적으로 책만 펼쳐 놓은 채 선생님의 번역을 따라가지 않고 나만의 생각에 잠겼다. 예전에 데미안이 종교 수업 시간에 했던 말이 얼마나 옳은지는 벌써 여러 차례 경험한 바 있었다. 그러니까 정말 강렬하게 원하는 일은 이루어졌던 것이다. 내가 수업 시간 중에 나만의 생각에 깊이 빠져 있으면 아무도 나를 건드리지 않았다. 선생님도 방해하지 않았다. 반면에 실제 겪은 일이지만, 산만하거나 졸릴 때에는 희한하게도 선생님이 갑자기 앞에 나타났다. 그렇지만 정말 무언가를 깊이 생각하고 그 생각에 푹 빠져 있으면 누구의 방해도 받지 않고 그 상태를 지킬 수 있었다. 게다가 상대의 눈을 뚫어지게 바라보는 것도 직접 시도해 본 끝에 그 효과를 굳게 믿었다. 물론 데미안과 함께 있던 시절에는 성공한 적이 없었다. 하지만 이제는 시선과 생각만으로도 아주 많은 것을 할 수 있다고 느꼈다.

그때도 나는 헤로도토스와 교실을 떠나 혼자만의 생각에 빠져 있었다. 그런데 어느 순간 선생님의 목소리가 번개처럼 내 의식 속으로 파고들었고, 나는 화들짝 놀라 생각에서 깨어났다. 선생님의 목소리가 들렸다. 내 바로 옆에 선생님이 서 있었다. 나는 내 이름이 불렸다고 생각했다. 그러나 선생님은 나를 보고 있지 않았다. 내 입에서 안도의 한숨이 새어 나왔다.

그때 그의 목소리가 다시 들렸고, 그의 입에서 '아브락사스'라는 말이 힘차게 떨어졌다.

내가 듣지 못한 앞부분에 이어 폴렌 선생님이 계속 설명해 나갔다.

"그 종파의 세계관과 고대의 신비주의적 합일을 결코 현대의 합리주의적 관점으로 단순하게 봐서는 안 됩니다. 고대에는 현대적 의미의 학문 같은 것은 없었습니다. 대신 철학적 신비주의적 진실들을 다루는 영역이 고도로 발달했죠. 종종 사기와 범죄로 이어지는 주술과 놀이도 거기서 나왔지요. 그러나 주술에도 고귀한 유래와 깊은 사상이 있었습니다. 내가 조금 전에 예로 든 아브락사스 교리처럼 말입니다. 고대 그리스 사람들은 마술적 주문을 욀 때 이 이름을 불렀고, 오늘날의 특정 원시 부족들은 그것을 주술적 악마의 이름으로 여기기도 합니다. 하지만 아브락사스는 그보다 훨씬 많은 의미를 담고 있는 것 같습니다. 예를 들어 우리는 그 이름을 신적인 것과 악마적인 것을 하나로 통합하려는 상징적 사명이 부여된 하나의 신으로 생각할 수 있죠."

그 작고 박식한 선생님은 고상하고 열정적으로 계속 말을 이어갔다. 그러나 그 말에 깊은 관심을 보이는 학생은 없었다. 그리고 아브락사스라는 이름이 더는 나오지 않자 나도 곧 관심을 잃고 다시 내 생각 속으로 빠져 들어갔다.

'신적인 것과 악마적인 것을 통합한다'는 말이 줄곧 머릿속을 맴돌았다. 내 상황과의 연결점을 찾아낸 듯했다. 그 말은 내게도 친숙했다. 내가 데미안과 우정을 유지하던 마지막 시절에 나눈 대화도 바로 이런 내용이었기 때문이다. 그는 당시 이렇게 말했다. 이 세상엔 우리가 숭배하는 신이 하나 있지만, 그 신은 마음대로 갈라놓은 세계의 절반(이것은 공식적 세계, 허락된 세계, '밝음의 세계'였다)만 표현할 뿐이다. 우리는 세계의 반쪽이 아니라 전체 세계를 숭배해야 한다. 그러려면 신이면서 동시에 악마인 존재가 있어야 하거나, 아니면 신에 대한 예배 외에 악마에 대한 예배도 만들어져야 한다는 것이다. 그렇다면 아브락사스가 신이면서 악마인 바로 그 존재였다.

한동안 나는 열심히 그 신의 흔적을 추적했다. 진전이 없었다. 아브락사스를 찾아 도서관까지 샅샅이 뒤졌지만 소득이 없었다. 그러나 나는 원래 생명 없는 돌멩이 같은 진실만 구하는 그런 직접적이고 의도적인 탐구 방식에는 절대 어울리지 않는 사람이었다.

내가 한때 그토록 열렬히 빠졌던 베아트리체의 모습은 이제 서서히 수면 아래로 가라앉았다. 아니, 베아트리체 자신이 천천히 내게서 멀어져 지평선 쪽으로 가더니, 어렴풋하고 옅은 점으로 변해 버렸다. 그녀는 이제 내 영혼의 갈망을 채워 줄 수 없었던 것이다.

몽유병 환자의 삶과 비슷하고, 스스로 만든 감옥에 갇힌 듯한 이 고독의 삶 속에서 이제 새로운 무언가가 생겨나기 시작했다. 삶에 대한 그리움, 아니 사랑에 대한 그리움이 내 속에서 활짝 피어났고, 한동안 베아트리체 숭배로 해소했던 성욕이 새로운 대상과 목표를 요구하고 나선 것이다. 욕망은 여전히 충족되지 않았고, 사랑에 대한 그리움을 속이는 건 예전보다 더 힘들어졌다. 그렇다고 다른 남자애들처럼 여자애들을 만나 그런 사랑의 행복을 기대할 수는 없었다. 나는 다시 격하게 꿈을 꾸었다. 그것도 밤보다 낮에 더 심하게. 내 속에서 솟구친 온갖 상상과 욕망이 나를 외부 세계와 단절시켰고, 그로써 나는 실제 현실보다 내 속의 영상들, 꿈, 그리고 환상적 세계와 더 활발하고 생동감 있게 교류하며 살았다.

줄곧 반복되는 꿈 하나가, 혹은 환상 하나가 점점 의미를 더해 갔다. 내 인생에서 가장 중요하면서도 가장 해로운 이 꿈의 내용은 대충 이랬다. 내가 아버지의 집으로 돌아간다. 대문 위 문장 속의 새가 푸른 하늘을 배경으로 황금빛으로 빛나고 있다. 집 안으로 들어가자 어머니가 나를 맞아 주신다. 그런데 내가 다가가 안으려는 순간 그건 어머니가 아니라 한 번도 본 적이 없는 낯선 형상이다. 키 크고 강건한 이 여인은 데미안과 내 그림 속 인물을 닮은 듯하면서도 달라 보이고, 강건한 인상임에도 여성적인 분위기를 가득 풍긴다. 여인이 나를 잡아끌더니 전율을 느낄 정도로 깊은 사랑의 포옹을 한다. 나는 환희와 공포를 동시에 느낀다. 여인의 포옹은 거룩한 예배이면서 죄악 같다. 나를 안은 여인의 모습에는 내 어머니와 내 친구 데미안에 대한 기억이 무수히 어려 있다. 여인의 포옹은 신을 공경하고 두려워하는 마음에는 어긋나지만 그 자체로는 크나큰 쾌락이다. 나는 때로 환희에 젖어 이 꿈에서 깨

어나기도 하고, 때로는 마치 끔찍한 죄악의 구렁텅이에서 빠져
나오듯 죽음에 대한 공포와 양심의 가책을 느끼며 깨어나기도
했다.

내 속의 이런 환상과 바깥에서 다가오는, 내가 찾아야 할
그 신에 대한 암시는 서서히 무의식적으로 연결되기 시작했
다. 그 후 이 연결은 점점 긴밀하고 친숙해졌다. 나는 예감과
도 같은 이 꿈속에서 내가 아브락사스를 소리쳐 부른 것을 느
끼기 시작했다. 희열과 공포, 남자와 여자가 뒤섞이고, 거룩한
것과 추악한 것이 서로의 속살을 파고들고, 부드럽기 짝이 없
는 천진난만함 사이로 죄악의 그림자가 어른거리는 것, 그것
이 내 꿈속 사랑의 모습이자 아브락사스의 모습이었다. 사랑
은 내가 처음에 겁에 떨며 느낀 것처럼 동물적인 어두운 충동
이 아니었고, 그렇다고 내가 베아트리체의 형상에 바친 것처
럼 경건한 정신적 경배도 아니었다. 사랑은 둘 다였다. 아니,
둘 다이면서 그 이상이었다. 사랑은 천사와 사탄, 남자와 여
자, 그리고 인간과 동물, 최고의 선과 악을 한 몸에 품고 있었
다. 이 둘을 다 살아 보는 것이 내 앞에 정해진 길 같았고, 그
것을 맛보는 것이 내 운명 같았다. 나는 그 운명이 그리우면
서도 두려웠다. 그러나 운명은 늘 거기 있었고, 늘 내 머리 위
에 존재했다.

이듬해 봄에 나는 김나지움을 졸업하고 대학 공부를 하러
떠나야 했다. 아직 어느 대학에서 무엇을 공부해야 할지조차

모르고 있었다. 겉으로는 코밑수염이 거뭇거뭇한 성인이었지만, 속으로는 목표도 없이 어찌할 줄 몰라 허둥대는 아이나 다름없었다. 다만 한 가지는 확실히 알고 있었다. 내 속의 목소리와 꿈속의 영상이었다. 나는 그 목소리가 이끄는 대로 무조건 따라야 한다는 의무를 느꼈다. 그러나 그건 쉽지 않았고, 날마다 그에 대해 반감이 치솟았다. 이런 생각도 자주 들었다. 혹시 내가 미친 건 아닐까? 내가 원래 남들과 다른 건 아닐까? 그러나 남들이 하는 건 무엇이든 나도 할 수 있었다. 조금만 열심히 노력하면 플라톤도 읽을 수 있었고, 삼각법 문제를 풀거나 화학적 분석 과정도 따라갈 수 있었다. 하지만 딱 한 가지 할 수 없는 게 있었다. 내 속에 희미하게 숨어 있는 목표를 밖으로 명확히 끄집어내는 것이었다. 남들은 자신이 교수나 판사, 의사, 혹은 예술가가 되고 싶은 것을 정확히 알고, 그러려면 얼마가 걸리고, 그런 직업에는 어떤 장점이 있는지 꿰차고 있었지만, 나는 그러지 못했다. 물론 나도 언젠가 뭔가가 되겠지만, 그게 뭔지 내가 어떻게 알겠는가? 어쩌면 나도 앞으로 여러 해 동안 그것을 찾고 또 찾아야 할지 모른다. 그러다 어쩌면 아무것도 되지 못하거나 어떤 목표에도 이르지 못할 수도 있고, 또 어쩌면 목표에 도달하기는 했지만 그것이 악하고 위험하고 끔찍한 것일 수도 있었다.

　나는 내 속에서 솟아 나오려는 것을 온전히 살아 보려 한 것밖에 없는데, 그게 왜 그리 어려웠을까?

나는 꿈속의 그 강건한 사랑의 여인을 자주 그림으로 그려
보려 했지만, 잘되지 않았다. 아마 그게 성공했다면 그 그림을
데미안에게 보냈을 것이다. 그가 어디에 있는지는 알지 못했
지만. 다만 내가 그와 은밀하게 연결되어 있다고 믿었을 뿐이
다. 아, 언제 다시 그를 볼 수 있을까?

베아트리체에게 열중하던 시절의 달콤한 평온함은 오래전
에 지나가고 없었다. 당시 나는 거친 항해 끝에 안전한 섬에
도착했고, 마침내 평화를 얻었다고 생각했다. 하지만 언제나
그랬다. 어떤 상태가 익숙해지고 어떤 꿈이 편안해지면 그것
은 곧 시들해지고 빛이 바랬다. 떠나 버린 것을 두고 한탄하
는 건 부질없는 짓이었다. 이제 나는 나 자신을 완전히 난폭
한 미치광이로 만드는, 진정되지 않는 욕망과 불꽃처럼 뜨거
운 기대 속에서 살았다. 꿈속에서 본 여인은 말할 수 없이 생
생한 모습으로 내 앞에 자주 나타났다. 내 손보다 더 또렷할
정도였다. 나는 그 여인과 이야기를 하기도 하고, 그 앞에 엎
드려 울기도 하고, 마구잡이로 욕을 퍼붓기도 했다. 또 어떤
때는 어머니라 부르며 그 앞에 무릎 꿇고 눈물을 흘렸고, 또
어떤 때는 나의 애인이라 부르며 모든 욕망을 채워 줄 성숙한
입맞춤을 예감했다. 또한 나는 그 여인을 악마라고, 창녀라고,
뱀파이어 혹은 살인자라고도 불렀다. 여인은 나를 감미로운
사랑의 꿈으로 이끌기도 했지만, 난잡하기 이를 데 없는 음탕
한 행위로 유혹하기도 했다. 그 여인에겐 너무 선하고 고결한

것도 없고, 너무 나쁘고 상스러운 것도 없었다.

그 겨우내 나는 뭐라 표현하기 곤란한 내면의 거센 폭풍 속에서 살았다. 고독은 오래전부터 익숙해져 있어서 그 때문에 짓눌리지는 않았다. 나는 데미안과 문장 속의 매, 내 운명이자 애인인 꿈속의 강건한 여인과 함께 살았다. 그 안에서 살아가기엔 충분했다. 모든 것이 광대하고 광활한 쪽을 바라보았고, 모든 것이 아브락사스를 의미했기 때문이다. 그러나 이런 꿈과 내 생각들 중 어느 것도 내 명령대로 움직이지 않았다. 나는 어떤 것도 불러낼 수 없었고, 어떤 것도 내 마음대로 색을 칠할 수 없었다. 꿈과 생각이 다가와서 나를 점령했다. 나는 그것들의 지배를 받았고, 그것들에 의해 살아갔다.

아마 나는 밖에서 볼 때는 안정되어 보였을 것이다. 학우들은 내가 어떤 사람도 두려워하지 않는 것을 보고, 내게 은밀히 존경심을 보내기도 했다. 나로서는 웃음이 나오는 일이었지만. 나는 마음만 먹으면 대다수 학우의 생각을 자세히 꿰뚫어 볼 수 있었고, 이따금 그렇게 해서 학우들을 깜짝 놀라게 할 수도 있었다. 그러나 그럴 마음이 없었다. 있다고 해도 아주 드물었다. 나는 항상 나 자신의 문제에만 매달렸다. 그리고 이제는 얼마간만이라도 인생을 제대로 살아 보고 싶고, 내 속에 있는 것을 세상으로 내던지고, 세상과 관계하고 싸우고 싶은 욕구를 강하게 느꼈다. 간혹 저녁에 거리를 쏘다니면서 느닷없이 마음이 초조해져 자정까지 집으로 돌아갈 수 없는 날이면 나는 이제야 정말 내 연인이 나를 찾아올 거라고, 내 연인이 다음 모퉁이를 지나가고 있을 거라고, 바로 옆의 창문에서 나를 부를 거라고 생각했다. 또 가끔은 이 모든 것이 견딜 수 없을 정도로 고통스러워 그냥 확 목숨을 끊어 버릴까 하는 생각마저 했다.

당시 나는 특이한 도피처를 찾아냈다. 사람들이 보통 '우연'이라고 말하는 것을 통해. 그러나 그런 우연은 없다. 자신이 간절히 필요로 하는 무언가를 찾아냈다면 그것을 찾게 한 것은 우연이 아니라 그 자신이다. 자신의 강렬한 욕구와 필요가 그를 그리로 이끈 것이다.

도시를 오가는 길에 나는 교외의 한 자그마한 교회에서 오르간 소리가 흘러나오는 것을 두세 번 들었다. 처음에는 그냥 지나쳤다. 그러다 다음번에 그 소리를 다시 들었을 때는 그것이 바흐의 음악이라는 것을 알아차렸다. 나는 교회 문으로 걸어갔다. 문은 닫혀 있었다. 교회 앞 길거리에는 거의 인적이 없어서 나는 교회 옆 갓돌에 앉아 외투 깃을 세우고 귀를 기울였다. 소리가 크지는 않지만 음질은 좋은 오르간이었다. 그런데 연주가 퍽 괴상했다. 자신의 의지와 고집을 지극히 개성적으로 독특하게 표현해 내는 것이 마치 기도 소리처럼 들렸다. 나는 문득 이런 느낌이 들었다. 연주를 하는 저 남자는 이 음악 속에 귀한 보물이 숨겨져 있는 것을 안다. 그래서 이 보물에 구애하고 노크하면서, 마치 자기 목숨을 구하듯 보물을 얻어 내려고 애쓰는 것 같은 느낌이었다. 나는 음악의 테크닉에 대해서는 잘 알지 못했지만, 영혼을 음으로 표현하는 이 방식에 대해서는 어렸을 때부터 본능적인 감이 있었고, 그런 음악적인 것을 내 속에서 지극히 자연스러운 것으로 느껴 왔다.

곧이어 오르간 연주자는 현대 음악도 연주했다. 레거의 음악인 것 같았다. 교회 안은 거의 칠흑처럼 어두웠다. 가까운 창문으로 한줄기 가느다란 빛만 새어 나왔다. 나는 연주가 끝날 때까지 기다리다가 이리저리 서성였고, 그러다 마침내 오르간 연주자가 밖으로 나오는 것을 보았다. 아직 젊은 남자였다. 물론 나보다는 나이가 많았다. 땅딸막하고 다부진 몸매의 사내였다. 그는 힘차면서도 마지못해 걷는 듯한 발걸음으로 급히 떠나갔다.

그때부터 나는 이따금 저녁 시간에 교회 앞에 앉아 있거나 주변을 서성거렸다. 한번은 교회 문이 열려 있는 것을 보고 반 시간쯤 추위로 덜덜 떨면서도 행복하게 교회 의자에 앉아 있었다. 위층에서는 악사가 희미한 가스등 불 옆에서 오르간을 연주했다. 나는 그의 음악에서 그 사람 자체만 들은 것이 아니었다. 그가 연주하는 모든 것이 비슷하게 닮았고 비밀스레 연결되어 있는 것 같았다. 또한 그의 연주는 독실했고, 신에게 자신을 온전히 내맡기는 경건한 것이었다. 그러나 그것은 교회 신자들이나 목사의 경건함이 아니라 중세 탁발 수도 승의 경건함이자, 모든 종파를 초월한 보편적 감정에 철저하게 자신을 내맡긴 경건함이었다. 그는 바흐 이전의 거장과 옛 이탈리아 음악가들의 음악도 정성을 다해 연주했다. 모든 음악이 똑같은 것을 말했고, 모든 음악이 연주자의 영혼을 표출하고 있었다. 그리움, 세계와의 깊은 만남과 세계와의 난폭한 결별, 어두운 자기 영혼의 목소리에 대한 간절한 귀 기울임, 몰아(沒我)의 도취, 경이로운 것에 대한 깊은 호기심 같은 것들이었다.

한번은 교회를 나서는 그 오르간 연주자를 몰래 따라가 보았는데, 그는 멀리 도시 변두리의 한 작은 술집으로 들어갔다. 나도 궁금증을 이기지 못하고 그를 따라 들어갔다. 거기서 처음으로 그의 얼굴을 똑똑히 볼 수 있었다. 그는 작은 홀 한구석에 와인을 한 잔 시켜 놓고 앉아 있었는데, 까만 모피 모자를 쓰고 있었다. 얼굴은 내가 예상한 그대로였다. 못생기고, 약간 거칠고, 무언가를 찾는 듯하고, 융통성이 없고, 고집스럽고, 단호하고, 그러면서도 입 주위는 부드럽고 아이 같았다. 남성적인 강한 면모는 모두 눈과 이마에 몰려 있었고, 그 아랫부분은 연약하고 미숙하고 자제력이 없고, 약간 나긋나긋한 분위기를 풍겼다. 우유부단해 보이는 턱은 이마나 시선과는 대조적으로 소년 같았다. 자부심과 적의로 가득 찬 그의 암갈색 눈이 마음에 들었다.

나는 말없이 그 맞은편에 앉았다. 술집에 우리 말고는 아무도 없었다. 그는 당장에라도 나를 쫓아 버릴 듯이 노려보았다. 나도 그 눈길을 버텨 내며, 지지 않고 그를 꼿꼿이 쏘아보았다. 이윽고 그가 퉁명스럽게 내뱉었다.

"대체 이유가 뭔가? 그렇게 날 쏘아보는 이유가. 나한테 원하는 게 뭐지?"

"원하는 건 없습니다. 당신에 대해 벌써 많은 걸 알고 있으니까요."

그가 이맛살을 찌푸렸다.

"그럼 음악광인가? 난 음악에 광적으로 열광하는 것에 구역질을 느끼는 사람인데."

나는 물러서지 않았다.

"교회 밖에서 당신이 연주하는 걸 자주 들었습니다. 당신을 귀찮게 하려는 뜻은 없습니다. 다만 당신에게서 뭔가를 찾을지도 모르겠다는 생각이 들었습니다. 뭔가 특별한 것을요. 물론 그게 뭔지는 나도 모릅니다. 내 말에는 개의치 마십시오! 난 교회에서 당신 음악을 들을 수 있으니까요."

"문이 항상 잠겨 있을 텐데."

"최근에는 깜빡하셨더군요. 그래서 교회에 들어갈 수 있었죠. 그전까지는 밖에 서서 듣거나 갓돌에 앉아서 들었습니다."

"그래? 다음번엔 안으로 들어오게. 안은 한결 따뜻하니까. 문을 두드려야 할 걸세. 그것도 힘차게. 물론 내가 오르간을 칠 때는 말고. 자, 이제 들어 보지. 자네가 하고 싶은 말을. 아주 젊은 친구 같은데, 고등학생, 아니면 대학생? 혹시 음악가인가?"

"아닙니다. 그냥 음악 듣는 걸 좋아하죠. 물론 당신 연주처럼 절대적인 음악을요. 한 인간이 천국과 지옥을 동시에 흔들어 대는 것 같은 느낌을 주는 그런 음악 말입니다. 내가 그런 걸 좋아하는 건 아마 도덕적이지 않기 때문일 겁니다. 다른 건 모두 도덕적이죠. 난 도덕적이지 않은 것을 찾고 있습니다. 도덕적인 것으로는 항상 괴로워하기만 했죠. 나 자신을 표현하기가 쉽지 않군요. 어쨌든 신이면서 동시에 악마인 신이 있다는 걸 혹시 아십니까? 그런 신이 있다고 들었는데."

음악가는 챙이 넓은 모자를 약간 뒤로 젖히고는 짙은 머리카락을 이마 위로 쓸어 올렸다. 그러면서 나를 뚫어지라 바라보더니 탁자 위로 얼굴을 쑥 내밀었다.

그가 긴장한 표정으로 나직이 물었다.

"자네가 말한 그 신의 이름이 뭔가?"

"안타깝게도 그 신에 대해 아는 것은 거의 없습니다. 솔직히 말해서 이름만 아는 정도죠. 신의 이름은 아브락사스라고 하더군요."

음악가는 마치 누가 우리를 엿듣기라도 하는 양 불안한 눈으로 주위를 둘러보았다. 그러더니 내게로 바짝 당겨 앉아 속삭이듯 말했다.

"내 생각도 그러네. 근데 자네는 누구지?"

"김나지움 학생입니다."

"아브락사스는 어떻게 알았나?"

"우연히요."

그가 테이블을 탁 쳤다. 그 바람에 와인 잔 속의 술이 넘쳤다.

"우연이라고? 그따위 말도 안 되는 소리는 집어치워! 어이, 젊은 친구, 아브락사스는 절대 우연으로 알 수 없어. 잘 명심해 두게. 내가 아브락사스에 대해 말해 주지. 나도 조금은 알거든."

그가 입을 다물더니 의자를 뒤로 밀었다. 내가 기대에 찬 눈으로 바라보자 그가 얼굴을 찌푸렸다.

"지금은 말고! 다음번에! 자, 이거나 받게!"

그가 술집에 들어와서도 벗지 않고 있던 외투의 주머니 속으로 손을 쑥 집어넣더니 군밤을 몇 개 꺼내 획 던졌다.

나는 말없이 군밤을 받아먹었다. 맛이 괜찮았다.

잠시 후 그가 다시 나직이 말했다.

"자, 이제 말해 보시지. 그 신은 어떻게 알았나?"

나는 망설이지 않고 대답했다.

"어쩔 줄 몰라 방황하던 고독한 시절이 있었죠. 그때 문득 옛날에 알던 한 친구가 떠올랐습니다. 아는 게 무척 많은 친구였죠. 난 지구의 표면을 뚫고 나오려는 새를 그렸는데, 그 그림을 친구에게 보냈습니다. 얼마 뒤, 내가 더 이상 기대도 안 하고 있는데, 쪽지가 하나 내 손에 들어왔습니다. 거기엔 이렇게 적혀 있었죠. 새는 알에서 나오려고 몸부림친다. 알은 세계다. 태어나려고 하는 자는 하나의 세계를 깨뜨려야 한다. 새는 신에게로 날아간다. 그 신의 이름은 아브락사스이다."

그는 아무 대꾸 없이 밤을 까서 와인 안주로 먹었다.

"한잔하겠나?"

그가 물었다.

"사양하겠습니다. 술을 좋아하지 않습니다."

그가 웃었다. 약간 실망한 듯이.

"좋을 대로. 하지만 난 좀 다르지. 난 여기 좀 더 있다가 갈 테니 자네는 먼저 가게!"

그다음 만남에서 오르간 연주가 끝난 뒤 함께 걷게 되었을 때 그는 별로 말이 없었다. 그는 골목을 지나 낡고 웅장한 어떤 집으로 들어가더니 위층의 약간 음침하고 황량해 보이는 커다란 방으로 나를 안내했다. 방에는 피아노 외에 음악과 관련된 것은 없었다. 오히려 큼직한 책장과 책상 때문에 학자 방 같은 냄새가 약간 났다.

"책이 참 많네요."

내가 감탄했다.

"일부는 아버지 서재에서 갖고 온 것이네. 난 아버지 집에 살고 있거든. 그래, 여기가 바로 내 부모님 집이네. 하지만 자네를 부모님께 소개할 수는 없어. 여기선 나하고 교류하는 사람이 별로 환영을 못 받거든. 짐작하겠지만, 난 이 집에서 버린 아들이네. 탕아라고 할 수 있지. 내 아버지는 엄청나게 존경스러운 분이네. 이 도시에선 알아주는 목사님이자 설교자이시지. 반면에 자네도 곧 사정을 알게 되겠지만, 난 한때 장래가 촉망되는 재능 있는 이 집 아들이었지만 길을 잘못 들어 망나니 신세가 되었네. 난 신학도였네. 국가고시 직전에 때려치웠지만. 물론 개인적으로는 아직 신학을 버리지 못하고 있네. 사람들이 그때그때 만들어 낸 신들에 관심이 많거든. 그게 나한테 중요한 문제이기도 하고. 하지만 지금은 음악가로 살아가고 있네. 얼마 안 있으면 오르간 연주자 자리도 구하게 될 것 같고. 그러면 난 다시 교회로 들어가는 셈이지."

나는 책상의 희미한 등불이 닿는 데까지 책장을 쭉 따라가며 책들을 살펴보았다. 그리스어와 라틴어, 히브리어 제목의 책들이 눈에 띄었다. 그사이 이 방의 주인은 어둠 속에서 바닥에 엎드려 무언가를 하고 있었다.

얼마 뒤 그가 불렀다.

"어이, 친구, 이리 와서 철학이나 같이 해 보세. 철학이라는 게 뭐 별거 있겠나. 아가리 닥치고 배 깔고 누워 가만히 생각하는 게 철학 아니겠나?"

그가 성냥을 긋더니, 앞에 있는 벽난로 속의 종이와 장작에 불을 붙였다. 불꽃이 솟구쳤다. 그는 장작을 이리저리 들쑤셔 조심스럽게 불을 지폈다. 나도 그 곁, 닳아 해진 카펫 위에 엎드렸고, 곧 불꽃에 빨려 들었다. 그가 불꽃을 응시했다. 우리는 한 시간쯤 그렇게 팔락거리는 나무 불꽃 앞에 말없이 배를 깔고 누워, 불꽃이 타다닥 소리를 내며 일어났다가 몸을 숙여 가라앉고, 꺼질 듯이 잦아들었다가 움찔하더니 마지막에 마치 알을 품듯 고요한 사색의 불덩이로 착 가라앉는 것을 보았다.

"불을 숭배하는 것이 인간이 발명한 가장 어리석은 짓만은 아니었지."

그가 혼잣말처럼 중얼거렸다. 이 말 말고는 우리 둘 중 누구도 입을 열지 않았다. 나는 뚫어지라 불을 바라보며 꿈과 고요의 세계로 빠져들었고, 연기와 잿더미 속으로 영상과 형체가 어른거리는 것을 보았다. 그러다 어느 순간 소스라치게 놀랐다. 이 방 주인이 이글거리는 불꽃 속으로 송진을 조금 넣었는데, 즉시 작고 길쭉한 화염이 치솟으며 그 속에서 노란 매의 머리를 가진 새가 나타난 것이다. 사그라지는 벽난로 불꽃 속에서 노르스름하게 피어오르는 실 줄기들이 그물처럼 엮여 알파벳과 형체를 만들어 냈다. 사람 얼굴과 동물, 식물, 벌레, 뱀에 대한 기억도 나타났다. 마치 꿈에서 깨듯 내가 정신을 차리고 고개를 돌렸을 때 그는 주먹으로 턱을 괸 채 완전히 넋이 나간 사람처럼 몰두하며 잿더미를 바라보고 있었다.

"이제 가 봐야겠습니다."

내가 나직이 말했다.

"가 보게. 다음에 보세."

그는 일어나지 않았다. 등불이 꺼진 상태여서 나는 컴컴한 방과 더 컴컴한 복도, 그리고 계단을 간신히 더듬거리며 내려와 마법에 걸린 것 같은 이 오래된 집을 나왔다. 대문을 나서는 순간 나는 걸음을 멈추고 낡은 집을 다시 한 번 올려다보았다. 불빛이 새어 나오는 창은 없었다. 작은 청동 문패가 문앞의 가스등 불빛 속에서 반짝거렸다.

"수석 목사 피스토리우스."

집에 돌아가 저녁을 먹고 혼자 방에 앉아 있을 때야 비로소 나는 아브락사스에 대해서건 피스토리우스에 대해서건 아무 말도 듣지 못했고, 우리가 주고받은 말이 채 열 마디도 되지 않는다는 것을 깨달았다. 그러나 그의 집을 찾아간 것은 무척 만족스러웠다. 게다가 다음번에는 그가 오래된 오르간 음악 중에서 정말 대단한 곡을 연주해 주기로 약속했다. 북스테후데의 파스칼리아였다.

나는 몰랐지만, 그때 내가 음침한 은둔자 같은 오르간 연주자 피스토리우스의 방에서 배를 깔고 벽난로 앞에 누워 있었던 것은 사실 나를 향한 그의 첫 수업이었다. 불을 들여다보는 것은 내게 도움이 되었고, 내 속에 항상 잠재했지만 이제껏 제대로 키운 적이 없던 내면의 성향을 사실로 확인시키고 강화해 주었다. 서서히 그 성향들이 부분적으로 내 의식에 또렷해졌다.

어렸을 때부터 나는 자연의 기괴한 형상들을 자세히 들여다보는 습성이 있었다. 관찰이라기보다 사물의 고유한 마력과 사물의 깊고 뒤엉킨 언어에 푹 빠지는 것이라고 말하는 게 더 맞을 듯하다. 한 그루 나무처럼 변해 버린 긴 나무뿌리, 바위 속의 혈관 같은 다채로운 선들, 물 위에 떠 있는 기름 얼룩, 유리에 난 금들, 이 비슷한 모든 것들이 이따금 내게 큰 마력을 발휘했다. 특히 물과 불, 연기, 구름, 먼지가 그랬는데, 그중에서도 눈을 감으면 눈앞에 아른거리며 빙빙 돌아가는 색깔 반점이 더 그랬다. 이런 것들은 피스토리우스의 집을 방문한 지 며칠 뒤부터 다시 떠오르기 시작했다. 그 이후에 느꼈던, 자기 감정의 고조와 활력, 기쁨은 모두 불을 오랫동안 응시한 덕분이었다. 불을 들여다보면 이상할 정도로 기분이 좋고 마음이 풍성해졌다.

이 새 경험은 내 삶의 진정한 목표를 향해 나아가도록 도와준 몇 안 되는 경험에 끼었다. 그 형상들을 관찰하고, 비합리적이고 어지럽고 이상야릇한 자연 형체에 푹 빠지다 보면 이 형상들을 있게 한 모종의 의지와 우리 내면 사이에 묘한 일체감이 생겨난다. 우리가 그 형상들을 우리 자신의 변덕스러운 기분으로 해석하거나, 우리 자신의 창조물로 여기려는 유혹을 느끼는 것도 그 때문이다. 어쨌든 그런 일체감 때문에 우리와 자연 사이의 경계는 흔들리고 무너진다. 그리고 그 형상이 외부 인상의 영향으로 우리 망막에 맺힌 결과인지, 아니면 우리 내면의 인상에서 온 결과인지에 대해 우리가 헷갈리는 것도 그 때문이다. 우리 자신이 얼마나 대단한 창조자이고, 우리의

154

영혼이 세계의 끊임없는 창조에 얼마나 꾸준히 관여하는지에 대해선 이 연습만큼 쉽게 확인할 기회는 없다. 어쩌면 우리 안에서 움직이는 것과 자연 속에서 움직이는 것은 절대 나눌 수 없는 동일한 신성(神性)일지 모른다. 외부 세계가 멸망하더라도 우리 가운데 누군가는 그 세계를 다시 세울 능력이 있을 것이다. 산과 강, 나무, 나뭇잎, 뿌리, 꽃, 이 모든 자연의 형상들은 이미 우리 속에 만들어져 있고, 우리의 영혼에서 나오기 때문이다. 영혼은 본질적으로 우리로선 알 수 없는 영원 속에 존재하고, 대개 사랑의 힘과 창조력으로만 느낄 수 있다.

여러 해 뒤에야 나는 한 책에서 이런 관찰이 옳다는 것을 확인했다. 레오나르도 다빈치의 책이었는데 저자는 책에서, 많은 사람이 침을 뱉어 놓은 담벼락을 바라보는 것이 얼마나 멋지고 흥분되는 일인지 언급했다. 그러니까 담벼락에 생겨난 침 얼룩들을 보면서 피스토리우스와 내가 불 앞에서 느낀 것과 똑같은 것을 느낀 것이다.

다음 만남에서 피스토리우스는 이런 설명을 했다.

"우리는 항상 우리 개성의 경계를 너무 좁게 긋고 있네. 개인적으로 구분되는 것과, 정상적인 것에서 벗어나는 것만을 항상 개성이라고 생각하지. 하지만 우리는 세계로 이루어져 있네. 세계에 존재하는 모든 것이 우리 속에 다 들어 있다는 말이지. 우리 한 사람 한 사람 모두에게. 우리의 몸속에 물고기 시절이나 훨씬 이전까지 거슬러 올라가는 진화의 전 계보

가 다 담겨 있는 것처럼 우리의 영혼에도 그전까지 인간 영혼
들이 경험한 모든 것이 담겨 있네. 그래서 그리스에서건 중국
에서건, 아프리카의 줄루족에서건 과거에 존재했던 모든 신과
악마들은 우리 속에 함께 있고, 가능성과 갈망으로서, 비상구
로서 늘 존재하는 법이네. 만일 인류가 멸망한 뒤, 교육은 받
지 못했지만 어느 정도 재능을 갖춘 아이가 하나 살아남았다
면 그 아이는 인류가 걸어온 모든 과정을 재현해 낼 것이고,
온갖 신과 악마, 낙원, 계율과 도덕적 명령, 신약과 구약성서,
이 모든 걸 다시 만들어 낼 수 있을 걸세."

내가 이의를 제기했다.

"좋은 말씀이지만, 그렇게 되면 개인의 가치는 어디에 있습
니까? 우리 속에 이미 모든 것이 이루어져 있다면 우리가 노
력할 이유가 있을까요?"

"그만!" 피스토리우스가 격하게 소리쳤다. "세계를 그저 자
기 속에 담고만 있느냐, 아니면 그것을 인식까지 하고 있느냐
는 큰 차이네. 어떤 미친 인간이 플라톤을 연상시키는 사상을
내놓을 수도 있고, 헤른후트 신학교에 다니는 한 경건한 소년
이 그노시스파*나 조로아스터교에서나 나타나는 심오한 신화

---

* 헬레니즘 시대에 유행한 종파로서 기독교와 다양한 종교가 혼합된 형태를 띠었
다. 이원론과 구원 등의 문제에서 정통 기독교와 극복할 수 없는 차이를 드러내어
이단이라 비난받으며 3세기경에 쇠퇴했으나 그 후에도 다양한 종파의 교리와 사상
에 영향을 미쳤다.

적 관련성을 창조적으로 숙고할 수도 있네. 하지만 세계가 자기 속에 있다는 걸 모르는 한, 그 친구는 여전히 나무나 돌, 기껏해야 동물에 불과하네. 그러다 그걸 처음으로 어슴푸레하게라도 깨닫는 순간 인간이 되지. 자네도 설마 길거리를 지나다니는 모든 두 발 달린 것들이 다 인간이라고 생각하지는 않겠지? 직립보행을 하고, 어미 배 속에서 아홉 달을 있다가 나왔다는 이유로 말이네. 그래, 그들 중에는 아직도 물고기나 양, 벌레, 거머리인 것들이 엄청나게 많네. 개미와 벌인 것도 많고! 물론 그들 각자 속에는 인간이 될 가능성이 있지. 하지만 그것을 예감하거나, 어느 정도 자각할 수 있어야 비로소 그 가능성이 자기 것이 되네."

우리의 대화는 늘 이런 식이었다. 아주 새롭고 놀라운 것이 나오는 일은 거의 없었다. 그러나 나는 지극히 상투적인 대화조차 항상 내 속의 같은 지점을 망치로 계속 내려치듯 나직이 쿵쿵 두드리는 것을 느꼈다. 그와의 모든 대화는 내 속에서 뭔가 만들어지는 것을 도와주었고, 내가 허물을 벗고, 알껍데기를 깨고 나오는 것을 도와주었다. 대화가 이어질수록 나는 점점 높이 고개를 들고 좀 더 자유롭게 고개를 움직였다. 그러다 어느 순간 나의 노란 새가 부서진 알껍데기 사이로 아름다운 맹금류의 머리를 쑥 내밀었다.

우리는 서로의 꿈 이야기도 많이 했다. 피스토리우스는 꿈을 해석할 줄 알았다. 아직도 생생한 퍽 신기한 경험이 있다.

나는 하늘을 나는 꿈을 꾸었다. 주체할 수 없는 어떤 거대한 힘으로 내가 빙빙 돌려지더니 획 하고 공중으로 날아간 느낌이었다. 하늘을 나는 감정은 퍽 유쾌했다. 그러나 곧 내 의지와는 상관없이 아주 위험한 높이까지 올라가자 두려워졌다. 그때 구원과도 같은 발견을 했다. 숨을 멈추고 내쉬는 것으로 상승과 하강을 조절할 수 있음을 깨달은 것이다.

피스토리우스는 내 꿈을 이렇게 풀이했다.

"자네를 날게 한 그 힘은 우리 각자가 가진 인류의 위대한 자산이네. 모든 힘의 뿌리와 연결되어 있다는 감정이기도 하고. 하지만 사람은 그 힘을 곧 두려워해. 빌어먹을 정도로 위험하게 느끼는 거지. 그래서 대부분의 사람은 나는 걸 손쉽게 포기하고, 차라리 법 규정에 맞게 인도로 걷는 쪽을 택해. 하지만 자네는 아니야. 자네는 계속 날고 있어. 도전적이고 유능한 젊은이라면 의당 그리해야지. 보게, 자네는 아주 신기한 것을 발견했어. 자네가 그 일의 주인이 되고, 자네를 날게 하는 위대한 보편적 힘에 작고 섬세한 자신의 힘이 더해지는 것을 느꼈어. 그건 신체 기관이고, 방향키야! 아주 대단한 물건이지. 그게 없이는 무력하게 공중에 떠 있을 수밖에 없네. 예를 들면 미친 인간들이 그렇게 하지. 물론 그들에겐 인도에서 걷는 사람들보다 훨씬 깊은 예감이 있어. 하지만 열쇠와 방향키는 없네. 그래서 끝 모를 바닥으로 추락하고 말지. 근데 싱클레어, 자네는 말이야, 자네는 그걸 하고 있어! 어떻게 하느냐고? 아직 그걸 모르겠나? 새로운 기관으로 하고 있어! 일종의 호흡 조절기 같은 기관으로 말이야! 이제 자네도 저 깊은 곳에 있는 영혼이 자네 혼자만의 것이 아니라는 것을 알 걸세. 그러니까 자네의 영혼이 그 조절기를 발명한 게 아니란 말이야! 그건 절대 새로운 게 아니야. 빌려 온 거지. 수천수만 년 전부터 존재해 왔던 거라고! 물고기의 평형 기관, 즉 부레가 그거네. 실제로 오늘날에도 부레가 일종의 폐 역할을 하고, 경우에 따라서는 부레를 진짜 호흡 기관으로 사용하는 몇몇 희귀 어종이 있네. 옛 기관을 버리지 않고 아직 보존하고 있는 어종이지. 그러니까 자네가 꿈속에서 비행용 부레로 사용한 폐도 부레와 똑같은 것이네!"

그는 동물학 책까지 꺼내 와서 그 어류의 이름과 그림을 보여 주었다. 나는 진화의 초기 단계에 존재했던 기능이 내 속에 아직도 생생히 살아 있는 것에 야릇한 전율을 느꼈다.

6. 야곱의 싸움

특이한 음악가 피스토리우스가 들려준 아브락사스 이야기를 이 자리에서 간략하게 줄일 수는 없다. 다만 중요한 것은 그의 가르침을 통해 나 자신을 찾아가는 길 위에서 또 한 걸음을 내디뎠다는 사실이다. 당시 평범하지 않은 열여덟 살 청년이었던 나는 많은 일에서 조숙했지만, 다른 많은 일에서는 남들보다 뒤처지고 갈팡질팡했다. 이따금 남들과 비교하며 자부심을 느끼고 우쭐할 때도 많았지만, 꼭 그만큼 기가 죽고 낙담하기도 했다. 어떤 때는 나 자신이 천재 같다가도 어떤 때는 반쯤 미친 것 같았다. 나는 또래 아이들의 삶과 즐거움을 함께하지 못했다. 그래서 또래 아이들과는 아무 희망 없이 단절되어 있고, 삶의 문이 꽉 닫혀 버린 것처럼 나에 대한 질책과 걱정으로 가슴을 쥐어뜯을 때가 많았다.

그 자신이 어른 별종이었던 피스토리우스는 내게 용기를 갖고 스스로를 존경하라고 가르쳤다. 그는 항상 내 말과 내 꿈, 내 판타지와 내 생각 속에서 값진 것을 발견했고, 그것들을 항상 진지하게 받아들이고 진지하게 상담해 주면서 이런 예를 들었다.

　"전에 자네가 이런 이야기를 했지. 음악을 사랑하는 건 음악이 도덕적이지 않기 때문이라고. 뭐, 난 아무래도 상관없지만 이거 하나는 분명하네. 자네 자신도 절대 도덕주의자가 되어선 안 된다는 사실이지. 남들과 비교해서는 안 되네. 자연이 자네를 박쥐로 창조해 놓았다면, 자신을 타조로 만들려고 해서는 안 되는 법이지. 자네는 가끔 스스로를 이상한 별종 취급하면서, 자신이 대부분의 다른 사람들과 다른 길을 걷는 것을 자책하고 있어. 그런 건 빨리 잊어버려야 하네. 대신 불을 들여다보고 구름을 쳐다보게. 예감이 밀려오고 영혼 깊은 곳에서 목소리가 들려오면 오직 그것들에 자신을 맡기게. 그게 학교 선생이나 아버지, 사랑하는 신의 뜻에 맞느냐 맞지 않느냐 하는 건 따지지 말고 말이야. 그런 걸로 고민하면 스스로를 망가뜨릴 뿐이네. 그래서 일반인들처럼 인도를 걷고 화석이 되고 말지. 싱클레어, 우리의 신은 아브락사스네. 그는 신이자 사탄이고, 자기 속에 밝음의 세계와 어둠의 세계를 다 갖고 있네. 아브락사스는 자네의 어떤 생각, 어떤 꿈에도 절대 손가락질하지 않을 걸세. 그걸 잊지 말게. 하지만 자네가 건실

하고 평범한 인간이 되는 순간 아브락사스는 자네를 떠날 것이네. 그래서 자신의 사상을 펄펄 끓일 수 있는 새로운 냄비를 찾아 나서겠지."

내 꿈들 가운데 가장 끈질기게 나타나는 것은 어두운 사랑의 꿈이었다. 내가 자주 꾼 이 꿈의 내용은 이랬다. 대문 위 문장 속의 새를 지나 내가 우리 집으로 들어간다. 어머니가 나를 끌어당겨 안으려 한다. 그런데 정작 나를 껴안은 사람은 어머니가 아니라, 남자 같기도 하고 어머니 같기도 한 키 큰 여자다. 무척 두려우면서도 활활 타오르는 욕망을 느끼게 하는 여자였다. 나는 이 꿈을 피스토리우스에게 이야기하지 않았다. 내 속에 있는 다른 건 모두 열어 보였지만 이것만큼은 꺼내 놓지 않았다. 이 꿈은 나의 은신처이자 나의 비밀이자 도피처였다.

기분이 울적하면 나는 피스토리우스에게 북스테후데의 파사칼리아를 연주해 달라고 부탁했다. 그러고는 저녁의 어두운 교회에 앉아 몰아의 경지에서 음악을 들었다. 자기 속에 침잠해 있고 마음의 소리에 귀를 기울이는 듯한 이 기묘하고 친밀한 음악은 항상 내 마음을 어루만졌고, 영혼의 목소리에 좀 더 가까이 가게 도와주었다.

때로 우리는 오르간 소리가 잦아든 뒤에도 한동안 교회에 앉아, 뾰쪽한 아치형의 높지막한 창문으로 희미한 빛이 비치다가 서서히 사라지는 것을 지켜보곤 했다.

피스토리우스가 말했다.

"내가 한때 신학도였고 목사가 될 뻔했다는 게 이상하게 느껴지기도 하네. 하지만 그건 내가 저지른 형식상의 오류였을 뿐이네. 성직자가 되는 건 아직도 내 사명이자 목표니까. 다만 아브락사스를 만나기 전에 너무 일찍 만족했고, 너무 일찍 여호와에게 나를 맡겨 버렸네. 종교는 모두 아름다워. 종교는 영혼이거든. 그래서 기독교적 최후의 만찬을 들건, 메카로 순례를 가건 아무 상관이 없어."

"그렇다면 목사가 됐어도 괜찮은 거 아닌가요?"

"아니, 싱클레어. 그건 아니네. 그랬다면 난 자신을 속이며 살아야 했을 걸세. 우리의 종교는 마치 종교가 아닌 것처럼 굴고 있네. 마치 인간 오성의 산물인 것처럼 굴고 있다고. 나는 만일 정 안 되면 가톨릭 사제는 될 수 있을지 몰라도 개신교 사제는 될 수 없네. 절대로! 내가 아는 사람 중에 아주 독실한 개신교 신자가 몇 있는데, 그 사람들은 오직 성경 자구에만 매달리며 사네. 그런 사람들한테, 예를 들어, 내가 볼 때 그리스도는 실제 인간이 아니라 신화 속의 영웅이고, 영겁의 벽에 비친 인류 자신의 어마어마한 그림자 상(像)이라고 말할 수 있겠나? 그리고 지혜의 말씀을 듣거나 의무를 다하기 위해, 혹은 아무것도 놓치고 싶지 않아서 교회에 오는 사람들한테 대체 내가 무슨 말을 해 줄 수 있겠나? 그 사람들을 개종시키라고? 난 그럴 마음 없네. 사제는 개종을 시키는 사람이 아닐세. 사제는 단지 자신과 비슷하게 생각하는 사람들 틈에서 살고자 할 뿐이고, 우리가 여러 신을 만들어 낸 그 원초적 감정의 상징이자 표현이 되고자 할 뿐이네."

그가 말을 멈추었다. 그러더니 곧 다시 말을 이어갔다.

"어이, 친구. 우리가 지금 아브락사스라는 이름으로 선택한 이 새로운 신앙은 아름답기 그지없네. 우리가 가진 최고의 것이지. 하지만 아브락사스는 아직 젖먹이에 불과하네. 아직 날개도 돋지 않았어. 외로운 종교지. 아직 진정한 자기 모습도 갖추지 못했어. 이 종교는 많은 사람과 공유되어야 하고, 숭배와 도취, 축제, 비밀스러운 제식 같은 것이 있어야 하네."

그는 묵묵히 생각에 잠겼다.

"비밀 제식은 몇몇 사람이나 혼자서도 할 수 있는 것 아닌가요?"

내가 망설이듯 물었다.

그가 고개를 끄덕였다.

"물론이지. 나는 벌써 오래전부터 혼자 해 오고 있네. 숭배의 제식을. 발각되면 교도소에서 몇 년은 썩어야 할 일이지. 하지만 그 역시 아직 제대로 된 제식은 아니네."

갑자기 그가 내 어깨를 툭 쳤고, 나는 깜짝 놀라 움츠러들었다.

그가 나를 뚫어지라 바라보았다.

"이봐, 친구, 자네도 비밀 제식이 있군. 자네가 나한테 털어

놓지 않은 꿈이 있다는 건 나도 짐작하고 있네. 물론 굳이 알고 싶지는 않네. 다만 이 말은 해 주고 싶군. 그 꿈대로 살고, 그 꿈대로 행하고, 그 꿈들로 제단을 세우게. 아직 완벽한 것은 아니지만 하나의 길이기는 하지. 우리, 그러니까 자네와 나, 그리고 다른 몇 사람이 언젠가 이 세계를 확 바꿀지는 두고 봐야 알 일이지만, 우리 마음속에서는 매일 세상을 새롭게 바꾸어야 하네. 그렇지 않으면 우린 아무것도 아니야. 그 점을 명심하게! 싱클레어, 자네는 열여덟 살이야. 거리의 창녀들한테 달려가서는 안 되고, 사랑을 꿈꾸고 사랑을 갈망해야 하네. 어쩌면 두려운 일일 수도 있어. 하지만 두려워하지 말게! 사랑을 꿈꾸고 갈망하는 건 자네가 가진 최고의 것이네. 내 말을 믿게. 자네 나이 때 난 사랑의 꿈들을 강제로 억누름으로써 많은 것을 잃어버렸어. 그래서는 안 되는데. 아브락사스에 대해 알고 있다면 절대 그래서는 안 되지! 영혼이 우리 속에서 원하는 것이라면 어떤 것도 두려워해서는 안 되고, 어떤 것도 금지된 것으로 여겨서는 안 되네."

내가 깜짝 놀라 이의를 제기했다.

"마음속에 떠오르는 것이라고 해서 무엇이든 할 수는 없습니다! 누군가 싫다고 해서 마음대로 죽일 수는 없는 것 아닙니까?"

그가 내 쪽으로 좀 더 당겨 앉았다.

"경우에 따라서는 죽일 수도 있네. 물론 사람을 죽이는 건 대부분 잘못된 일이지. 어쨌든 내 말은 자네 마음속에 떠오르는 걸 아무거나 다 해도 된다는 게 아니네. 절대 아니지. 다만 좋은 의미가 있는 착상들까지 몰아내려 하거나, 도덕적 잣대를 들이대서 망치지 말라는 얘기네. 자신이나 타인을 십자가에 못 박는 방식 말고 깊은 사유의 잔을 들이켜면서 머릿속으로 희생자에 대한 비밀 의식을 상상할 수도 있어. 그러니까 직접 행동으로 옮기지 않고도 자신의 충동과 이른바 유혹이라고 하는 것을 존중과 사랑으로 다룰 수 있다는 말이네. 그렇게 되면 충동과 유혹도 의미를 드러내지. 모두 의미가 있는 것들이니까. 그래서 나중에 언제라도 정말 미친 짓이나 죄악으로 가득한 짓이 떠오르면, 그러니까 누군가를 죽이고 싶거나 다른 추악한 짓을 저지르고 싶으면 한순간 이런 생각을 해보게. 자네 속에서 그런 상상을 하는 건 아브락사스라고 말이야! 자네가 죽이고 싶은 그 인간은 결코 이런저런 아무개가 아니네. 그건 분명 대리 인물일 걸세. 우리가 어떤 사람을 미워한다면 그것은 우리 자신 속에 있는 무언가를 '그'라는 사람을 통해 미워하는 것뿐이네. 우리 자신 속에 없는 것이 우리를 흥분시키지는 않으니까."

피스토리우스가 지금껏 내 속의 은밀한 곳을 이렇게까지 깊이 건드린 적은 없었다. 나는 대답할 수가 없었다. 그런데 피스토리우스의 이야기가 수년 전부터 내 마음에 담아 둔 데미안의 말과 일치한다는 점에서 더욱 강렬하고 기이하게 다

가왔다. 두 사람은 전혀 모르는 사이인데도 내게 똑같은 말을
해 준 것이다.

피스토리우스가 나직이 말했다.

"우리가 보는 외부 사물들은 사실 우리 속에 있네. 우리 속
에 있는 현실 외에 다른 현실은 없네. 그래서 대부분의 사람
은 너무나 비현실적으로 살아가지. 외부의 형상들만 현실로
간주하고, 자기 속의 고유한 세계에는 전혀 귀를 기울이지 않
기 때문이지. 그래도 물론 행복할 수는 있네. 하지만 한번 다
른 것을 알게 되면 대부분의 사람이 걷는 길을 다시는 선택할
수 없네. 싱클레어, 대부분의 사람이 걷는 길은 쉽고, 우리의
길은 어렵네. 그래도 같이 걸어가지 않겠나?"

며칠 뒤 저녁 늦게 길에서 그를 만났다. 그사이 두 번이나
그를 기다렸지만 허탕을 친 뒤였다. 그는 싸늘한 밤바람을 맞
으며 쓸쓸히 모퉁이를 돌아 이쪽으로 오고 있었다. 술에 취해
몸을 비틀거렸다. 나는 그를 부르고 싶지 않았다. 그도 나를
보지 못하고 지나쳐 갔다. 외로움이 깃든, 이글이글 타오르는
눈으로 앞만 뚫어지라 바라보면서. 마치 미지의 세계에서 들
려오는 희미한 외침을 따라가는 듯했다. 나는 한 블록을 따라
가 보았다. 그는 보이지 않는 줄에 이끌리듯 유령처럼 흐느적
거리며 걸어갔다. 힘껏 발을 내디디려 했지만 이미 다리가 풀
려 힘이 없었다. 나는 슬픈 마음으로 집으로 돌아갔다. 구원받
지 못한 나의 꿈으로.

'저런 게 자기 속의 세계를 새롭게 바꾸는 것일까?' 나는 생각했다. 하지만 동시에 이 생각이 저급하고 도덕적이라는 느낌이 들었다. 대체 내가 그의 꿈들에 대해 뭘 안단 말인가? 어쩌면 저렇게 취한 그가 불안에 떨고 있는 나보다 훨씬 확실한 길을 걷고 있는 것일지도 모르는 일이었다.

언제부터인가 쉬는 시간이면 종종 내게 접근하고 싶어 몰래 눈치를 보는 급우 하나가 눈에 띄었다. 평소에 전혀 주목하지 않던 친구였다. 작고 가냘픈 체구에 허약해 보이는 그 친구는 숱이 적고 붉은빛이 도는 금발이었는데, 눈빛과 태도에서 독특한 무언가를 풍겼다. 어느 날 저녁 집으로 돌아가는데, 그 친구가 몰래 골목에서 기다리고 있다가 내가 지나가는 것을 보고 급히 나와서 내 뒤를 쫓더니 우리 집 대문 앞에서 걸음을 멈추었다.

"나한테 무슨 할 말 있어?"

내가 물었다.

"그냥 너랑 이야기 좀 하고 싶어서." 그가 수줍게 말했다. "미안하지만 좀 걷지 않을래?"

나는 뒤따라 걸으면서 이 친구가 지금 무척 흥분했고, 기대감으로 가득 차 있는 것을 느꼈다. 손까지 파르르 떨고 있었다.

"너 심령술사지?"

그가 느닷없이 물었다.

"아냐, 크나우어." 내가 웃으면서 대답했다. "전혀. 어떻게 그런 생각을 했어?"

"그럼 접신론자구나?

"그것도 아냐."

"숨기지 마! 네가 특별한 애라는 건 분명해. 네 눈 속에 그런 게 있다고. 넌 틀림없이 영(靈)들과 교류하고 있어. 확실해. 그냥 호기심에서 묻는 게 아니야, 싱클레어. 절대로! 나도 너처럼 구도자야. 너무 외로워."

"알았으니까 계속 이야기해 봐." 내가 용기를 주었다. "영들에 대해선 아는 게 없지만 나도 내 꿈들 속에 살고 있기는 해. 네가 그걸 느낀 거고. 다른 사람들도 꿈속에서 살기는 하지만, 자기 꿈속에서 사는 게 아니야. 그 차이지."

"나도 그럴 거라고 생각해." 그가 속삭이듯이 말했다. "자신이 살고 있는 꿈이 어떤 종류이냐가 제일 중요할 테니까. 너 백주술*에 대해 들어 봤지?"

나는 아니라고 대답했다.

"그건 자신을 다스리는 법을 배우는 거야. 그걸 알게 되면 영원히 죽지 않고 마술도 부릴 수 있어. 혹시 너는 그런 연습 안 해 봤어?"

궁금한 마음에 내가 어떤 연습이냐고 묻자 그는 처음엔 무

---

* 주술은 인간의 일상적 문제를 초자연적 특수 능력에 의지해서 해결하려는 술법인데, 거기엔 백(白)주술과 흑(黑)주술이 있다. 백주술은 개인이나 사회에 도움을 주려는 것이고, 흑주술은 타인이나 사회를 해하기 위해 사용하는 주술이다.

슨 대단한 비밀이라도 되는 양 쉽게 입을 열지 않더니 내가 가려고 몸을 돌리자 그제야 주섬주섬 말을 꺼내 놓았다.

"예를 들어 난 잠이 들고 싶거나 집중이 필요할 때 그런 연습을 해. 우선 뭔가를 생각해. 낱말이든 이름이든 도형이든 상관없어. 그다음엔 최대한 힘을 모아 그것을 내 속에 집어넣는다는 생각을 해. 그러고는 내 속에서 확인하지. 일단 머릿속으로 그걸 떠올려 보는 거야. 머릿속에 있다는 게 확실히 느껴지면, 이젠 목구멍으로 집어넣으려고 해. 그런 식으로 계속 가다 보면 내 몸 전체가 그것으로 가득 채워지는 순간이 와. 그러면 나는 아주 단단해지고, 어떤 것도 나를 흩뜨릴 수 없어."

나는 그의 말을 어느 정도 이해했다. 그런데 그의 마음속에 뭔가 다른 할 말이 있다는 것도 느껴졌다. 그는 이상하게 흥분하고 마음을 졸이고 있었다. 그가 말을 쉽게 꺼낼 수 있도록 내가 분위기를 잡아 주자 이윽고 그가 속내를 털어놓았다.

"너도 금욕하지?"

그가 불안스레 물었다.

"무슨 뜻이야? 성욕 말하는 거야?"

"그래, 그래. 나는 백주술을 알고 난 뒤로 2년 동안 금욕해 왔어. 그전에는 나쁜 짓도 했지. 무슨 말인지 알지? 넌 여자와 잔 적 없어?"

"없어. 그럴 만한 여자를 아직 못 만났어."

"그럼 이 여자다 싶은 여자를 만나면 같이 잘 생각이 있는 거야?"

"당연하지. 그 여자가 싫다고만 안 하면."

내가 약간 비꼬듯이 말했다.

"안 돼! 그건 잘못된 길이야! 내면의 힘은 우리가 완전한 금욕을 해야만 키워 나갈 수 있어. 난 2년 동안 그렇게 해 왔어. 정확하게는 2년하고 한 달이 조금 넘었지. 너무 힘들었어. 가끔은 정말 더는 참지 못할 정도로."

"잘 들어, 크나우어. 난 금욕이 그렇게 중요한 거라고는 생각 안 해."

"나도 알아. 다들 그렇게 말하지." 그가 거부 반응을 보였다. "하지만 너까지 그럴 줄은 몰랐어. 좀 더 높은 정신적 길을 걷는 사람은 순결해야 해. 무조건!"

"그럼 그렇게 해! 다만 난 왜 성욕을 억누르는 사람이 그렇지 않은 사람들보다 더 순결하다는 건지 잘 모르겠어. 아님, 너는 머릿속으로 그런 성적인 생각을 전혀 안 해? 꿈도 안 꾸고?"

그가 나를 절망적인 눈으로 바라보았다.

"물론 그렇진 않아! 이런 빌어먹을! 하지만 그런 건 생각도 해서는 안 되고, 꿈도 꾸어선 안 된다고 생각해. 나는 나 자신에게도 밝히기 민망한 꿈을 매일 꾸고 있어! 정말 끔찍해!"

문득 나는 피스토리우스가 내게 해 준 말이 떠올랐다. 그러나 그 말이 아무리 옳게 느껴지더라도 남에게 전달해 줄 수는 없었다. 내 경험에서 직접 우러난 것도 아니고, 나 자신이 아직 미숙해서 그대로 따르지도 못하는 것을 남에게 충고해 줄 수는 없었기 때문이다. 나는 입을 다물었다. 물론 조언을 구하는 사람에게 해 줄 말이 없다는 것에 약간 자존심이 상하기는 했다.

크나우어가 내 옆에서 한탄을 늘어놓았다.

"할 건 다 해 봤어! 찬물도 끼얹어 보고, 눈밭에서 뒹굴어도 보고, 체조에다 달리기도 해 봤어. 하지만 어느 것도 도움이 안 됐어. 매일 밤 나는 절대 생각해서는 안 되는 꿈들을 꾸다가 깜짝 놀라 깨어나. 더 끔찍한 건 그런 꿈들 때문에 내가 그동안 정신적으로 익힌 것들이 하나둘 없어져 간다는 거야. 집중도 안 되고, 잠도 마음대로 잘 수 없어. 그래서 꼬박 뜬눈으로 밤을 새운 때가 많아. 이제는 못 견디겠어. 하지만 만일 그 싸움을 포기하면, 만일 무기력하게 항복해서 내 몸을 다시 더럽히게 되면 나는 그런 싸움을 해 본 적도 없는 사람들보다 더 나쁜 인간이 되는 거야. 이해하겠어?"

나는 고개를 끄덕였다. 그러나 딱히 그에 대해 할 말은 없었다. 크나우어는 그런 나를 차츰 지루해하기 시작했다. 그런데 나는 그의 그런 명백한 곤경과 절망에 크게 공감하지 못하는 나 자신이 오히려 더 놀라웠다. 속으로, 내가 이 애를 도울 수 없다는 것만 느끼고 있을 뿐이었다.

크나우어가 마침내 지치고 슬픈 표정으로 말했다.

"그러니까 나한테 할 말이 없다는 거야? 전혀? 분명히 길이 있을 텐데! 너는 대체 어떻게 하는데?"

"해 줄 말이 없어, 크나우어. 이런 건 서로 도울 수 있는 문제가 아니야. 나를 도와준 사람도 없었어. 그냥 너 자신에 대해 깊이 생각해 봐. 그런 다음 마음속 깊은 곳에서 우러나오는 대로 해. 다른 해결책은 없어. 너 자신을 발견할 수 없으면 다른 영도 찾을 수 없어. 난 그렇게 생각해."

그 작은 친구가 갑자기 실망한 표정으로 입을 다물더니 나를 쏘아보았다. 녀석의 눈이 곧 적의로 활활 타올랐다. 그는 화가 나 내게 인상을 쓰면서 소리쳤다.

"아, 대단한 성인 나셨네! 하지만 너도 죄를 지었을걸. 나도 알아. 네가 무슨 현자인 것처럼 굴지만, 사실 너도 남몰래 나나 다른 사람들처럼 더러운 구렁텅이에 빠져 헤어 나오지 못하고 있어! 너도 돼지야! 나처럼 돼지 새끼라고! 우리 모두 하찮은 돼지야!"

나는 그를 혼자 내버려 두고 걸음을 옮겼다. 그는 내 뒤를 두세 걸음 쫓아오는가 싶더니 이내 걸음을 멈추고 달려가 버렸다. 나는 연민과 혐오의 감정으로 속이 메슥거렸다. 그 감정은 내가 집에 돌아와 내 그림들을 주위에 세워 놓고 절실한 마음으로 나 자신의 꿈들에 푹 빠질 때까지 내게서 떨어지지 않았다. 그림에 빠지자마자 즉시 그 꿈이 나를 찾아왔다. 우리집 대문과 문장, 어머니와 낯선 여인의 꿈이었다. 이번에는 여인의 얼굴이 아주 또렷이 보여서 그날 저녁 나는 여인을 그리기 시작했다.

며칠 뒤 그림이 완성되었다. 꿈에 취한 듯 어떻게 칠했는지도 모르게 15분 만에 색칠까지 다 마쳤다. 나는 저녁에 그림을 벽에 붙여 놓고 책상 램프를 가져와 비추어 보면서 마치 유령과도 같은 그 그림 앞에 우뚝 섰다. 결판이 날 때까지 그림과 싸울 작정이었다. 한 얼굴이 그림 속에 있었다. 예전 그림과 비슷했고, 내 친구 데미안의 얼굴과도 비슷했다. 또 어떤 점에서는 나 자신을 닮기도 했다. 한쪽 눈이 두드러지게 다른 쪽 눈보다 올라가 있었다. 착 가라앉은, 운명으로 가득 찬 시선이 나를 지나 허공의 어느 한곳을 응시하고 있었다.

나는 그림 앞에 꼿꼿이 서 있었다. 정신적으로 너무 많은 힘을 쏟아 가슴속까지 싸늘해졌다. 나는 그림에 물었고, 그림을 비난했고, 그림을 애무했고, 그림에 기도했다. 그림을 보고 어머니라 부르고, 애인이라 부르고, 더러운 창녀라 부르고, 아브락사스라 불렀다. 중간에 피스토리우스의 말인지, 데미안의 말인지 모를 말이 떠올랐다. 언제 들었는지도 기억나지 않았지만, 그 말이 다시 들리는 듯했다. 야곱과 천사의 싸움에 관한 말이었다. "그대가 나를 축복하지 않으면 결코 그대를 놓아 주지 않을 것이오."*

램프 불빛에 비친 그림 속의 얼굴은 내가 간청할 때마다 모습이 바뀌었다. 밝게 빛나다가도 까맣게 어두워졌고, 생기 잃은 눈 위로 파리한 눈꺼풀이 내려앉았다가도 다시 눈을 뜨고 이글거리는 눈으로 쏘아보았다. 얼굴은 여자였다가도 남자였고, 소녀였고, 어린아이였고, 동물이었고, 또 얼룩처럼 희미하게 번지는가 싶다가도 이내 크고 또렷한 모습을 되찾았다. 마지막에 나는 내 속의 강렬한 부름에 이끌려 눈을 감고 마음속에서 그 그림을 보았다. 이전보다 더 강렬하고 힘 있게. 나는 그림 앞에 무릎을 꿇고 싶었지만, 그림은 이제 내게서 떼어놓을 수 없을 정도로 내 속에 깊이 들어와 있었다. 마치 오롯이 나자신이 되어 버리기라도 한 것처럼.

그때 봄 폭풍처럼 쏴 하고 어둡고 무겁게 바람 부는 소리가 들렸다. 나는 뭐라 표현할 길 없는, 새로운 체험과 공포에 사로잡혀 몸을 떨었다. 별들이 깜박거리다가 꺼졌다. 까맣게 잊고 있던 최초의 어린 시절, 아니 태어나기 이전의 상태와 진화의 초기 단계로까지 거슬러 올라가는 기억들이 강물처럼 밀려와 내 곁을 스치고 지나갔다. 그런데 내가 지금껏 살아온 삶의 가장 비밀스러운 구석까지 반복하고 있는 것 같은 그 기억들은 나의 어제와 오늘에 멈추지 않고 계속 나아가더니 내

---

* 창세기 32 : 26. 아브라함의 손자 야곱은 어느 날 사람으로 변장한 천사와 날이 새도록 싸운다. 도저히 이길 수 없음을 깨달은 천사가 놓아 달라고 하자, 야곱은 자신에게 축복을 내리지 않고는 놓아 주지 않을 것이라고 말하고 결국 천사의 축복을 받아 낸다. 약속된 하느님의 축복을 믿고 기다리는 데 그치지 않고, 그것을 직접적 행동으로 쟁취해야 할 것으로 인식하였다는 점에서 야곱은 성경 속의 독특한 인물로 여겨진다.

미래를 비추었고, 나를 오늘에서 홱 낚아채어 새로운 형태의 삶 속으로 데려갔다. 그 새로운 삶은 엄청나게 환하고 눈부셨지만, 아쉽게도 나중에는 어느 것 하나 기억나지 않았다.

　한밤중에 깊은 잠에서 깨어났다. 옷을 입고 침대에 비스듬히 누운 상태였다. 불을 켰다. 무언가 중요한 것을 생각해 내야 한다는 느낌이 들었다. 이전 몇 시간 동안 무슨 일이 있었는지 전혀 기억이 나지 않았기 때문이다. 불을 켜자 서서히 기억이 되살아났다. 나는 그림을 찾아 주위를 두리번거렸다. 그런데 그림은 벽에도 책상 위에도 없었다. 순간 내가 그림을 태워 버린 것 같다는 생각이 어렴풋이 떠올랐다. 아니면, 그림을 내 손으로 태워 재를 먹은 것이 꿈이었을까?

　경련과도 같은 큰 불안이 휘몰아쳤다. 나는 얼른 모자를 쓰고 집을 나갔다. 뭔지 모를 강압이 나를 몰아붙이는 것 같았다. 마치 폭풍에 떠밀리듯 거리와 광장을 내달렸고, 내 친구의 컴컴한 교회 앞에서 귀를 기울였으며, 희미한 충동에 휩싸여 무언가를 찾고 또 찾았다. 무엇을 찾는지도 모르면서. 나는 사창가가 있는 변두리 지역을 지나갔다. 사창가에는 아직 여기저기 불이 켜져 있었다. 거기서 더 나아가자 신축 공사장과 벽돌 더미가 보였다. 우중충한 눈이 일부 덮여 있었다. 나는 몽유병자처럼 알 수 없는 힘에 이끌려 이 황량한 곳에 들어서는 순간 문득 고향 도시의 그 신축 공사장이 떠올랐다. 옛날에 나를 혹독하게 괴롭혔던 크로머가 나와의 첫 계산을 위해 데리고 갔던 그 공사장 말이다. 그것과 비슷하게 생긴 공사장이 여기 잿빛 어둠 속에서 뻥 뚫린 시커먼 문을 아가리처럼 벌리고 내 앞에 서 있었다. 아가리가 나를 빨아들이는 듯했다. 나는 뒤로 주춤 물러서다가 모래와 쓰레기에 걸려 휘청했다. 그러나 회피하고 싶은 마음보다 더 강한 충동에 이끌려 문 안으로 들어갔다.

나는 판자때기와 부서진 벽돌을 비틀비틀 밟으며 황폐한 공간으로 들어갔다. 축축한 냉기와 돌 냄새가 음산하게 풍겨왔다. 모래 더미가 보였고, 그보다 약간 환한 잿빛 얼룩 같은 것이 하나 눈에 띄었다. 그것 말고는 모든 것이 시커멨다.

그때 누군가 경악에 찬 목소리로 나를 불렀다.

"이게 누구야? 싱클레어? 여긴 어떻게 왔어?"

내 옆 어둠 속에서 마치 유령처럼 누군가 몸을 일으켰다. 작고 마른 몸집이었다. 나는 머리카락이 곤두설 정도로 놀라면서도 내 학우 크나우어를 알아보았다.

"여긴 어떻게 알고 왔어? 어떻게 나를 찾았느냐고?"

그가 물었다. 제정신이 아닐 정도로 흥분한 것 같았다.

"널 찾았던 게 아니야."

나도 약간 얼이 빠진 상태였다. 얼어붙은 것 같은 무거운 입술 사이로 말이 간신히 새어 나왔다.

크나우어가 나를 빤히 바라보았다.

"나를 찾은 게 아니라고?"

"널 찾은 게 아니라 뭔가가 나를 이리로 끌어당겼어. 네가 나를 불렀어? 그래, 분명 불렀을 거야. 근데 넌 여기서 뭘 하고 있었어? 이 밤중에."

그가 가냘픈 팔로 나를 와락 끌어안았다.

"그래, 밤중이지. 곧 아침이 될 거야. 아 싱클레어, 네가 나를 잊지 않았어! 날 용서해 줄래?"

"뭘?"

"내가 못난 놈이었어!"

그제야 나는 며칠 전에 우리가 주고받은 대화가 떠올랐다. 불과 4, 5일 전이었던 것 같은데, 그 이후 마치 한평생이 지나간 것 같은 느낌이었다. 갑자기 모든 것이 분명해졌다. 우리 사이에 있었던 일은 물론이고, 내가 여기에 왜 왔고, 크나우어가 여기서 뭘 하려고 했는지까지.

"너 여기서 죽으려고 했구나, 크나우어?"

녀석이 추위와 공포로 몸을 바들바들 떨었다.

"그래, 죽으려고 했어. 정말 죽었을지는 모르겠지만. 아침까지 기다려 볼 작정이었어."

내가 크나우어를 밖으로 끌어냈다. 수평으로 낮게 깔린 하루의 첫 햇살이 잿빛 대기 속에서 말할 수 없이 차갑고 심드렁하게 빛나고 있었다.

나는 공사장에서 멀찌감치 떨어질 때까지 얼마간 크나우어의 팔을 잡고 걷다가 어느 순간 입을 열었다.

"이제 집에 가. 아무 말 하지 말고! 누구한테도. 넌 길을 잘 못 들었어. 틀림없어! 우린 네 말처럼 돼지가 아니야. 인간이 야! 우린 신들을 만들어 놓고, 그 신들과 싸우고 있어. 그리고 그런 우리에게 신들은 축복을 내려."

우리는 말없이 계속 걷다가 헤어졌다. 내가 집에 도착했을 때 날은 이미 밝았다.

내가 성 ○○시 시절에 거둔 최고의 수확은 피스토리우스의 오르간 연주를 듣고 벽난로의 불을 들여다보면서 얻은 것들 이었다. 우리는 아브락사스에 관한 그리스어 책을 함께 읽었 고, 그는 내게 베다경* 번역본 일부를 낭독해 주었으며, 신성 한 '옴'**을 어떻게 읊조려야 하는지 가르쳐 주었다. 그런데 나 의 내적 성장을 이끈 것은 이런 외부 지식이 아니라 그 반대, 즉 나의 내면에 있었다. 조금씩 앞으로 나아가고 있다고 느끼 고, 내 꿈과 생각, 예감을 더 많이 믿고, 내 속의 잠재적 힘을 알아채면서 나는 내적으로 성장했다.

나는 피스토리우스와 어떤 방식으로도 잘 통했다. 생각을 그에게 모으기만 하면 그가 직접 오거나 연락이 올 거라 확신

---

* 인도 브라만교 사상의 근본 성전으로 세상에서 가장 오래된 경전이다. 기원전 2000~1100년 사이에 완성된 것으로 알려져 있는데, 인도의 종교·철학·문학의 뿌 리를 이룬다.
** 인도의 힌두교와 기타 종교에서 모든 만트라, 즉 진언(眞言) 가운데 가장 위대한 것으로 알려진 신성한 음절.

했다. 데미안에게도 그랬듯이 나는 직접 대면하지 않고도 그에게 무언가를 물어볼 수 있었다. 오직 머릿속으로 그를 떠올리며 집중해서 질문을 보내기만 하면 되었다. 그러면 질문이 내 정신을 타고 다시 답장의 형태로 내게 돌아왔다. 그런데 내가 실제로 머릿속에 떠올린 것은, 데미안도 그랬지만 피스토리우스 개인이 아니라 내가 꿈을 꾸고 그림을 그린 그 여인이었다. 남자 같기도 하고 여자 같기도 한 그 여인, 내가 간절히 구했던 그 여인, 바로 이상적인 내 데몬이었다. 그 여인은 이제 내 꿈속에서만, 종이 위에서만 살지 않고 내 속에서도 함께 살았다. 나 자신이 승화된 모습으로, 나 자신이 소망하는 모습으로.

자살에 실패한 크나우어가 그 이후 자청해서 나와 맺은 관계는 특이하면서도 때로는 웃겼다. 내가 어떤 힘에 끌리듯 그에게로 간 그 밤 이후 그는 마치 충직한 하인이나 개처럼 나를 졸졸 따라다녔고, 자기 삶과 내 삶을 연결하려 하면서 맹목적으로 나를 따랐다. 그는 아주 괴상한 질문과 소망을 들고 나를 찾아왔고, 영들을 보고 싶어 했으며, 카발라*를 배우고자 했다. 내가 그 모든 것들에 대해서는 전혀 알지 못한다고 분명히 말했는데도 내 말을 믿지 않는 눈치였다. 내 힘이라

* 선택된 유대인들 사이에서만 전해져 내려오는, 신에게 직접 다가가는 법을 가르치는 비밀스러운 교리.

면 못 할 게 없다고 철석같이 믿는 듯했다. 그런데 희한한 것은, 내 속에서 무언가 풀려야 할 매듭이 있을 때면 그가 마침 괴상하고 바보 같은 질문을 갖고 왔고, 그의 그런 변덕스러운 착상과 관심사가 내 문제 해결에 실마리나 자극이 되어 주곤 했다는 사실이다. 물론 그가 귀찮아 위압적인 자세로 쫓아 버릴 때도 많았다. 하지만 그러면서도 속으로는, 크나우어 역시 내게 보내진 사람이고, 내가 그에게 하나를 주면 두 개가 되어 다시 내게로 돌아오는 것을 느꼈다. 그러니까 그도 나의 인도자였다. 혹은 하나의 길이었다. 그가 내게 들고 왔고, 자신의 구원을 위해 읽은 그 놀라운 책과 문서들은 내가 찰나의 깨달음으로 아는 것보다 더 많은 것을 가르쳐 주었다.

이런 크나우어도 나중에 나도 모르는 사이에 내 길에서 사라져 버렸다. 나로서는 그와 대결할 필요가 없었던 것이다. 그러나 피스토리우스와는 좀 달랐다. 성 ○○시에서 보낸 내 학창 시절 막바지 무렵에 나는 또 한 번 그와 특이한 경험을 했다.

제아무리 착한 사람도 살면서 한 번 혹은 두세 번쯤은 경외와 감사 같은 미덕에 의문을 품고 갈등을 일으키기 마련이다. 누구나 언젠가는 아버지나 선생님들에게서 벗어나는 발걸음을 떼야 하고, 그 때문에 누구나 고독의 쓰라림을 맛볼 수밖에 없다. 물론 대부분의 사람은 그 고통을 견디지 못하고 곧 아버지와 선생님 밑으로 다시 기어들어 가지만 말이다. 나는 내 부모님과 그분들의 세계, 그리고 내 어린 시절의 '환한' 세계와 격렬한 싸움을 통해 결별한 것이 아니라 거의 눈치채지 못할 정도로 천천히 멀어지고 낯설어졌다. 그 세계와 헤어진 일은 가슴 아팠고, 그러면서도 고향집에 머무는 것은 고통이었다. 물론 폐부 깊숙한 곳까지 찌르는 고통은 아니었다. 웬만큼 참을 만할 정도였다.

그러나 습관이 아니라 정말 가슴에서 우러나와서 사랑과 존경을 바치고 진심으로 제자와 벗이 되었을 경우, 그 사랑과 존경의 대상에게서 떨어져 나가려는 우리 마음을 깨닫는 순간은 훨씬 괴롭고 끔찍하다. 그 경우, 벗이자 스승이었던 사람을 물리치는 생각은 모두 독가시가 되어 우리 자신의 심장을 찌르고, 저항을 위해 내미는 주먹은 모두 우리 자신의 얼굴을 때린다. 그리고 아직 일상의 도덕심이 남아 있는 사람이라면 수치스러운 딱지나 낙인과도 같은 '배신'과 '배은망덕'이라는 단어가 당연히 떠오를 것이다. 또한 겁이 많은 사람이라면 불안에 사로잡혀, 어린 시절에 그렇게 아늑하게 느껴지던 미덕의 골짜기로 도망쳐서는, 단절이 이루어지고 연이 끊긴 것을 믿을 수 없는 일로 여길지도 모른다.

시간이 가면서 나는 내 친구 피스토리우스를 그렇게 절대적으로 나의 인도자로 인정한 것에 대해 서서히 반발심이 들기 시작했다. 물론 그와 몇 개월간 나눈 우정과 그의 충고, 위안, 곁에서 전해져 오는 온기는 내 청소년기에서 가장 중요했던 체험이었다. 신이 그의 입을 빌려 내게 말을 걸었고, 내 꿈들이 그에 의해 해명되고 해석되어 내 품으로 돌아왔다. 게다가 그는 내가 스스로 용기를 가지도록 북돋우기도 했다. 아, 그런 그였는데, 이제 내 속에서 서서히 그에 대해 반감이 커지고 있었다. 그의 말들은 너무 강하게 남을 가르치려 했다. 게다가 그가 나의 일부밖에 모른다는 생각도 들었다.

그렇다고 우리 사이에 다툼이나 소란이 있었던 건 아니다. 결별이나 결판도 없었다. 나는 그저 아무런 악의 없이 한마디만 했을 뿐이다. 그런데 바로 그 순간 우리 둘 사이의 환상은 형형색색으로 깨져 버렸다.

그런 예감은 벌써 그전부터 나를 짓누르고 있었다. 그것이 구체적 감정으로 나타난 것은 어느 일요일, 학자 티가 물씬 나는 그의 방에서였다. 우리는 벽난로 앞에 엎드려 누웠고, 그는 자신이 깊이 연구하고 궁리하고, 그 가능한 미래에 대해 깊이 고민해 온 비밀 제식과 종교 형태에 대해 이야기했다. 그런데 그날따라 나는 이 모든 것이 우리의 삶에 핵심적인 문제라기보다 그냥 신기하고 흥미롭게만 느껴졌다. 게다가 그의 말은 현학적 과시로 들리기도 했고, 과거 세계의 폐허 더미를 뒤지는 고단한 탐색처럼 여겨지기도 했다. 갑자기 이 방식 전체에 반감이 들었다. 신화들을 부작정 떠받드는 것에 대해서도, 전해 내려오는 여러 형태의 신앙을 모자이크처럼 짜 맞추는 이 놀이에 대해서도.

"피스토리우스." 내가 불쑥 입을 열었다. 내가 생각해도 상대방이 깜짝 놀랄 정도로 악의에 찬 목소리였다. "남의 꿈 이야기 말고 본인이 꾼 진짜 꿈 이야기를 해 주셔야죠. 지금 말씀하신 건 정말 빌어먹을 정도로 골동품 냄새가 납니다!"

그는 내가 이렇게 말하는 것을 한 번도 들은 적이 없었다. 순간 나 역시, 그의 심장을 명중시킨 내 화살이 실은 피스토리우스 자신의 무기고에서 빌려 온 것임을 번개처럼 깨닫고는 수치심과 경악을 금치 못했다. 그러니까 그가 때때로 아이러니하게 내뱉곤 하던 자책의 말을 지금 더욱 예리하게 갈아서 악의적인 방식으로 그에게 되쏘아 준 것이다.

이 사실을 순간적으로 느낀 그도 즉시 침묵했다. 나는 두려운 마음으로 그를 바라보았다. 그의 얼굴은 완전히 사색이 되었다.

길고도 무거운 침묵 끝에 그가 장작을 하나 불 위에 새로 얹더니 조용히 말했다.

"자네 말이 전적으로 옳네, 싱클레어. 자넨 똑똑한 친구야. 앞으로는 골동품처럼 낡아빠진 얘기는 하지 않겠네."

그는 무척 차분하게 말했지만, 내면의 깊은 상처를 감출 수는 없었다. 아, 내가 대체 무슨 짓을 저질렀는가!

눈물이 솟구치려 했다. 나는 진심으로 마음을 열어 그에게 용서를 구하고, 내가 얼마나 사랑하고 고마워하는지 절절하게 토로하고 싶었다. 그런데 가슴 뭉클한 말이 머릿속에 떠올랐음에도 입 밖으로 나오지는 않았다. 나는 엎드려 불만 가만히 들여다보며 침묵했다. 그 역시 침묵을 지켰고, 우리는 그렇게 누워만 있었다. 불이 타 내려가다 무너져 내렸다. 불꽃이 타다 닥 소리를 내며 스러질 때마다 나는 돌아오지 못할 우리의 아름답고 친밀한 관계가 완전히 불에 타 날아가 버리는 것을 느꼈다.

"제 말을 잘못 이해하셨을까 봐 두렵습니다."

마침내 내가 건조하고 갈라진 목소리로 쥐어짜듯이 말했다. 멍청하고 무의미한 말들이 내 입에서 기계처럼 흘러나왔다. 마치 신문 소설을 소리 내어 읽는 듯했다.

피스토리우스가 나직이 대답했다.

"난 자네 말을 정확히 이해했네. 자네 말이 옳아." 이 대목에서 그가 잠시 기다리더니 곧 천천히 말을 이어갔다. "사람이 사람에 대해 옳을 수 있을 만큼."

아니에요, 아니라고요! 내가 틀렸어요! 내 속에서는 이렇게 외치고 있었지만, 정작 밖으로는 아무 말도 나오지 않았다. 나는 별것도 아닌 한마디 말로 가장 약한 그의 급소를 찔렀고, 궁색하고 아픈 곳을 헤집어 놓은 것을 알고 있었다. 그러니까 그 자신도 스스로 미심쩍어하던 부분을 내가 건드린 것이다. 그의 이상에서는 골동품 냄새가 폴폴 났고, 그 자신은 과거에 사는 구도자이자 낭만주의자였다. 문득 나는 피스토리우스가 내게 보여 주고자 했던 모습이 결코 그 자신은 될 수 없는 모습이고, 그가 내게 선사한 것들이 결코 자신에게는 선사할 수 없는 것이었음을 깊이 느꼈다. 그러니까 그는 정작 인도자였던 자신은 감당해 낼 수가 없어 결국 떠날 수밖에 없었던 그 길로 나를 인도했던 것이다.

아, 정말 어떻게 그런 말을 할 수 있었을까! 물론 나는 결코 나쁜 뜻으로 한 말이 아니었고, 그런 식의 파국도 예상하지 못했다. 내뱉는 순간에는 그 파장을 제대로 알지 못하고 무심결에 내뱉은 말이었을 뿐이다. 나는 약간 재치 있고 유치하고, 약간 악의를 띤 사소한 착상에 따랐을 뿐인데 그것이 운명이 되고 말았다. 나의 부주의한 작은 만행이 그에게는 심판이 되어 버린 것이다.

아, 당시 피스토리우스가 화라도 내고, 자신을 방어하고, 고래고래 고함이라도 지르길 내가 얼마나 바랐던지! 그러나 그는 전혀 그런 행동을 보이지 않았다. 오히려 내 속에서 스스로에게 그런 행동을 하고 있었다. 아마 그는 할 수만 있었다면 미소라도 짓고 싶었을 것이다. 그러나 그조차 못하는 그를 보며 나는 그에게 얼마나 깊은 상처를 주었는지 절실히 깨달았다.

피스토리우스는 건방지고 배은망덕한 이 제자의 정신적인 타격을 순순히 받아들이고, 아무 반발 없이 내가 옳음을 시인하고, 내 말을 운명으로 인정함으로써 내가 자신을 더욱 증오하고 나의 무분별함을 천배는 더 크게 느끼게 했다. 나는 공격이 시작되었을 때 상대가 자기 방어력을 갖춘 강자라고 생각했다. 그러나 아니었다. 공격을 받은 자는 조용히 감수하는 무기력한 사람이었고, 침묵하며 저항을 포기한 무방비한 사람이었다.

우리는 꺼져 가는 불 앞에 한참을 엎드려 있었다. 불 속에서 타오르는 형상 하나하나가, 몸부림치며 재로 변해 가는 나무토막 하나하나가 우리의 행복하고 아름답고 풍성했던 시간을 기억 속에서 불러냈고, 피스토리우스에 대한 죄의식을 점점 크게 했다. 결국 나는 견디지 못하고 일어나 나갔다. 그러고도 그의 방문 앞과 좀 더 컴컴한 계단에서 한참을 서 있었고, 대문 앞에서도 또 한참을 기다렸다. 혹시 그가 나를 뒤쫓아 오지 않을까 하는 기대감에서. 그런 다음 나는 자리를 떴고, 시내와 교외, 공원, 숲을 저녁까지 닥치는 대로 몇 시간이고 돌아다녔다. 그때 내 이마에 카인의 표식이 찍힌 것을 처음 알아차렸다.

나는 이 일을 아주 천천히 숙고했다. 처음엔 온통 스스로를 탓하고 피스토리우스를 옹호하고자 하는 생각밖에 없었다. 그러나 마지막엔 모든 생각이 거꾸로 흘러갔다. 수천 번이라도 나의 경솔한 말을 후회하고 철회할 준비가 되어 있었음에도 내가 그에게 한 말은 진실이라는 생각이 들었다. 이제야 나는 피스토리우스를 제대로 이해했고, 그의 꿈을 온전히 그려 낼 수 있었다. 그의 꿈은 사제가 되어 새로운 종교를 선포하고,

영혼의 기쁨과 사랑, 숭배의 새로운 형식을 만들고, 새로운 상징을 만들어 내는 것이었다. 그러나 그건 그가 할 수 있는 일도, 맡은 일도 아니었다. 그는 지나간 옛것에 너무 안주했고, 과거의 것들에 너무 익숙했으며, 이집트와 인도, 미트라와 아브락사스에 대해 너무 많이 알고 있었다. 그러니까 그는 지구가 이미 보았던 과거의 이미지들에만 집착하고 있었다. 물론 그도 마음속 저 깊은 곳에서는, 새것은 모름지기 새롭고 달라야 하고, 박물관이나 도서관에서 길어 올리는 것이 아니라 신선한 땅에서 싹터야 한다는 것을 잘 알고 있었을 것이다. 어쩌면 그가 할 일은 내게 그랬듯이, 인간이 자기 자신에게로 이르도록 돕는 것이었을지 모른다. 이제까지 존재하지 않은 새로운 것, 새로운 신을 인간들에게 선사하는 것은 그의 직무가 아니었다.

이때 불현듯 내 속에서 날카로운 불꽃과도 같은 깨달음이 타올랐다. 누구에게나 '직무'는 있지만, 누구도 자신이 원하는 대로 선택하고 그 내용을 규정하고, 마음대로 맡아도 되는 일은 없다. 새로운 신을 원하는 건 잘못된 일이다. 세계에 무언가를 제공하려는 것은 완전히 잘못된 일이다. 그리고 의식이 깬 사람에게는 자기 자신을 찾고, 내적으로 흔들리지 않고, 어디에 이를 것인지 상관하지 않고 끊임없이 자신의 길을 더듬거리며 나아가는 것 외에 다른 의무는 결단코 존재할 수 없다. 내 마음을 뒤흔든 이 깨달음이 이번 일을 통해 얻은 수확이었다.

그동안 나는 미래의 내 모습을 두고 이런저런 추측을 자주 했고, 내가 맡을 수도 있을 역할들, 예를 들어 시인, 예언자, 화가 같은 존재로서의 역할을 꿈꾸어 보곤 했다. 그러나 모든 게 부질없는 짓이었다. 나는 글을 쓰고, 설교를 하고, 그림을 그리려고 존재하는 것이 아니다. 나 말고 다른 사람들도 누구나 마찬가지다. 그런 역할은 부수적 결과일 뿐이다. 우리 각자의 진정한 소명은 자기 자신에게 이르는 것, 오직 그것 하나뿐이다. 사람은 시인이나 광인, 예언자, 혹은 범죄자로 삶을 끝맺을 수 있다. 그러나 그것은 우리가 관여할 일이 아니고, 궁극적으로 중요한 것도 아니다. 우리의 사명은 자신의 운명을 발견해 내는 것이다. 마음대로 정한 그런 운명이 아니라 자기만의 진정한 운명을 찾아내어 자기 속에서 온전히 그리고 굳건히 살아 내는 것이다. 그 밖의 것은 모두 불완전한 반쪽이고, 빠져나가려는 시도이고, 대중의 이상으로 다시 도망치는 것이고, 순응이고, 또 자기 성찰을 두려워하는 것이다.

새로운 영상이 내 앞에 섬뜩하면서도 성스럽게 떠올랐다. 그전에 수백 번도 넘게 예감했고 어쩌면 입 밖에 낸 적도 많았을지 모르지만, 이제야 비로소 직접 몸으로 느끼게 된 영상이었다. 나는 자연이 던진 주사위였다. 다시 말해 새로운 것이 될 수도 있고, 지극히 하찮은 것이 될 수도 있는, 미지의 세계로 던져진 존재였다. 저 깊은 근원에서 던져진 이 삶을 빠짐

없이 다 살아 내고, 내 속에서 그 의지를 느껴 온전히 내 것으로 만드는 것, 그것만이 나의 소명이었다. 오직 그것만이!

나는 이미 고독을 충분히 맛보았지만, 지금은 그보다 깊고 결코 피해 갈 수 없는 고독이 있다는 것을 예감했다.

피스토리우스와의 화해는 시도하지 않았다. 우리는 여전히 친구로 남았지만 관계는 변했다. 그때 일에 대해선 딱 한 번 대화를 나눈 적이 있었다. 사실 대화라기보다 피스토리우스 혼자 한 말이었다. 당시 그는 이렇게 말했다.

"내 소망이 사제라는 건 자네도 알 걸세. 그것도 새로운 종교의 사제가 되고 싶었지. 우리가 그렇게 자주 예감했던 그 종교 말이네. 하지만 난 사제가 될 수 없네. 난 그걸 알아. 스스로 고백만 하지 않았을 뿐 벌써 오래전부터 알고 있었지. 나는 다른 식으로 사제 일을 하려 하네. 어쩌면 오르간이 그 한 방법이 될 수 있고, 아니면 다른 길도 있을지 모르지. 하지만 난 항상 아름답고 거룩한 것으로 둘러싸여 있어야 하네. 그래서 오르간 연주나 비밀스러운 제식, 상징, 신화 같은 것들이 필요하고, 난 그것들을 버리지 않을 걸세. 그게 내 약점이지. 그런 소망을 가져서는 안 되고, 그게 나한테는 사치이고 약점이라는 것을 종종 깨달으면서도 쉽게 고쳐지질 않네. 아무런 요구 없이 온전히 운명의 처분에 맡기는 게 더 고결하고 올바른 일일 걸세. 하지만 난 그럴 수 없네. 내가 할 수 없는 유일한 일이지. 아마 자네는 그걸 할 수 있을지 모르겠네.

190

물론 어려운 일이지. 세상에 존재하는 것 중에서 진짜 어려운 걸 하나만 꼽으라면 바로 그것일 테니까. 그런데도 난 내가 그렇게 하는 꿈을 자주 꾸네. 실제로 할 수도 없는 일이면서. 그 생각만 하면 소름이 끼치지. 나는 완전히 벌거벗은 채로 혼자 살아갈 수 없네. 나 또한 불쌍하고 약한 개일 뿐이야. 약간의 온기와 사료가 필요하고, 때론 나와 비슷한 존재들에게서 위안을 구하는 그런 개 말이네. 반면에 정말 자신의 운명 외에 어떤 것도 바라지 않는 사람한테는 자신과 비슷한 사람은 없네. 오직 혼자서 살아가야 하고, 주위엔 온통 찬바람 쌩쌩 부는 우주뿐이지. 알다시피 겟세마네 동산의 예수가 그랬네. 기꺼이 십자가에 못 박히려는 순교자들도 있었지만, 그들 역시 영웅은 아니었네. 자유롭지도 않았고. 그들 역시 편하고 친숙한 것을 원했네. 그래서 자신들에게 모범과 이상이 되어 줄 것들을 찾았지. 하지만 자신의 운명만을 좇는 자에게는 모범이나 이상 같은 건 존재할 수 없네. 사랑스럽고 위안이 되는 것도 없고. 사람은 원래 그런 길을 가야겠지. 자네나 나 같은 인간은 정말 외롭네. 하지만 우리에겐 아직 서로가 있고, 서로 다르다는 것과 서로에게 반기를 드는 것을 즐기고, 무언가 범상치 않은 것을 바라면서 은밀히 만족하기도 하지. 하지만 그 길을 온전히 가려고 하면 그것 역시 버려야 하네. 그런 사람은 예컨대 혁명가나 순교자가 되려고 해서는 안 되네. 자기 길을 걷는 것은 결코 머리로 짜낼 수 있는 일이 아닐세!"

그랬다. 그것은 머리로 짜낼 수 있는 일이 아니었다. 하지만 꿈꿀 수는 있었고, 미리 살짝 맛보고 어렴풋이 예감할 수는 있었다. 내면의 깊은 고요에 빠졌을 때 나는 그것을 몇 번 느껴 보았다. 그럴 때 내 속을 들여다보면 내 운명의 영상이 나를 꼿꼿이 응시하고 있는 것이 보였다. 그 눈은 지혜로 가득 찬 것 같기도 하고, 광기로 가득 찬 것 같기도 하고, 사랑을 내뿜거나 깊은 적의를 내뿜는 것 같기도 했다. 아무래도 상관없었다. 그것은 내가 선택하고 바랄 수 있는 것이 아니었다. 나는 오직 나 자신만을, 내 운명만을 바랄 수 있을 뿐이다. 여기까지가 피스토리우스가 인도자로서 나를 이끌어 준 지점이었다.

그 무렵 나는 무턱대고 이리저리 돌아다녔다. 내 속에서는 폭풍이 몰아쳤고, 내딛는 한걸음 한걸음이 모두 위태로웠다. 눈앞에는 깊이를 알 수 없는 아득한 어둠밖에 보이지 않았다. 내가 지금껏 걸어온 모든 길이 그 속으로 가라앉아 버린 느낌이었다. 나는 내 속에서 내 인도자의 영상을 보았다. 데미안을 닮았고, 눈 속에 내 운명이 담긴 인도자였다.

나는 종이에 이렇게 썼다. '한 인도자가 나를 떠났다. 나는 이제 칠흑 같은 어둠 속에 서 있다. 혼자서는 한 발도 내디딜 수 없다. 도와줘!'

나는 이 글을 데미안에게 보내려고 했지만 그만두었다. 그러려고 할 때마다 어리석고 무의미한 짓으로 보였기 때문이다. 대신 나는 이 짧은 글을 기도문처럼 외웠고, 틈나는 대로 속으로 읊조렸다. 이로써 이 기도는 매 순간 나와 함께했고, 나는 서서히 이 기도가 의미하는 것이 무엇인지 예감하기 시작했다.

학창 시절이 끝났다. 나는 방학 중에 여행을 다녀온 뒤 대학에 들어갈 예정이었다. 아버지가 정해 둔 일이었다. 어느 학과에 진학할지는 몰랐다. 학교 측에서 철학 강의를 한 학기 들어도 된다는 허락이 떨어졌다. 꼭 철학과가 아닌 다른 전공이었더라도 나는 만족했을 것이다.

7. 에바 부인

　방학 중의 어느 날이었다. 나는 막스 데미안이 몇 년 전 어머니와 살았던 집에 들렀다. 한 늙은 부인이 뜰을 거닐고 있었다. 나는 부인에게 말을 걸었고, 부인이 그 집의 주인이라는 대답을 들었다. 이어 데미안의 가족에 대해 물었다. 부인은 그 가족을 정확히 기억하고 있었지만, 지금 어디에 사는지는 모른다고 했다. 부인은 그 가족에 대한 나의 관심을 눈치채고 나를 집 안으로 데려가더니 가죽 앨범을 꺼내 데미안 어머니의 사진을 보여 주었다. 내 기억 속에는 없는 얼굴이었지만, 그 작은 사진을 보는 순간 나는 심장이 멎어 버렸다. 내 꿈의 영상이 거기에 있었다! 남자에 가까운 여자의 몸매에다 키가 크고, 그녀의 아들과 비슷하게 생겼고, 어머니 같은 특징과 엄격한 면모, 뜨거운 욕정이 동시에 느껴지고, 아름답고 매혹적이고, 아름다우면서 접근하기 어렵고, 데몬이면서 어머니이고, 운명이면서 연인이었던 그 사람이 바로 데미안의 어머니였다!

내 꿈의 여인이 이 세상에 살고 있다는 것을 알았을 때 정말 말도 안 되는 기적처럼 여겨졌다. 그런 여인이 존재한다니, 내 운명의 여인처럼 생긴 여인이 실제로 살아서 움직이다니! 그것도 데미안의 어머니로서! 어디에 있을까? 어디에?

그 뒤 나는 곧바로 여행을 떠났다. 아주 특이한 여행이었다. 그 여인을 찾아 머릿속에 떠오르는 대로 이곳저곳 쉴 새 없이 돌아다녔다. 며칠은 어지럽게 뒤엉킨 꿈처럼 오직 그녀와 닮고 그녀를 떠올리게 하는 사람만 찾아, 낯선 도시의 골목과 기차역, 열차 안을 미친 듯이 헤매고 다녔다. 또 며칠은 그렇게 찾아다니는 것이 부질없는 짓임을 깨닫고, 그냥 하릴없이 공원이나 호텔 안뜰, 혹은 대합실 아무 데나 앉아 내 안을 들여다보며 꿈의 영상을 생생히 떠올려 보았다. 그런데 그 영상은 쭈뼛거리며 쉽게 모습을 보여 주지 않았고, 나타나더라도 금방 사라져 버렸다. 나는 잠도 자지 못했다. 기차를 타고 미지의 풍경 속을 달리면서 잠깐씩 꾸벅꾸벅 조는 것이 전부였다.

한번은 취리히에서 어떤 여자가 나를 쫓아왔다. 예쁘장하지만 수치심을 모르는 여자였다. 나는 마치 그녀가 공기라도 되는 것처럼 본 척 만 척 하며 지나갔다. 한시라도 다른 여자에게 한눈을 판다면 차라리 그 자리에서 죽는 게 나았다.

내 운명이 나를 끌어당기는 것이 느껴졌다. 만남이 멀지 않았다는 느낌이 들었다. 그러나 그와 관련해서 내가 할 수 있는 일은 없다는 사실에 초조해서 미칠 지경이었다. 언젠가 기차역에서, 내 기억으로는 인스브루크였던 것 같은데, 막 출발하는 기차에 그 여인과 닮은 사람이 앉아 있는 것을 보았다. 그 뒤 며칠 동안 나는 가슴을 쥐어뜯으며 괴로워했다. 그러다가 갑자기 그 여인이 다시 한밤중 꿈에 나타났다. 나는 이렇게 계속 무의미하게 찾아다니는 것이 창피하고 참담해서 잠에서 깨는 즉시 집으로 가는 기차에 몸을 실었다.

몇 주 후 나는 H대학에 등록했다. 모든 게 실망스러웠다. 내가 들은 철학사 강의는 신입생들의 행동만큼이나 알맹이가 없고 공장에서 찍어낸 것처럼 상투적이었다. 모든 것이 판에 박힌 듯 흘러갔고, 모두 똑같이 행동했으며, 아직 어린 티가 남은 얼굴들에 깃든 들뜬 쾌활함도 슬플 정도로 공허하고 진부해 보였다. 그러나 나는 자유로웠다. 온종일 도시 변두리 낡은 집에서 조용히 평화롭게 지냈고, 내 책상 위에는 항상 니체 책이 몇 권 놓여 있었다. 나는 니체와 함께 살았고, 그 영혼의 고독을 느꼈으며, 쉴 새 없이 그를 몰아친 운명의 냄새를 맡았고, 그와 함께 괴로워하면서도 그렇게 가차 없이 자기 길을 걸은 사람이 있다는 사실에 행복해했다.

어느 늦은 저녁이었다. 나는 가을바람을 맞으며 도시를 한

가로이 걷고 있었다. 술집들에서는 대학 동아리 패거리들의 노랫소리가 흘러나왔다. 열린 창문으로 자욱한 담배 연기가 꾸역꾸역 새어 나왔다. 노랫소리는 모두 절도 있고 우렁찼지만, 생기와 활기가 빠진 획일적인 느낌이었다.

나는 길모퉁이에 서서 술집 두 곳에서 밤의 대기 속으로 울려 퍼지는, 틀에 박힌 청춘의 쾌활한 목소리들에 유심히 귀를 기울였다. 어디를 가나 단결이었고, 어디를 가나 집회였고, 어디를 가나 자기 운명을 내려놓고 같은 부류의 안락함으로 도망치는 사람들뿐이었다.

뒤에서부터 천천히 남자 둘이 나를 지나쳐 갔다. 나는 그들의 대화를 몇 마디 들었다.

"흑인 구역에 젊은 남자들이 모이는 곳이나 여기나 똑같지 않습니까?" 한 사람이 말했다. "모든 게 그래요. 심지어 요즘엔 유행 중인 문신까지 똑같아요. 보시다시피 이게 바로 신(新) 유럽의 모습입니다."

이 목소리에는 독특한 훈계의 톤이 담겨 있었다. 왠지 익숙했다. 나는 어두운 골목으로 두 사람을 따라갔다. 한 사람은 키가 작고 기품 있는 일본인이었다. 가로등 불빛 아래로 웃고 있는 그의 노르스름한 얼굴이 반짝거렸다.

다른 사람이 다시 입을 열었다.

"아마 당신네 나라 일본도 상황이 별로 낫지는 않을 겁니다. 저렇게 무리를 따르지 않는 사람은 여기나 저기나 드뭅니다. 이곳에도 그런 사람은 얼마 없죠."

한 마디 한 마디가 기쁨의 전율로 내 가슴 깊숙이 파고들었다. 이제야 말하는 사람을 분명히 알아차렸다. 데미안이었다.

바람 부는 그 밤에 나는 어두운 골목을 따라 데미안과 일본인을 뒤쫓으며 그들의 대화에 귀를 기울였고, 데미안 목소리의 울림을 즐겼다. 그 목소리엔 예전의 그 아름다운 확신과 차분함이 담겨 있었고, 여전히 나를 지배하는 힘이 있었다. 이제 모든 것이 풀렸다. 내가 그를 찾은 것이다.

교외의 한 거리 끝에서 일본인이 작별 인사를 하고는 문을 열고 들어갔다. 데미안은 등을 돌려 온 길로 되돌아왔다. 나는 걸음을 멈추고 길 한가운데서 기다렸다. 심장이 미친 듯이 쿵쾅거렸다. 그가 맞은편에서 걸어오는 것이 보였다. 꼿꼿하고 탄력 있는 걸음걸이였다. 갈색 레인코트를 입고 팔에는 얇은 지팡이를 걸치고 있었다. 그는 고른 걸음걸이로 내 바로 앞까지 오더니 모자를 벗고 환한 얼굴을 보여 주었다. 결연해 보이는 입, 독특한 밝은 빛이 어른거리는 이마, 내가 알던 예전의 그 얼굴이었다.

"데미안!"

내가 소리쳤다.

그가 내게 손을 내밀었다.

"그래, 싱클레어 너 맞지? 너라고 생각했어."

"내가 여기 있는 걸 알았단 말이야?"

"정확히는 몰랐지만, 너였으면 하고 바라고 있었지. 오늘 저녁에야 너를 이렇게 보게 되는구나. 너 한참 동안 우리를 쫓아왔지?"

"나를 바로 알아봤어?"

"당연하지. 그사이 꽤 변하긴 했지만 너한테는 그 표식이 있잖아."

"표식? 무슨 표식?"

"너도 기억할 텐데? 우리가 옛날에 카인의 표식이라고 불렀던 거 말이야. 그건 우리 표식이야. 너한테는 항상 그게 있었어. 내가 네 친구가 된 것도 그 때문이고. 지금은 그 표식이 더 뚜렷해졌어."

"몰랐어, 난. 아니, 어쩌면 알고 있었을지도 모르겠어. 예전에 형 얼굴을 그린 적이 있는데, 그려 놓고 보니까 나하고 비슷해서 깜짝 놀랐거든. 그게 그 표식이야?"

"맞아. 이렇게 만나서 정말 좋다. 어머니도 기뻐하실 거야."

내가 깜짝 놀랐다.

"형 어머니가? 여기 계셔? 나를 모르실 텐데."

"알고 있어. 내가 말씀을 안 드려도 어머닌 네가 누군지 알고 계실 거야. 근데 어떻게 그렇게 오랫동안 연락이 없었어?"

"편지를 쓰고 싶을 때가 많았지만, 잘 안 되더라고. 그런데 얼마 전부터 형을 곧 만나게 될 것 같았어. 그래서 날마다 기다렸지."

그는 내 팔짱을 끼고 앞으로 걸어갔다. 그에게서 나온 차분한 기운이 내게도 옮겨졌다. 우리는 곧 예전처럼 이야기를 나누었다. 학창 시절, 견진성사 수업 시간, 그리고 방학 중의 그 불행한 마지막 만남까지 기억해 냈다. 그러나 우리 사이를 처음으로 끈끈하게 연결해 준 프란츠 크로머 사건은 이번에도 화제가 되지 않았다.

우리는 자신도 모르는 사이에 앞날과 관련해서 많은 예감을 담은 야릇한 대화 속으로 빠져들었다. 그전에 우리는 데미안이 일본인과 나눈 대화를 시작으로 대학생들의 생활에 대해 이야기했는데, 곧 그것과 전혀 상관없어 보이는 문제로 화제가 이어졌다. 물론 데미안의 말 속에서는 이 모든 것이 밀접하게 연결되어 있었다.

그는 유럽의 정신과 이 시대의 징후에 대해 이야기했다. 어디서나 단결을 부르짖는 목소리와 패거리를 짓는 문화만 만연할 뿐 자유와 사랑은 어디에도 보이지 않는다, 대학생 조합에서부터 합창 모임, 국가에 이르기까지 사람들이 단결해서 만든 것은 모두 강제적으로 형성된 것으로서 공포와 두려움, 당혹감이 만들어 낸 공동체이다, 그래서 그 공동체들은 부패하고 낡아서 무너지기 일보 직전이라는 것이다.

데미안이 말했다.

"단결은 원래 멋진 거야. 하지만 지금 곳곳에서 창궐하고 있는 것은 결코 단결이 아니야. 단결은 각자가 서로에 대해 알아 나가면서 새로 생겨나야 해. 그런 단결이라야 얼마간이라도 세상을 바꿀 수 있어. 지금의 단결은 한마디로 패거리 짓기일 뿐이야. 각자 같은 편에게 도망을 치는 거지. 왜냐고? 서로 다른 무리가 두려워서 그래. 그래서 높은 사람은 높은 사람들끼리, 노동자는 노동자들끼리, 학자는 학자들끼리 뭉쳐. 그럼, 그들은 왜 두려워할까? 이유는 하나야. 자기 자신과 하나가 되지 못하고, 자기 자신을 믿지 못하기 때문이지. 지금 이 사회는 자기 안의 낯선 것을 두려워하는 사람들로 가득해. 그 사람들도 자기들의 삶의 규칙이 더는 맞지 않고, 자신들이 케케묵은 규범에 따라 살고 있으며, 종교든 도덕이든 그 어떤 것도 지금 이 시대에 필요한 것을 만족시키지 못한다는 것을 느끼고 있어. 유럽은 백 년도 넘는 세월 동안 오직 연구만 하고 공장만 지었어. 그래서 한 사람을 죽이는 데 몇 그램의 화약이 필요한지는 정확히 알아도 신에게 어떻게 기도해야 하고, 한 시간을 즐겁게 보내려면 어떻게 해야 하는지는 전혀 몰라. 대학생들이 자주 가는 술집들을 봐! 아니면 부자들이 들락거리는 유흥지를 봐! 절망적이지! 싱클레어, 그런 것들로는 절대 즐거움을 얻을 수 없어. 겁에 질려 단결한 사람들은 두려움과 적의로 똘똘 뭉쳐 있어. 아무도 타인을 믿지 못해. 그들은 이상도 아닌 이상에 매달리면서, 새로운 이상을 제시하는 사람들에게는 돌을 던져. 내 예감엔 조만간 충돌이 일어날 것 같아. 충돌이 생길 거야. 반드시! 내 말을 믿어.

그런 충돌로는 당연히 세계가 개선되지 못해. 노동자들이 공장주를 쳐 죽이고, 러시아와 독일이 서로 총질을 한다고 해서 뭐가 바뀌겠어? 주인만 바뀔 뿐이지. 물론 아주 헛되지는 않을 거야. 오늘날의 이상들이 얼마나 가치가 없는지 드러날 테고, 석기시대의 신들도 모두 제거될 테니까. 지금과 같은 이런 세계는 멸망해야 해. 그리고 그렇게 될 거야."

"그럼 우린 어떻게 돼?"

"우리? 어쩌면 우리도 그 과정에서 파멸하게 될 거야. 우리 같은 사람을 죽이는 건 일도 아니거든. 하지만 그런다고 우리가 완전히 제거되지는 않아. 우리에게 남은 것들, 혹은 우리 가운데 살아남은 사람들 주위로 미래의 의지가 모일 테니까. 그동안 유럽이 기술과 과학에만 사로잡혀 서로 잘났다고 고래고래 고함을 질러 대는 통에 들리지 않았던 인류의 진정한 의지가 드러날 거야. 그리되면 인류의 의지가 오늘날의 그 어떤 사회와 국가, 민족, 단체, 교회들의 의지와는 결코 같지 않았고, 지금도 같지 않다는 것이 밝혀지겠지. 게다가 자연이 인간에게 원하는 것은 개별 인간 속에, 그러니까 너와 나 속에 쓰여 있어. 예수가 그랬고 니체가 그랬어. 유일하게 중요한 것이 바로 개인들 속의 그런 것들이고, 그건 당연히 매일매일 달라 보일 수 있어. 만일 오늘날의 사회가 무너지고 나면 그런 개인들의 흐름에 물꼬가 트일 거야."

우리가 강가의 어느 정원 앞에 걸음을 멈추었을 때는 늦은 시각이었다.

데미안이 말했다.

"여기가 우리 집이야. 곧 한번 찾아와! 우린 항상 널 기다리고 있어."

나는 서늘해진 밤공기를 가르며 들뜬 마음으로 집까지 먼 길을 걸었다. 도중에 여기저기서 대학생들이 고성을 지르고 술에 취해 비틀거리며 집으로 돌아가고 있었다. 나는 이들의 이런 우스꽝스러운 쾌활함과 나의 고독한 삶 사이의 좁힐 수 없는 간극을 자주 느꼈다. 어떤 때는 그들의 그런 면을 부러워하기도 하고, 어떤 때는 비아냥거리기도 하면서. 그런데 그게 나하고는 얼마나 상관없는 일인지, 그리고 이 세계가 나하고 얼마나 아득하게 동떨어져 있는지 오늘처럼 은밀한 내면의 힘으로 평온하게 느낀 적은 없었다. 문득 고향 도시의 관료들이 기억났다. 잔뜩 폼을 잡고 다니는 나이 든 신사들이었는데, 이 양반들은 술에 절어서 보낸 대학 시절을 마치 복된 낙원에서 살았던 것처럼 추억하고, 낭만주의자들이나 다른 작가들이 유년기를 향해 찬사를 바치는 것처럼 대학 시절의 잃어버린 '자유'를 무슨 위대한 것인 양 떠받들곤 했다. 어디나 똑같았다! 어디서나 사람들은 '자유'와 '행복'을 과거에서 찾았다. 이유는 오직 하나였다. 스스로를 책임져야 한다는 사실을 되새겨야 할지 모른다는, 자신의 길을 가라고 질책을 받을지 모른다는 두려움 때문이었다. 그들은 대학 몇 년 동안 술을 퍼마시며 환호성만 지르고 살다가 그다음엔 슬그머니 기성 사회로 기어들어 가 공직에 근무하는 근엄한 신사가 되었다. 그렇다. 썩었다. 우리 사회는 썩었다! 대학생들의 저런 어리석은 짓거리도 사회의 다른 수백 가지 어리석음에 비하면 결코 더 크지도 더 나쁘지도 않았다.

그런데 한갓진 내 집에 도착해서 침대에 눕자 이런 생각은 싹 달아났고, 내 마음속엔 온통 이날이 선사한 그 엄청난 약속에 대한 설렘밖에 없었다. 내가 원하기만 하면 당장 내일이라도 데미안의 어머니를 만날 수 있는 것이다! 대학생들이 행여 술집을 멀리하건, 얼굴에 문신을 하건, 세상이 썩어 비틀어져 멸망을 기다리건 그게 나하고 무슨 상관이란 말인가! 나는 오직 내 운명이 새로운 모습으로 다가오는 것을 기다릴 뿐이었다.

나는 아침 늦게까지 깊이 잤다. 마치 축제일 아침처럼 새날이 밝았다. 소년기의 성탄절 축제 이후에는 경험하지 못한 일이었다. 마음이 무척 초조했지만 두렵진 않았다. 나에게 정말 중요한 날이 밝았다는 느낌이 들었다. 나를 둘러싼 세계까지 바뀐 느낌이었다. 주변의 모든 것이 암시를 가득 품은 표정으로 무언가를 엄숙하게 기다리는 듯했다. 조용히 내리는 가을비도 아름답고 고요했으며, 축제일에 맞게 진지한 기쁨의 선율로 가득 차 있었다. 바깥세상이 나의 내면세계와 이렇게 완벽하게 일치한 것은 처음이었다. 그렇다면 이날은 영혼의 축제일이고, 살 만한 가치가 있는 날이었다. 어떤 집도, 어떤 진열창도, 길에서 만난 어떤 얼굴도 신경에 거슬리지 않았다. 모든 것이 원래 그래야 하는 모습을 띠고 있었다. 일상과 습관의 무미건조함은 전혀 보이지 않았다. 모든 것이 경건히 운명을 맞을 채비를 하고 기다리는 자연의 모습이었다. 어릴 때 성탄절이나 부활절 같은 큰 축제일의 아침이 꼭 그랬다.

이 세계가 그때처럼 그렇게 아름다울 수 있을지는 상상도 못 했다. 나는 지금껏 나 자신 속에서 살아가는 것에 익숙해 있었다. 저 바깥세상은 내게 의미가 없어졌다고 생각했고, 내 어린 시절을 잃어버림으로써 저 빛나는 색채도 잃을 수밖에 없다고 느꼈으며, 어떤 의미에서는 영혼의 자유와 성숙을 얻으려면 그런 정겨운 광채를 포기할 수밖에 없음을 숙명처럼 여겼다. 그런데 이제 완전히 바뀌었다. 예전의 그 모든 것은 그저 땅에 묻히고 어둠에 덮여 있었을 뿐이고, 어린 시절의 행복을 포기한 대가로 자유를 얻은 사람도 다시 환하게 빛나는 세상을 보고 어린아이의 시선에 담긴 그 짜릿한 전율을 여전히 맛볼 수 있음을 황홀한 심정으로 깨달았다.

그날 밤 내가 막스 데미안과 헤어졌던 그 도시 변두리의 집을 다시 찾아가는 순간이 드디어 찾아왔다. 비에 젖어 짙은 잿빛을 띤 키 큰 나무들 뒤에 자그마한 집이 한 채 서 있었다. 환하고 아늑했다. 큼직한 유리 벽 뒤로 키 큰 화초들이 보였고, 반짝거리는 창문 뒤로는 그림과 책이 있는 컴컴한 벽이 보였다. 현관문은 곧장 작고 따뜻한 홀로 이어졌다. 검은 옷에 하얀 앞치마를 두른, 말수가 적은 늙은 하녀가 나를 안으로 들이더니 외투를 받아 주었다.

하녀는 나를 홀에 혼자 두고 나갔다. 주위를 둘러보는 즉시 나는 내 꿈속으로 빨려 들어갔다. 문 위의 짙은 색 목조 벽에 검은 테두리의 유리 액자가 걸려 있었는데, 그 속에 눈에 익은 그림 한 점이 눈에 띈 것이다. 황금빛 매의 머리를 가진 새였다. 세계의 껍데기를 뚫고 나오려고 몸부림치는 바로 그 새였다. 나는 뭉클한 심정으로 꼼짝 않고 서 있었다. 마치 내가 지금껏 행동하고 체험한 모든 것이 이 순간 대답과 성취가 되어 돌아오는 것처럼 기쁨과 아픔이 가슴 가득 밀려들었다. 동시에 수많은 영상이 전광석화처럼 내 마음의 눈을 스치고 지나갔다. 내 고향집, 아치형 대문 위의 낡은 돌 문장, 그 문장을 그리고 있는 소년 데미안, 사악한 크로머의 마수에 걸려 옴짝달싹 못하는 소년 시절의 나, 내 작은 방에서 책상에 앉아 조용히 내 그리움의 새를 그리는 청소년기의 나, 스스로 자아낸 실그물에 엉켜 어쩔 줄 모르는 영혼, 이 모든 것, 지금까지의 이 모든 것이 내 속에서 다시 울려 퍼지고 긍정과 시인, 대답이 되어 돌아왔다.

나는 눈시울이 뜨거워진 채 내 그림을 응시하며 내 마음을 읽고 있었다. 그때 내 시선이 아래로 향했다. 그림 아래 열린 문 사이로 짙은 색 옷을 입은 키 큰 여성이 나타난 것이다. 그녀였다.

나는 한마디도 입 밖에 낼 수 없었다. 아들과 비슷하게 생긴 얼굴은 시간과 나이를 초월해 내면의 힘으로 가득 차 있었다. 아름답고 기품 있는 여인이 내게 다정하게 미소를 지었다. 그녀의 시선은 소망의 실현을, 그녀의 인사는 귀향을 의미했다. 내가 말없이 두 손을 내밀자 그녀는 따뜻한 손으로 내 손을 꼭 잡아 주었다.

"당신이 싱클레어군요. 바로 알아봤어요. 환영해요!"

그녀의 목소리는 깊고 따뜻했다. 나는 그 목소리를 달콤한 와인처럼 음미했다. 그러고는 눈을 들어 그녀의 고요한 얼굴을 들여다보았다. 깊이를 헤아릴 수 없는 검은 눈, 생기 넘치는 성숙한 입, 표식이 또렷한 넓고 위엄 있는 이마.

"얼마나 기쁜지 모르겠습니다." 나는 이렇게 말하며 그녀의 두 손에 입을 맞추었다. "평생을 떠돌다가 이제야 집에 돌아온 느낌입니다."

그녀가 어머니처럼 자애로운 미소를 지으며 다정하게 대답했다.

"누구도 집으로 완전히 돌아가지는 못해요. 다만 서로에게 끌리는 길들이 만나는 지점에서는 온 세상이 잠깐 고향처럼 보이기는 하죠."

내가 그녀에게로 오는 길에서 느꼈던 기분이기도 했다. 그녀의 목소리와 말은 아들과 무척 비슷하면서도 완전히 달랐다. 훨씬 성숙하고 따뜻하고 자명했다. 하지만 막스가 오래전에 누구에게도 소년이라는 인상을 주지 않았던 것처럼 그의 어머니도 전혀 장성한 아들을 둔 여자처럼 보이지 않았다. 얼굴과 머리에서 풍기는 분위기는 젊고 달콤했고, 매혹적인 살갗은 주름 하나 없이 팽팽했으며, 입술은 도톰하고 생기가 넘쳤다. 내 꿈속에서보다 한층 위엄과 기품이 넘치는 모습이었다. 그녀 곁에 머무름은 사랑의 행복이었고, 그녀의 시선은 소망의 실현이었다.

이것은 내 운명의 새로운 모습이었다. 더는 엄격하지도, 사람을 외롭게 하지도 않았다. 아니, 성숙하고 기쁨으로 가득 차 있는 듯했다! 나는 결심도 맹세도 하지 않았지만, 하나의 목표에 다다랐다. 내 길의 높지막한 지점이었다. 거기서 보니 앞으로의 길은 넓고 찬란했다. 약속의 땅으로 향해 가고, 나무 그늘이 행복하게 드리워져 있고, 열락의 화원에서 서늘한 바람이 불어오는 길이었다. 앞으로 내게 어떤 일이 일어나건 세상에서 이 여인을 알게 되고, 그녀의 목소리를 음미하고, 그녀 곁에서 함께 호흡할 수 있다는 것만으로도 나는 지극히 행복했다. 그녀가 내게 어머니가 되건 연인이 되건 여신이 되건 상관없었다. 그저 이렇게 존재하고, 내 길이 그녀의 길과 가깝게 붙어 있기만 하다면 충분했다.

그녀가 나의 매 그림을 가리켰다.

"이 그림을 받았을 때만큼 우리 막스가 기뻐했던 적은 없었어요." 그녀가 생각에 잠긴 표정으로 말했다. "그건 나도 마찬가지였죠. 우린 당신을 기다렸어요. 이 그림이 도착했을 때 우리는 당신이 우리에게로 오고 있다는 걸 알았어요. 싱클레어, 당신이 소년이었을 때 어느 날 내 아들이 학교에서 돌아와 이렇게 말했어요. 이마에 표식이 있는 아이를 봤다고요. 그 아이와 친구가 될 것 같다고요. 그게 바로 당신이었어요. 우리에게 오는 길이 쉽지 않았겠지만 우린 당신을 믿었어요. 당신이 열여섯 살 무렵 방학 때 여기 와서 막스를 만난 것도 들어서 알고 있어요."

이 대목에서 내가 불쑥 입을 열었다.

"데미안이 그 이야기를 했다고요? 그땐 제 인생에서 가장 비참한 시기였어요."

"막스가 내게 이런 말을 했죠. 지금 싱클레어는 가장 어려운 시기를 겪고 있다, 그래서 또다시 사람들 속으로 도망치려 한다. 심지어 술집까지 들락거리고 있다, 하지만 결코 사람들 속으로 도망치지는 못할 것이다, 이마의 표식이 지금은 가려져 있지만, 속에서는 그를 불태우고 있다. 그렇지 않았나요?"

"맞아요. 정확히 그랬습니다. 그 뒤 저는 베아트리체를 만났고, 이어 또 한 사람의 인도자가 저를 찾아왔죠. 그의 이름은 피스토리우스였습니다. 그를 만나고서야 저는 확실히 깨달았습니다. 제가 어린 시절에 왜 막스한테 그렇게 깊이 묶여 있었고, 왜 그렇게 벗어날 수 없었는지를요. 부인, 아니 어머니,

당시 저는 목숨을 끊을까 하는 생각까지 하면서 살았어요. 그 길은 누구에게나 그렇게 힘든 건가요?"

그녀가 내 머리를 쓰다듬었다. 마치 공기처럼 가벼운 손길이었다.

"태어나는 건 누구나 어려워요. 당신도 알잖아요? 새가 알을 깨고 나오기 위해 얼마나 애쓰는지. 이제 돌아보며 스스로에게 물어봐요. 그 길이 그렇게 어려웠느냐고. 그렇게 어렵기만 했느냐고. 혹시 아름답지는 않았냐고. 더 아름답고 더 쉬운 길이 있더냐고."

나는 고개를 저으며 마치 꿈결처럼 대답했다.

"어려웠습니다. 무척 어려웠습니다. 그 꿈이 나를 찾아올 때까지요."

그녀는 고개를 끄덕거리며 나를 뚫어지라 바라보았다.

"그래요, 사람은 자기 꿈을 찾아야 해요. 그러면 길이 좀 쉬워지죠. 하지만 지속되는 꿈은 없어요. 항상 새로운 꿈으로 대체되기 마련이에요. 그러니 어떤 한 꿈에만 매달려서는 안 돼요."

나는 마음속으로 깜짝 놀랐다. 이것이 경고일까? 아니면 벌써부터 방어막을 치는 것일까? 하지만 상관없었다. 나는 목적지가 어딘지도 묻지 않고 그저 그녀가 이끄는 대로 따라갈 준비가 되어 있었다.

"제 꿈이 얼마나 지속될지 저도 모릅니다. 다만 영원하길

바랍니다. 저 새 그림과 함께 제 운명이 저를 어머니처럼, 연인처럼 받아 주었으니까요. 제 운명은 다른 누구의 것이 아닌 바로 저의 것입니다."

"그 꿈이 당신의 운명인 한 당신은 그 운명에 충실해야 합니다."

그녀가 진지한 어조로 내 말을 확인시켜 주었다.

왠지 모를 슬픔이 가슴 한가득 밀려왔다. 이 황홀한 순간에 이대로 죽어 버렸으면 하는 간절한 소망도 함께 밀려들었다. 눈물이 걷잡을 수 없이 솟구쳐 온몸으로 퍼지는 듯했다. 아, 얼마나 오랫동안 울어 보지 못했던가! 나는 몸을 홱 돌려 창가로 걸어가 화분의 꽃들 너머로 창밖을 내다보았다. 그러나 눈물이 앞을 가려 아무것도 보이지 않았다.

등 뒤에서 그녀의 목소리가 들렸다. 가장자리까지 가득 찬 와인 잔처럼 부드럽고 차분한 목소리였다.

"싱클레어, 당신은 아직 어리군요! 당신의 운명은 당신을 사랑해요. 언젠가 당신은 당신이 꿈꾸는 대로 자기 운명의 완전한 주인이 될 거예요. 당신만 변함없다면."

나는 마음을 추스르고 다시 그녀에게로 고개를 돌렸다. 그녀가 손을 내밀더니 웃으면서 말했다.

"내게 친구가 몇 있어요. 아주 가까운 정말 몇 안 되는 친구죠. 그 사람들은 나를 에바 부인이라고 불러요. 원하면 당신도 그렇게 불러요."

그녀가 나를 문으로 인도하더니 문을 열고 정원을 가리켰다.

"저기 밖에 막스가 있어요."

나는 깊은 감동으로 마비된 사람처럼 큰 나무들 밑에 서 있었다. 의식이 맑게 깨어 있는 것 같기도 하고 꿈을 꾸는 것 같기도 했다. 둘 중 어느 것이 진짜 상태인지는 알 수 없었지만, 어쨌든 이만큼 의식이 또렷하면서도 꿈결처럼 몽롱한 적은 없었다. 나뭇가지에서 빗방울이 가만히 똑똑 떨어졌다. 나는 천천히 정원으로 걸어 들어갔다. 정원은 강가를 따라 넓게 이어져 있었다. 마침내 데미안을 발견했다. 그는 문이 열린 정원 별채 안에서 웃통을 벗고 샌드백을 치고 있었다.

나는 깜짝 놀라 걸음을 멈추었다. 데미안은 아주 멋져 보였다. 가슴은 탄탄했고, 머리는 단단하고 남성적이었으며, 팽팽한 근육으로 울퉁불퉁한 팔은 강하고 실했고, 허리와 어깨, 팔 관절에서 나오는 움직임은 통통 튀는 분수처럼 가볍고 유연했다.

"데미안! 거기서 뭐 해?"

그가 환하게 웃었다.

"권투 연습! 그 일본인과 링에서 한판 붙기로 했거든. 체구는 작아도 고양이처럼 날래고 영리한 친구지. 하지만 날 이기진 못할 거야. 예전에 그 친구한테 아주 작은 수모를 당했는데, 이번엔 내가 갚아 줄 차례야."

그가 셔츠와 웃옷을 입었다.

"벌써 어머니를 만나고 온 거야?"

"응. 정말 그렇게 멋진 분은 처음이었어! 가까운 사람들끼리는 에바 부인이라고 부른다면서? 그 이름도 너무 잘 어울려. 모든 존재의 어머니 같아."

순간 데미안이 생각에 잠긴 표정으로 내 얼굴을 빤히 바라보았다.

"놀랍네. 그 이름을 벌써 알다니. 자랑스럽게 생각해도 돼. 어머니가 첫 만남에서 그 이름을 말해 준 건 네가 처음이니까."

그날부터 나는 아들이자 형제이자, 혹은 연인처럼 그 집을 들락거렸다. 대문을 열고 들어갈 때부터, 아니 멀리서 이 집 정원의 키 큰 나무들이 보이기 시작하는 순간부터 나는 마음이 풍요롭고 행복해졌다. 바깥세상은 '현실'이었다. 밖에는 거리와 집, 사람, 시설, 그리고 도서관과 강의실이 있었다. 반면에 이곳에는 사랑과 영혼이 있었고, 동화와 꿈이 살고 있었다. 그러나 우리는 결코 세계와 단절하지 않았다. 생각과 대화를 통해 바깥세상 한가운데에서 살았다. 다만 차원이 달랐다. 우리는 대다수 사람과 명확한 경계선으로 구분된 것이 아니라 세상을 보는 다른 눈으로 구분되어 있었다. 우리의 사명은 이 세계 속에 하나의 독립된 섬, 혹은 하나의 본보기를 제시하는 것이었다. 섬이든 본보기든, 다른 방식의 삶을 예고하고 있다는 점에서는 똑같았다. 오랫동안 외로움에 빠져 있던 나는 완벽한 고독을 맛본 사람들끼리만 꾸릴 수 있는 공동체를 알게 되었다. 나는 이제 일반인들의 행복한 식탁과 즐거운 축제를 갈망하지 않았고, 일반인들의 공동체를 보며 부러움이나 향수에 사로잡히지 않았다. 대신 '표식'을 가진 사람들의 비밀을 서서히 공유하게 되었다.

세상의 눈으로 보면 우리처럼 표식을 가진 사람들은 당연히 이상한 인간으로 비칠 수 있었다. 아니, 미쳤거나 위험해 보일 수도 있었다. 우리는 깨달았거나, 깨달아 가는 도중에 있는 사람들이었다. 우리가 완벽한 깨달음을 추구했다면, 다른 사람들은 항상 자신의 견해와 이상, 의무, 인생, 행복을 패거리의 기준에 맞추려고 했고 그 속에서 행복을 찾았다. 물론 그들도 추구하는 것이 있고, 힘과 위대한 면이 있었다. 그러나 우리가 보기에, 우리처럼 표식 있는 자들은 자연의 의지를 새로운 것, 개인적인 것, 미래 지향적인 것으로 표현하는 반면에 다른 사람들은 현 상태를 굳게 지키는 데만 집착했다. 우리나 그들이나 모두 인류를 사랑하지만, 그들에게 인류는 유지되고 보호되어야 할 최종적인 것이라면 우리에게 인류는 우리 모두가 나아가는 먼 미래이다. 물론 인류의 미래 모습이 어떨지는 누구도 모르고, 미래의 법칙이 어떠할지는 어디에도 쓰여 있지 않다.

우리 모임에는 에바 부인과 막스, 나 외에 친하고 안 친하고의 차이는 있지만 무척 다양하게 살아가는 구도자가 여럿 있었다. 그중 일부는 특별한 오솔길을 걷고, 자기만의 고립된 목표를 설정하고, 특이한 의견과 의무에 매달려 살았다. 그중에는 천문학자와 카발라 연구자도 있었고, 톨스토이의 신봉자도 한 사람 있었으며, 그 밖에 온갖 종류의 섬세하고 숫기 없고 쉽게 상처받는 사람들, 새로운 종파의 추종자들, 인도식 명상에 빠진 사람들, 채식주의자도 있었다. 사실 우리와 이 모든 이들 사이에는 각자 타인의 비밀스러운 꿈에 존중을 바치는 것 외에 다른 정신적 공통분모는 없었다. 이들보다 우리와 좀 더 가까운 사람들은 과거에 인류가 모색했던 신들을 찾고, 과거에서 새로운 소망의 상을 구하려는 이들이었다. 피스토리우스 같은 사람들이었다. 이들은 책을 가져와 고대 언어로 된 글을 번역해 주었고, 고대의 상징과 제식을 그린 그림을 보여 주었으며, 지금까지 인류가 보존해 온 모든 이상이 실은 무의식 상태의 영혼이 꾼 꿈들로 이루어져 있음을 깨닫게 해 주었다. 그러니까 인류는 이 꿈들을 더듬으며 미래의 가능성을 모색했다는 것이다. 어쨌든 우리는 그들을 통해 기독교 탄생의 여명기까지 고대 세계의 수많은 놀라운 신들을 섭렵했다. 또한 고독한 성자들의 신앙 고백을 듣고, 한 민족에서 다른 민족으로 넘어간 종교의 변천 과정도 알게 되었다. 이렇게 수집한 자료들에서 우리 시대와 현 유럽에 대한 비판이 나왔다. 현 유럽은 어마어마한 노력을 기울여 강력한 신무기들을 만들어 냈지만, 그 결과 정신은 무지막지하게 황폐해졌다. 신무기로 온 세상을 정복했지만 그 과정에서 영혼을 잃어버렸기 때문이다.

우리 모임에도 특정한 희망과 구원론을 믿고 따르는 사람들이 있었다. 유럽을 개종시키려는 불교도도 있었고, 톨스토이 신봉자와 다른 종파의 신도들도 있었다. 이 모임의 핵심 멤버인 우리는 이들의 말에 귀를 기울이기는 했지만, 이들의 어떤 교리도 상징으로밖에 받아들이지 않았다. 미래의 모습을 걱정하는 것은 우리 표식 있는 자들의 임무가 아니었다. 그래서 모든 신앙 고백과 구원론은 처음부터 우리에겐 부질없고 죽은 이론처럼 보였다. 우리 각자가 오롯이 자기 자신이 되는 것만이 우리의 유일한 의무와 운명이었다. 다시 말해 자연이 개인에게 심어 놓은 싹을 온전히 키워 자연이 부여한 사명을 완수하고, 미지의 미래가 그 어떤 것을 가져오더라도 받아들일 각오를 하는 것이었다. 이런 말을 하는 이유는, 이미 언급했는지 하지 않았는지는 몰라도, 현 세계가 무너지고 새로운 탄생이 코끝에 느껴질 정도로 임박했다는 것을 우리 모두가 뚜렷이 자각하고 있었기 때문이다. 데미안은 가끔 내게 이렇게 말했다.

"앞으로 상상을 초월하는 일이 닥칠 거야. 유럽의 영혼은 영겁의 세월 동안 족쇄에 묶여 있던 짐승이나 다름없어. 그런 짐승이 족쇄에서 풀려나면 무척 난폭하게 굴겠지. 하지만 그렇게 오랫동안 영혼의 궁핍이 없다고 거짓말하고 현혹한 사람들이 그 궁핍을 진정으로 느끼기만 한다면 그 과정이나 방법은 조금 돌아가더라도 상관없어. 그다음에 우리의 날이 올 거야. 우리가 필요해진다는 말이지. 물론 지도자나 새로운 입법자로서가 아냐. 사실 새로운 법이라는 건 더는 존재하지 않아. 어쨌든 우리는 지도자나 입법자로서가 아니라 운명이 부르는 곳에 미리 서 있다가 기꺼이 함께 걸어갈 거야. 우리 말고는 그런 준비가 되어 있는 사람이 없어. 봐, 세상 사람들은 모두 자신의 이상이 위협을 받으면 엄청난 짓이라도 할 태세지만 새로운 이상, 혹은 위험하고 섬뜩하게 느껴지는, 시대를 성장시킬 새로운 흐름이 노크하면 아무도 문을 열고 맞아 주지를 않아. 그때 문을 열고 나와 함께 걸어갈 몇 안 되는 사람이 바로 우리야. 그러라고 우리한테 표식이 있는 거고. 카인처럼 말이야. 카인의 표식은 사람들에게 두려움과 증오를 불러일으켜 당시의 인류를 좁은 낙원에서 위험한 광야로 내몰기 위한 것이었어. 어쨌든 인류의 역사에 영향을 끼친 인물들은 하나같이 운명을 맞을 준비가 되어 있었기에 그런 능력을 발휘하고 영향을 끼칠 수 있었어. 모세와 붓다가 그랬고, 나폴레옹과 비스마르크가 그랬어. 물론 시대의 어떤 파도에 몸을 싣고, 어떤 쪽의 지휘를 받을지는 자신이 선택할 수 없어. 만일 비스마르크가 사회민주주의자의 입장을 잘 이해해서 그들에게 맞추었더라면 현명한 지배자는 되었을지 몰라도 운명의 주인은 되지 못했을 거야. 그건 나폴레옹이나 카이사르, 로

욜라도 모두 마찬가지야! 이런 생각을 할 때는 항상 생물학과 진화의 역사를 함께 살펴보는 게 중요해! 아득한 옛날 지표면의 엄청난 변화로 수중동물이 육지로, 육상동물이 물속으로 내몰렸을 때 운명을 맞을 준비가 된 개체들만이 전대미문의 새로운 것을 성취하고, 새롭게 적응하여 자기 종을 지켜 냈어. 그 개체들이 그 이전에 자기 종 안에서 탁월한 보수주의자나 현상 유지자였는지, 아니면 괴짜나 혁명가였는지는 몰라. 다만 우리가 아는 것은, 그 개체들은 준비되어 있었고, 그래서 자기 종을 구해 새로운 발전의 단계로 끌어올렸다는 사실이야. 그런 면에서 우리도 항상 준비하고 있어야 해."

에바 부인도 이런 대화에 함께할 때가 많았지만 대화에 직접 끼는 일은 드물었다. 그녀는 우리 중 누구든 자기 생각을 내놓으면 항상 경청했고, 신뢰와 이해심으로 가득 찬 소리 없는 메아리를 보냈다. 우리들의 생각 모두가 마치 그녀에게 나와 다시 그녀에게 돌아가는 듯했다. 그녀 곁에 앉아 때로 그녀의 목소리를 듣고, 그녀를 에워싼 성숙함과 영혼의 분위기에 젖는 것이 내게는 크나큰 행복이었다.

그녀는 내 속에서 어떤 변화, 즉 갈등이나 진전이 생기면 즉시 알아챘다. 내가 자면서 꾸는 꿈도 그녀가 내게 불어넣은 것 같은 기분이 들었다. 나는 그녀에게 꿈 이야기를 자주 했고, 그녀는 내 꿈들을 지극히 당연하고 자연스럽게 이해했다. 내 꿈에는 그녀의 감정으로 이해가 되지 않는 특이한 것은 없었다. 한동안 나는 우리가 낮에 나눈 대화의 내용이 재현되는 꿈을 꾸었다. 온 세상이 혼란으로 소용돌이치고, 나 혼자 아니면 데미안과 둘이서 잔뜩 긴장한 채 위대한 운명을 기다리는 꿈이었다. 운명은 여전히 얼굴이 가려져 있었지만, 어쩐지 에바 부인의 특징을 담고 있는 듯했다. 그녀에게 선택받든 버림받든, 그것도 운명이었다.

간혹 에바 부인이 미소를 지으며 말했다.

"싱클레어, 당신의 꿈엔 뭔가 빠져 있어요. 가장 좋은 것을 잊어버렸어요."

이 말을 들으면 나는 잊어버린 것이 다시 떠오르면서 어떻게 그런 것을 잊을 수 있는지 스스로 납득을 하지 못하곤 했다.

종종 나는 채울 수 없는 욕망으로 괴로워했다. 에바 부인을 안아 보지도 못하고 곁에서 지켜보기만 하는 것을 견딜 수 없었다. 이번에도 그녀는 나의 그런 마음을 즉시 알아차렸다. 내가 언젠가 며칠 동안 그녀의 집을 찾지 않다가 어수선한 마음으로 다시 찾았을 때 그녀는 나를 한쪽으로 데려가더니 이렇게 말했다.

"스스로도 확신이 없는 갈망에 자신을 내맡겨선 안 돼요. 당신이 무엇을 갈망하는지 알아요. 그 갈망을 포기할 수 있어야 해요. 아니면 정말 제대로 갈망하든지. 마음속으로 갈망이 성취될 거라는 확신이 있어야 요구도 할 수 있고, 그래야 성취도 이루어져요. 그러나 당신은 갈망하는 동시에 후회하고 있어요. 그러면서 두려워하기도 하고요. 그런 건 모두 극복되어야 해요. 동화 한 편 들려줄 테니 잘 들어 봐요."

부인은 별을 사랑하게 된 한 젊은이의 이야기를 해 주었다. 젊은이는 바닷가에 서서 두 팔을 뻗으며 별을 흠모했고, 별을 꿈꾸고, 모든 생각을 별로만 향했다. 그러나 그는 알고 있었다. 아니, 안다고 생각했다. 인간은 두 팔로 별을 안을 수 없다는 것을. 그는 이루어지리라는 희망 없이 별을 사랑하는 것을 운명으로 여겼고, 그런 생각을 바탕으로 삶의 철학을 세웠다. 자신의 내면을 개선하고 정화하는, 묵묵하고 진실한 고통과 포기의 철학이었다. 그런데 그사이 그의 꿈들이 별에 가 닿았다. 언젠가 그는 다시 밤중에 바닷가에 섰다. 천 길 낭떠러지 위였다. 그는 별을 쳐다보았고, 마음속에 별에 대한 사랑이 뜨겁게 타올랐다. 갈망이 절정에 달하는 순간 그는 별을 향해 허공으로 몸을 날렸다. 그런데 몸을 날리는 순간 한 생각이 그의 머릿속을 번개처럼 스치고 지나갔다. 이건 불가능해! 그 즉시 그는 낭떠러지 밑으로 떨어져 산산이 부서졌다. 그는 사랑하는 법을 몰랐다. 만일 절벽에서 몸을 날리는 순간 영혼의 힘을 믿고 자신의 사랑이 이루어지리라고 확신했더라면 그는 하늘로 올라가 별과 하나가 되었을 것이다.

에바 부인이 말했다.

"사랑은 애원하고 요구하는 것이 아니에요. 자기 속에서 먼저 확신하는 힘이 있어야 하죠. 그러면 사랑은 더 이상 끌려

가지 않고 당기기 시작해요. 싱클레어, 당신의 사랑은 나에 의해 끌려가고 있어요. 언젠가 당신의 사랑이 나를 당기면 그땐 내가 가겠어요. 나는 나 자신을 선물로 주고 싶지 않아요. 사랑은 쟁취하는 거예요."

　다음번에 그녀는 다른 동화를 들려주었다. 희망 없는 짝사랑에 빠진 남자의 이야기였다. 남자는 자기 속으로 숨어 들어갔고, 사랑으로 자신이 완전히 불타 없어질 거라고 생각했다. 그에겐 세상도 사라졌다. 푸른 하늘과 초록빛 숲이 눈에 들어오지 않았고, 졸졸 흐르는 시냇물 소리도 들리지 않았으며, 하프의 선율도 귀에 들어오지 않았다. 그에겐 세상 만물이 가라앉아 버렸다. 그는 가련하고 비참해졌다. 그런 중에도 사랑은 점점 커져 갔다. 사랑하는 그 아름다운 여인을 포기하느니 차라리 이대로 말라 죽거나 스스로 목숨을 끊고 싶었다. 그는 뜨거운 사랑이 자기 속에서 다른 모든 것을 불태워 버렸다고 느꼈다. 사랑은 더욱 강렬해져서 사랑의 대상을 끌어당기고 또 끌어당겼다. 결국 그 여인도 사랑에 끌려올 수밖에 없었다. 그녀가 오자 그는 두 팔을 벌리고 그녀를 안을 채비를 했다. 그런데 그 앞에 선 그녀는 완전히 다른 모습으로 바뀌어 있었다. 순간 그는 전율을 느꼈다. 자신이 끌어당긴 것이 실은 자신이 잃어버린 세계임을 깨달은 것이다. 그 앞에 선 그녀는 그에게 자신을 오롯이 내맡겼다. 하늘과 숲, 시냇물을 비롯한 모든 것이 새 색깔로 싱그럽고 아름답게 단장하고 다가와 그의 것이 되었고, 그의 언어로 말을 걸었다. 그는 단순히 한 여자를 얻은 것이 아니라 온 세상을 품에 넣었다. 이제 그의 내면에서는 하늘의 별들이 뜨겁게 타오르며 그의 영혼 속으로 기쁨의 빛을 뿜어냈다. 이렇듯 그는 사랑하면서 자신을 찾았다. 반면에 대부분의 사람은 사랑하면서 자신을 잃는다.

내 삶을 채운 유일한 것이 있다면 그것은 에바 부인에 대한 사랑인 것 같았다. 그런데 그녀는 매일 달라 보였다. 가끔 나는 내가 온 마음으로 이끌려 갈망한 것이 그녀라는 사람이 아닌 것 같은 느낌이 분명히 들었다. 그녀는 단지 내 내면의 상징으로, 나를 나 자신 속으로 더 깊이 인도해 줄 뿐인 듯했다. 그래서 그녀의 말은 내 마음속의 중요한 문제들에 대한 내 무의식의 대답처럼 느껴질 때가 많았다.

나는 그녀 옆에서 관능적 욕망으로 불타올라 그녀의 손길이 닿았던 물건들에 입을 맞추곤 했다. 그러다 서서히 관능적 사랑과 정신적 사랑, 현실과 상징이 서로 끌어당겨 하나로 겹쳐지는 일이 벌어졌다. 예를 들어 방에서 내가 내면에 깊이 몰입해서 그녀를 생각할 때면 내 손과 입술에 그녀의 손과 입술이 실제로 닿는 것 같다든지, 아니면 그녀의 집에 있을 때 그녀의 얼굴을 보고 그녀와 이야기를 나누고 그녀의 목소리를 들으면서도 이게 꿈인지 현실인지 구별이 안 된다든지, 하는 식이었다.

나는 사랑을 어떻게 변함없이 영원히 소유할 수 있을지 예감하기 시작했다. 어떤 책을 읽다가 새로운 깨달음을 얻으면 그게 바로 에바 부인의 입맞춤과 같다는 느낌이 들었고, 그녀가 내 머리를 쓰다듬고 내게 성숙하고 따뜻한 미소를 지어 주면 마치 내가 내면적으로 한 단계 더 성장한 것 같은 느낌을 받았다. 내가 운명이라고 생각하는 모든 중요한 것들은 에바 부인의 형체를 띠고 있었다. 그녀는 내 생각 하나하나로 바뀔 수 있었고, 내 생각 하나하나도 그녀의 모습으로 바뀔 수 있었다.

나는 부모님 집에서 보내야 할 성탄절 휴가가 걱정스러웠다. 2주나 에바 부인과 떨어져야 하는 건 분명 고통스러울 거라고 생각했기 때문이다. 그러나 고통이 아니었다. 집에 있으면서 그녀를 생각하는 것 또한 아주 근사했다. 그래서 H시로 돌아와서도 이틀 동안 그녀를 찾지 않았다. 이런 안정된 상태와 그녀라는 물리적 존재로부터 독립을 즐기기 위해서였다. 그녀와의 하나 됨이 새로운 비유적 형태로 완성되는 꿈도 꾸었다. 예를 들어 그녀는 내가 흘러들어 가는 바다였다. 또한 그녀는 별이고, 나는 그녀에게로 가는 또 다른 별이었다. 우리는 만났고, 서로 끌어당기는 것을 느꼈으며, 바짝 붙은 채로 선율에 맞추어 작은 원을 그리며 영원히 행복하게 서로 맴돌았다.

그녀를 다시 찾아갔을 때 나는 그 꿈 이야기를 했다.

그녀가 조용히 말했다.

"아름다운 꿈이네요. 그 꿈을 실현하세요!"

결코 잊지 못할 어느 이른 봄날이었다. 에바 부인 집의 홀에 들어갔을 때 열린 창문으로 히아신스의 진한 향이 미풍에 실려 들어와 집 안 가득 퍼지고 있었다. 아무도 보이지 않아 2층 데미안의 서재로 올라갔다. 방문 앞에서 가볍게 노크하고는 여느 때처럼 대답을 기다리지 않고 안으로 들어갔다.

방 안은 컴컴했다. 커튼은 모두 쳐져 있었다. 자그마한 옆방으로 이어지는 문이 열려 있었다. 데미안이 화학 실험실로 꾸며 놓은 곳이었다. 비구름 사이로 비친 하얀 봄 햇살이 그 방에서 새어 나오고 있었다. 나는 아무도 없다고 생각하고 커튼 하나를 젖혔다.

그때였다. 커튼이 쳐진 창가 의자에 데미안이 웅크리고 앉아 있는 모습이 보였다. 평소와 달리 이상하게 변한 모습이었다. 순간 이런 모습을 언젠가 본 적이 있다는 느낌이 섬광처럼 내 몸을 타고 내려갔다. 팔은 미동도 없이 축 늘어져 있었고, 손은 무릎에 올려 있었으며, 얼굴은 약간 앞으로 숙이고 있었다. 눈은 뜨고 있었지만 아무것도 보고 있지 않은 것처럼 전혀 생명력이 느껴지지 않았다. 눈동자 속에는 유리 조각처럼 강렬한 반사광만 생기 없이 반짝거렸다. 핏기 없는 얼굴은 자기 속에 푹 잠겨 있었고, 돌처럼 굳은 표정 외에 다른 표정은 없었다. 마치 신전 정문 옆에 붙어 있는 아주 오래된 동물 마스크 같았다. 숨도 쉬는 것 같지 않았다.

숫구쳐 오른 기억에 나는 전율했다. 데미안의 이런 모습을 수년 전에도 똑똑히 봤던 것이다. 내가 아직 어릴 때였다. 당시 그의 눈은 내면을 응시하고 있었고, 두 손은 책상 위에 힘없이 나란히 놓여 있었으며, 파리 한 마리가 얼굴을 타고 내려가는데도 그의 얼굴은 전혀 움직이지 않았다. 6년 전쯤이었던 것 같은데, 당시도 데미안은 지금처럼 나이가 들고 시간을 초월한 듯 보였고, 얼굴 주름 하나 지금과 다르지 않았다.

나는 두려움에 사로잡혀 조용히 방을 나와 계단을 내려갔다. 홀에서 에바 부인을 만났다. 그녀 역시 창백하고 지쳐 보였다. 지금껏 한 번도 보지 못한 모습이었다. 그림자 하나가 창문을 스치고 지나갔고, 눈부시게 하얀 햇살이 갑자기 종적을 감추었다.

내가 낮은 목소리로 말했다.

"막스 방에 들렀다가 오는 길이에요. 근데 무슨 일이죠? 막스는 잠을 자거나 자기 속에 빠진 것 같은데, 어느 쪽인지는 정확히 모르겠어요. 전에도 저런 모습을 본 적이 있어요."

"막스를 깨우진 않았죠?"

그녀가 얼른 물었다.

"네. 막스도 내가 들어오는 소리를 못 듣고, 나도 바로 방을 나왔어요. 에바 부인, 막스한테 무슨 일이 있는 거에요? 말씀 좀 해 주세요."

그녀는 손등으로 이마를 한 번 쓸었다.

"걱정 말아요, 싱클레어. 막스한테는 아무 일도 없어요. 지금은 자기 속으로 깊이 빠져 들어갔어요. 오래 걸리진 않을 거예요."

막 비가 내리기 시작하는데도 그녀는 일어나 정원으로 나갔다. 나는 왠지 따라나서서는 안 될 것 같아 혼자 홀에 남아 이리저리 서성이며, 사람을 마비시킬 것처럼 진한 히아신스 향을 맡고, 내가 그린 문 위의 새 그림을 보고, 이날 아침 이 집을 가득 채우고 있는 이상한 그림자를 질식할 듯이 들이마셨다. 이 그림자는 무엇일까? 무슨 일이 있는 것일까?

에바 부인은 곧 돌아왔다. 짙은 머리에 빗방울이 맺혀 있었다. 그녀가 안락의자에 앉았다. 피곤해 보였다. 나는 그녀에게 다가가 몸을 숙여 그녀의 머리에 붙은 물방울에 입을 맞추었다. 그녀의 눈은 밝고 고요했다. 그러나 물방울에서는 눈물 맛이 났다.

"막스가 어쩌고 있는지 보고 올까요?"

내가 나직이 물었다.

그녀는 희미하게 웃었다.

"어린애처럼 굴지 말아요, 싱클레어." 그녀는 마치 자신이 걸려 있는 마법을 깨려는 듯 큰 소리로 주의를 주었다. "이제 가 봐요. 나중에 다시 와요. 지금은 당신과 얘기를 나눌 수 없어요."

나는 걷기도 하고 뛰기도 하면서 그 집과 도시를 벗어나 산으로 향했다. 가는 빗줄기가 얼굴을 비스듬히 때렸다. 구름이 공포에 질린 듯 잔뜩 몸을 낮추며 지나갔다. 밑에서는 바람이 거의 불지 않았지만 산 위에 오르자 폭풍이 휘몰아치는 듯했다. 강철처럼 단단해 보이는 잿빛 구름 사이로 해가 순간적으로 몇 번 창백하고 눈부신 얼굴을 내밀었다.

느슨한 형태의 노란 구름이 하늘을 가로질러 흘러가다가 잿빛 구름 벽에 부딪혔다. 몇 초 뒤 노란색 푸른색 구름 덩어리에서 바람에 의해 형체가 하나 만들어졌다. 거대한 새였다. 새는 푸른색 혼돈을 뚫고 힘차게 날갯짓을 하더니 하늘로 날아갔다. 이어 폭풍이 몰아치는 소리가 들렸고, 비가 우박에 섞여 후드득 쏟아졌다. 지축을 흔들 듯이 무시무시한 천둥소리가 억수같이 퍼붓는 대지 위로 짧게 우르르 쾅쾅 울렸다. 곧이어 다시 햇빛 한줄기가 구름 사이로 비쳤다. 갈색 숲 위쪽의 가까운 산에서는 창백한 눈이 파리하고 비현실적으로 빛나고 있었다.

몇 시간 뒤 비바람에 엉망이 된 채 내가 다시 돌아왔을 때 데미안이 직접 문을 열어 주었다.

그는 나를 자기 방으로 데리고 올라갔다. 화학 실험실 안에는 가스버너가 타오르고 있었고, 종이가 여기저기 흩어져 있었다. 무슨 작업을 하던 중이었던 것 같았다.

"앉아. 지쳐 보여. 아주 끔찍한 날씨야. 밖에 한참 있었나 보네. 곧 차를 갖고 올 거야."

내가 머뭇거리며 말을 꺼냈다.

"오늘 심상찮은 일이 벌어졌어. 이건 그냥 보통 폭풍우가 아니야."

그가 나를 탐색하듯이 바라보았다.

"뭐 본 거라도 있어?"

"응. 구름 속에서 순간적으로 한 형상을 똑똑히 봤어."

"무슨 형상인데?"

"새였어."

"그 매? 정말 맞아? 네 꿈의 새?"

"응. 내 매가 맞아. 거대한 노란색 매였는데, 검푸른 하늘로 날아가 버렸어."

데미안이 한숨을 깊이 내쉬었다.

그때 노크 소리가 들렸다. 늙은 하녀가 차를 가져왔다.

"마셔, 싱클레어. 혹시 그 새를…… 우연히 본 건 아닐까?"

"우연히? 그런 게 우연히 보여?"

"아니지, 당연히. 그럼 거기엔 무슨 뜻이 있을 거야. 그게 뭔지 알겠어?"

"아니, 몰라. 다만 무언가 세상을 뒤흔드는 변화나 운명 속의 한 걸음을 의미한다는 느낌이 들어. 우리 모두와 관련된 문제라는 생각도 들고."

데미안은 거칠게 이리저리 거닐더니 큰 소리로 외쳤다.

"운명 속의 한 걸음! 나도 간밤에 똑같은 의미의 꿈을 꿨어.

어머니도 어제 똑같은 예감을 받았고. 내가 나무나 탑 같은 것에 사다리를 걸치고 올라가는 꿈이었어. 꼭대기에 이르자 광활한 평야 같은 온 대지가 도시와 마을 할 것 없이 모두 불타오르는 것이 보였어. 나도 아직 모든 게 확실하지는 않아서 정확하게 말해 줄 수는 없어."

"그 꿈이 형하고 관련이 있다고 해석하는 거야?"

"나하고? 당연하지. 누구든 자신과 상관없는 꿈은 꾸지 않아. 게다가 이건 나 혼자만 관련된 게 아니야. 그건 아까 네 말이 맞아. 나는 내 영혼의 변화를 알리는 꿈과 온 인류의 운명을 암시하는 꿈을 상당히 정확히 구별할 줄 알아. 물론 인류와 관련된 꿈을 꾼 적은 드물어. 그 꿈을 예언이라고 단정 짓고, 꿈대로 적중되었다고 말할 수 있는 것도 없고. 꿈을 해석하는 건 너무 불확실해. 하지만 나 혼자만 연관된 꿈을 꾸지 않았다는 건 분명히 알겠어. 그러니까 그 꿈은 내가 예전에 꾼 다른 꿈들의 일부이자 연속이었어. 싱클레어, 내가 전에 말했지? 미래에 대한 예감을 꿈에서 얻는다고. 그런 예감을 준 게 바로 이 꿈들이야. 우리의 세계가 진실로 썩었다는 걸 우린 이미 알아. 하지만 그것만으로 세계의 멸망이나 그 비슷한 것을 예언하기엔 근거가 부족해. 하지만 나는 낡은 세계의 붕괴가 점점 가까워지고 있다고 결론 내릴 만한, 혹은 이 말이 이상하다면, 가까워지고 있다고 느낄 만한 그런 꿈들을 벌써 몇 년째 꾸고 있어. 처음엔 아주 희미하고 아득한 예감이었지

만 그 뒤로 점점 뚜렷해지고 강렬해졌어. 물론 지금 내가 아
는 것이라고는, 나 자신도 휘말려 들어갈 무언가 거대하고 무
시무시한 것이 서서히 다가오고 있다는 사실뿐이야. 싱클레
어, 전에 우리가 가끔 얘기한 것들을 겪게 될 거야! 세계는 새
로워지려고 해. 죽음의 냄새가 나. 죽음 없이는 새로운 것이
생기지 않으니까. 그런데 그 죽음은 내가 생각한 것보다 훨씬
끔찍해."

나는 깜짝 놀란 표정으로 데미안을 바라보았다.

"형 꿈의 나머지 부분도 이야기해 줄 수 없어?"

내가 쭈뼛거리며 물었다.

그가 고개를 흔들었다.

"안 돼."

그때 문이 열리더니 에바 부인이 들어왔다.

"같이 있었구나! 혹시 슬퍼하고 있었던 건 아니겠지?"

부인은 언제 그랬느냐는 듯이 더는 지쳐 보이지 않고 얼굴
에 생기가 돌았다. 데미안이 미소를 지어 보였다. 부인은 마치
불안에 떠는 아이들을 다독이러 온 어머니처럼 우리에게 다
가왔다.

"어머니, 우린 슬퍼하고 있지 않았어요. 그냥 이 새로운 징
조의 수수께끼를 풀어 보려고 조금 애쓰고 있었어요. 하지만
그래 봤자 소용없는 일이라는 생각이 들었어요. 닥쳐올 일은
갑자기 닥쳐올 테니까요. 그때 가면 우리가 알고 싶은 것도

저절로 알게 되겠죠."

　그러나 나는 기분이 별로 좋지 않았다. 작별 인사를 하고
혼자 홀을 지나갈 때 히아신스의 향이 왠지 시들하고 칙칙하
고, 시체처럼 퀴퀴해진 것을 느꼈다. 알 수 없는 시커먼 그림
자가 서서히 우리를 뒤덮고 있었다.

8. 종말의 시작

나는 부모님을 설득해서 여름 학기도 H시에 머물렀다. 이제 우리는 집 안 대신 강가의 정원에서 대부분의 시간을 보냈다. 권투 시합에서 참담하게 패한 그 일본인은 떠났고, 톨스토이 신봉자도 사라졌다. 데미안은 날이면 날마다 말을 타고 나갔다가 한참 뒤에야 들어왔다. 그래서 나는 그의 어머니와 단둘이 있는 적이 많았다.

가끔 나는 내 삶의 이런 평화가 믿어지지 않았다. 지금까지는 오랫동안 혼자 지내고, 금욕 생활을 하고, 나 자신의 고통과 악전고투를 벌이는 것에 익숙해져 있어서, H시에서의 요 몇 달은 마치 아름답고 쾌적한 환경과 감정에 둘러싸여 편안하고 황홀하게 살아도 되는 낙원의 섬에 와 있는 것 같은 기분이 들었다. 나는 이것이 우리가 생각했던 그 새롭고 고결한 공동체의 전조라고 예감했다. 물론 이따금 이런 행복에 깊은 슬픔이 엄습하기도 했다. 이런 생활이 지속될 수 없음을 잘 알고 있었던 것이다. 나는 충만함과 안락함을 누리며 살 운명이 아니었다. 내게는 고통과 쫓기는 듯한 불안이 필요했다. 그래서 언젠가는 이 꿈결과도 같은 아름다운 사랑의 세계에서 깨어나 평화도 공존도 없이 오직 고독과 투쟁밖에 남아 있지 않은, 타인들의 차가운 세상 속에 다시 철저히 혼자 서게 되리라는 것을 느꼈다.

이런 연유로 나는 내 운명이 아직 아름답고 고요한 얼굴을 하고 있는 것을 기뻐하며 더더욱 애틋하게 에바 부인에게 기대고, 함께 있음을 즐겼다.

여름 몇 주가 후딱 지나갔고, 학기도 벌써 막바지로 치닫고 있었다. 작별이 임박했다. 하지만 그런 생각은 하지 말아야 했고, 하지도 않았다. 대신 나비가 꽃을 찾듯 현재의 아름다운 나날에만 집중했다. 행복한 시절이었다. 내 인생의 꿈이 처음 실현되고, 우리만의 공동체로 내가 처음 발을 들여놓은 시기였다. 이후엔 무엇이 올까? 나는 다시 고난의 길을 걸을 것이고, 그리움에 시달리고 꿈을 꾸며 혼자 외롭게 살아갈 것이다.

그러던 중 하루는 이런 예감이 너무 강하게 밀려와 에바 부인에 대한 내 사랑이 갑자기 고통의 불길로 활활 타올랐다. 아, 정녕 이럴 수밖에 없는 것일까? 얼마 안 있으면 나는 그녀를 보지 못할 것이고, 그녀가 자신감에 찬 걸음으로 집 안을 돌아다니는 소리도 듣지 못할 것이며, 내 책상 위에서 그녀의 꽃도 발견하지 못할 것이다. 나는 지금껏 무엇을 이루었던가? 그녀를 얻기 위해 싸우고 그녀를 영원히 내 사람으로 만드는 대신 나는 꿈을 꾸고 안락함만 즐기지 않았던가! 그녀가 진정한 사랑에 대해 내게 해 준 모든 말이 떠올랐다. 그 밖에 수많은 다정한 충고와 나직한 유혹들, 그리고 약속처럼 들리기도 하던 말까지 함께 떠올랐다. 하지만 나는 무엇을 이루었는가? 아무것도 없었다. 아무것도!

　나는 내 방 한가운데에 서서 내 모든 의식을 한곳에 집중하며 에바를 생각했다. 내 영혼의 힘들을 끌어모아 그녀에게 내 사랑을 느끼게 하고 그녀를 내게로 끌어당기고 싶었다. 그녀는 분명히 올 것이다. 와서 내 포옹을 뜨겁게 갈망할 것이고, 내 입술이 그녀의 성숙한 입술을 탐욕스럽게 헤집을 것이다.

　나는 가만히 서서 온몸의 신경을 곤두세웠다. 손가락과 발부터 서서히 차가워졌다. 내게서 힘이 나오는 것이 느껴졌다. 몇 순간에 걸쳐 내 속에서 무언가 단단하고 촘촘한 것이 응축되었다. 밝고 서늘한 느낌의 물체였다. 일순간 심장 속에 수정 같은 것이 생긴 느낌이 들었다. 그것이 나의 자아라는 것을 알아차렸다. 냉기가 가슴까지 치고 올라왔다.

　이 지독한 긴장 상태에서 풀려났을 때 뭔가 올 것 같은 느낌이 들었다. 당장에라도 풀썩 쓰러질 정도로 지쳐 있었지만, 에바가 방으로 들어오는 것을 뜨겁고 황홀한 마음으로 지켜

볼 준비를 했다.

거리 위쪽에서부터 따그닥따그닥 말발굽 소리가 들려왔다. 금속성에 가까운 그 소리는 점점 가까워지더니 내 집 앞에서 뚝 멈추었다. 나는 얼른 창가로 달려갔다. 밑에서는 데미안이 말에서 내리고 있었다. 나는 아래로 뛰어 내려갔다.

"무슨 일이야? 형 어머니한테 무슨 일이 있어?"

그는 내 말을 듣고 있지 않았다. 얼굴은 몹시 창백했고, 이마 양쪽으로 땀이 볼을 타고 흘러내렸다. 데미안은 더운 김을 뿜어 대는 말을 정원 울타리에 묶고는 내 팔을 잡고 거리를 내려갔다.

"그 이야기 들었어?"

나는 들은 이야기가 없었다.

데미안이 내 팔을 꼭 잡더니 내게로 얼굴을 돌렸다. 어둡고 연민에 젖은 특이한 눈빛이었다.

"드디어 시작됐어. 러시아와 일촉즉발의 상태에 있었던 건 알지?"

"뭐? 그럼 전쟁이라도 일어났다는 말이야? 그런 일이 일어날 줄은 생각지도 못했는데."

데미안은 근처에 아무도 없는데도 목소리를 죽였다.

"전쟁이 아직 선포된 건 아냐. 하지만 전쟁이 날 거야. 내 말을 믿어. 그때 이후 이런 문제로 널 귀찮게 하지 않았지만, 사실 그 뒤로도 새로운 징조를 세 번이나 더 봤어. 그건 세상의 멸망도 지진도 혁명도 아니었어. 전쟁이었어. 전쟁이 어떻게 시작되는지 너도 보게 될 거야. 사람들은 열광할 거야. 벌써부터 전쟁의 종소리가 땡 하고 울리기만 기다리고 있어. 사람들한테는 삶이 너무 무료했거든. 하지만 싱클레어, 너도 알게 되겠지만, 그건 시작일 뿐이야. 아마 큰 전쟁이 일어날 거야. 그냥 큰 전쟁이 아니라 어마어마하게 큰 전쟁이. 하지만 그것도 시작일 뿐이야. 새로운 세계가 시작될 거야. 낡은 세계에 매달려 사는 사람들에겐 깜짝 놀랄 세계가 되겠지. 넌 어떻게 할 거야?"

나는 어안이 벙벙했다. 모든 게 먼 나라 얘기처럼 비현실적이고 낯설게 느껴졌다.

"모르겠어. 형은?"

데미안은 어깨를 으쓱했다.

"동원령이 떨어지면 바로 군에 들어가야 해. 나는 소위거든."

"형이? 그런 얘긴 처음 들었어!"

"내가 세상에 적응하는 한 방식이야. 너도 알지? 내가 사람들의 눈에 띄고 싶어 하지 않는 거. 그래서 이상하게 보이지 않으려고 오히려 마음에도 없는 짓을 하곤 해. 아마 8일 후에 난 전장에 있을 거야."

"맙소사!"

"그렇게 감상적으로 받아들이지 마! 살아 있는 사람들에게

총을 쏘라고 명령을 내리는 게 당연히 즐거울 리 없지만, 그건 부차적 문제야. 지금 우리는 모두 거대한 수레바퀴 속으로 휘말려 들어가고 있어. 너도 예외는 아냐. 분명 징집될 거야."

"형 어머니는 어떡해?"

이제야 나는 15분 전에 있었던 일로 다시 돌아갔다. 이 짧은 시간에 세상이 얼마나 바뀌었는가! 얼마 전까지만 해도 나는 감미롭기 그지없는 영상을 마법처럼 불러내려고 온몸의 힘을 모으고 있었는데, 지금은 갑자기 상황이 돌변해서 운명이 소름 끼치게 위협적인 가면을 쓰고 나를 노려보는 듯했다.

"내 어머니? 아, 그런 걱정은 할 필요 없어. 어머니는 안전하셔. 이 세상 누구보다도 안전하신 분이지. 내 어머니를 그렇게 사랑해?"

"형도 알고 있었어?"

데미안이 기분이 완전히 풀린 얼굴로 환하게 웃었다.

"이봐, 싱클레어. 내가 그걸 모를 줄 알았어? 내 어머니를 에바 부인이라고 부르는 사람치고 어머니를 사랑하지 않는 사람은 없어. 그건 그렇고, 어떻게 된 거야? 네가 오늘 어머니나 나를 불렀어? 맞아?"

"응, 내가 불렀어. 근데…… 에바 부인을 불렀어."

"어머니도 그걸 느끼셨는지, 갑자기 너한테 가 보라며 나를 보냈어. 내가 막 러시아에 관한 소식을 전하던 중이었는데 말이야."

우리는 등을 돌려 왔던 길로 되돌아갔다. 그 뒤로 주고받은 말은 별로 없었다. 데미안은 울타리에 묶인 고삐를 풀더니 말에 올라탔다.

내 방에 올라오고 나서야 극도의 피곤함을 느꼈다. 데미안이 갖고 온 소식 때문이기도 했지만, 그전에 에바 부인을 부르느라 에너지를 너무 많이 쏟았던 것이다. 그런데 에바 부인이 정말로 내 소리를 들었다고 한다. 아, 이런 놀라운 일이 있을까! 생각만으로 그녀의 마음에 내 목소리를 전달한 것이다. 상황만 괜찮았다면 아마 그녀가 직접 왔을 것 같았다. 아, 얼마나 놀랍고 신기한가! 아, 얼마나 멋진 일인가! 그런데 이제 전쟁이 날 거라고 했다. 우리가 그전에 그렇게 자주 이야기하던 일이 마침내 실현될 조짐을 보이고 있었다. 이 일에 대해선 데미안이 특히 많은 것을 예감했다. 세상의 흐름이 이제 우리를 지나쳐 가지 않고 갑자기 우리의 심장을 관통하고 있다는 사실, 모험과 거친 운명이 우리를 부른다는 사실, 그리고 조만간 세상이 우리를 필요로 하고 세상이 바뀔 시점이 찾아왔다는 사실, 이 모든 게 참으로 이상야릇하게 느껴졌다. 데미안의 말이 맞았다. 감상적으로 받아들일 문제가 아니었다. 다만 눈길을 끄는 건 나만의 개인적인 사안이라 여겨 온 '운명'을 이제 수많은 사람들과, 혹은 전 세계와 함께 겪게 되었다는 사실이다. 그래, 어쩌겠어, 그렇게 된대도!

나는 준비가 되었다. 저녁에 시내로 나갔을 때 거리 곳곳에서 사람들이 흥분해서 웅성거리고 있었다. 어디서나 들려오는 말은 '전쟁'이었다.

나는 에바 부인의 집으로 갔다. 우린 정원 별채에서 저녁 식사를 했다. 내가 유일한 손님이었다. 아무도 전쟁에 대한 이야기는 꺼내지 않았다. 다만 나중에 내가 떠나기 직전에 에바 부인이 말했다.

"싱클레어, 당신이 오늘 나를 불렀어요. 내가 직접 가지 못한 이유는 당신도 알 거예요. 하지만 잊지 말아요. 이제 당신은 부르는 방법을 알아요. 앞으로 표식을 가진 누군가가 필요하면 그렇게 부르도록 해요."

그녀는 일어나 나보다 먼저 어둑어둑한 정원을 성큼성큼 걸어갔다. 묵묵히 서 있는 나무들 사이로 걸어가는 신비스러운 여인의 모습에는 제왕의 위엄이 담겨 있었다. 그녀의 머리 위로 수많은 별들이 사랑스럽게 반짝이고 있었다.

내 이야기가 이제 끝을 향해 가고 있다. 그 이후는 빠르게 진행되었다. 곧 전쟁이 터졌고, 데미안은 은회색 외투에 기괴할 정도로 낯선 제복을 입고 떠났다. 그날 나는 그의 어머니를 집으로 바래다주었다. 나도 곧 그녀와 작별을 했다. 그녀는 내 입에 키스하며 나를 잠시 가슴 깊이 안아 주었다. 그녀의 큰 눈망울이 내 눈에 선명하게 아로새겨졌다.

모든 사람이 하루아침에 형제가 된 듯했다. 그들은 모두 조국과 명예를 이야기했다. 그러나 가면이 벗겨진 그들의 얼굴에서 찰나적으로 보인 것은 '운명'이었다. 젊은이들이 병영에서 나와 열차에 올랐다. 나는 많은 얼굴에서 하나의 표식을 보았다. 우리가 가진 그 표식이 아니라 사랑과 죽음을 의미하는 아름답고 고결한 표식이었다. 나 역시 다른 병사들과 마찬가지로 생면부지의 사람들에게 포옹을 받았고, 이 몸짓의 의미를 이해했기에 흔쾌히 응했다. 그들을 그렇게 하도록 만든 것은 도취였다. 운명의 뜻이 아니었다. 그러나 도취는 신성하다. 도취는 순간적으로나마 그들 모두가 깨어 있는 시선으로 운명을 직시한 데서 생기기 때문이다.

내가 전장으로 나갔을 때는 겨울이 코앞이었다.

처음에는 총싸움이라는 이례적인 사건이 일상적으로 벌어지고 있음에도 모든 것이 실망스러웠다. 예전에 나는 한 인간이 왜 하나의 이상을 위해 사는 것이 그렇게 힘든지에 대해 많은 생각을 했다. 그런데 이제 많은 사람, 아니 모든 사람이 하나의 이상을 위해 죽을 수 있음을 알았다. 하지만 그러려면 그 이상은 개인적이고 자유롭고 선택된 것이어서는 안 된다. 다 함께 떠안은 이상이어야 했다.

그런데 시간이 흐르면서 나는 내가 사람들을 과소평가했음을 깨달았다. 군인으로서의 직무와 공통의 위험이 그들을 아무리 획일화했더라도 살아 있는 사람이건 죽어 가는 사람이건 많은 사람이 운명의 뜻에 당당하게 다가가는 모습을 내 눈으로 목격한 것이다. 많은 이들, 아니 무척 많은 이들이 공격

할 때만이 아니라 매 순간 아득하면서도 확고하고 약간 신들린 듯한 눈빛을 보였다. 전쟁의 목표는 까맣게 잊은 채 어떤 비범한 것에 자신을 완전히 내맡긴 것 같은 눈빛이었다. 무엇을 생각하건 무엇을 느끼건 그들은 준비가 되어 있었고 쓸모가 있었다. 미래는 그들이 만들어 낼 것이다. 세상이 전쟁과 영웅주의, 명예, 다른 낡은 이상들에 더 완강하게 초점을 맞출수록, 그리고 가식적인 인간성의 목소리가 더 멀리서 더 비현실적으로 울려 퍼질수록, 이 모든 것은 껍데기에 지나지 않았다. 전쟁의 표면적 정치적 목표가 껍데기에 지나지 않듯이 말이다. 저 아래 깊은 곳에서는 새로운 인간성 같은 것이 생성되고 있었다.

이렇게 말하는 이유는, 증오와 분노와 살육과 학살이 실은 아무 상관없는 대상에 자행되고 있다는 것을 절절히 깨달은 사람들을 많이 보았기 때문이다. 그런 생각을 하며 내 곁에서 죽어 간 사람도 여럿 있었다. 그랬다. 목표도 그랬지만 대상들도 순전히 우연으로 결정되었다. 지극히 야만적인 감정까지 비롯해서 모든 원초적 감정은 적을 향한 것이 아니었다. 그들의 피비린내 나는 행위는 자기 속에서 분열된 영혼의 발산이었을 뿐이다. 다시 말해 새로 태어나기 위해 미쳐 날뛰고 죽이고 학살하고 죽으려는 자기 영혼의 표출이었다. 이렇듯 인류라는 거대한 새 한 마리가 알을 깨고 나오려고 몸부림쳤다. 그 알은 세계였다. 세계는 산산이 부서져야 했다.

이른 봄날 저녁이었다. 나는 우리가 점령한 농장 앞에서 보초를 서고 있었다. 맥없는 바람이 간헐적으로 불어왔고, 플랑드르의 높은 하늘에는 구름이 떼 지어 흘러갔다. 그 구름 뒤 어딘가에 달이 떠 있을 것 같았다. 그날은 왠지 온종일 불안했고 정체 모를 걱정으로 마음이 어수선했다. 어두운 곳에서 보초를 서던 나는 이제 한마음으로 지금까지의 삶의 모습들과 에바 부인, 데미안을 생각했다. 미루나무에 기대어 구름이 떠가는 하늘을 올려다보고 있는데, 남몰래 불빛이 깜박거리는 하늘에서 곧 거대한 영상들이 하나씩 솟구치기 시작했다. 나는 이상하게 맥박이 약해지고, 피부가 바람과 빗방울에 둔감해지고, 정신이 불꽃 튀듯 또렷해지는 것을 보고 가까이에 나의 인도자가 있음을 느꼈다.

구름 속에 커다란 도시가 보였다. 거기서 수백만 명의 사람들이 쏟아져 나와 광활한 들판으로 떼 지어 흩어졌다. 그들 한가운데로 에바 부인과 비슷하게 생긴 한 신이 머리에 반짝거리는 별을 달고 산맥처럼 우람한 모습으로 걸어 들어갔다. 인파는 마치 거대한 동굴로 들어가듯 그 여신의 형상 속으로 빨려 들어갔다. 여신은 바닥에 웅크리고 앉았다. 이마에 표식이 환하게 반짝거렸다. 어떤 꿈에 짓눌리는지, 눈을 감은 여신의 커다란 얼굴이 고통으로 일그러졌다. 갑자기 여신의 입에서 찢어질 듯 비명이 터져 나왔고, 이마에서 수천 개의 별이 튀어나와 휘황찬란한 모습으로 포물선과 반원을 그리며 검은 하늘 위로 날아갔다.

그 별 중 하나가 맑은 소리를 내며 내게 곧장 날아왔다. 나를 찾는 듯했다. 그러다 이윽고 별은 굉음과 함께 수천 개의 불꽃으로 산산조각이 났고, 나를 공중으로 붕 띄웠다가 다시 땅바닥으로 내동댕이쳤다. 내 머리 위의 세계는 우레와 같은 소리를 내며 무너졌다.

나는 미루나무 근처에서 흙에 뒤덮인 채 발견되었다. 온몸은 상처투성이였다.

나는 지하실에 누워 있었다. 머리 위에서는 포성이 진동했다. 나는 수레에 실려 덜커덩거리며 텅 빈 들판을 지나갔다. 대개 자고 있거나 의식을 잃은 상태였다. 그런데 잠이 깊이 들수록 무언가 나를 끌어당기고 있고, 내가 나를 지배하는 어떤 힘을 따라가고 있다는 것을 더더욱 강렬하게 느꼈다.

나는 외양간의 짚더미에 누워 있었다. 어두웠다. 누군가 내 손을 밟았다. 나는 이대로 멈추고 싶지 않았다. 내 마음은 계속 가기를 원했고, 나를 더 강하게 앞으로 잡아끌었다. 나는 다시 수레에 누웠다. 나중에는 들것에 누웠는지 사다리에 누웠는지 기억도 나지 않았다. 어딘가로 오라고 명령을 받은 것 같은 느낌이 갈수록 강해졌고, 머릿속에는 반드시 그리로 가야 한다는 갈망 외에 다른 것은 없었다.

드디어 목적지에 도착했다. 밤이었다. 나는 의식이 또렷했다. 이곳에 도착하는 순간 내 속에서 끌림과 갈망이 더욱 강하게 느껴졌다. 이제 나는 홀의 바닥에 누워 있었다. 내가 부름을 받은 곳이 이곳임이 분명했다. 주위를 돌아보았다. 내 매트리스 바로 옆에 다른 매트리스가 있었고, 거기에 누군가 몸을 기울인 채 나를 보고 있었다. 이마에 표식이 보였다. 막스 데미안이었다.

나는 말이 나오지 않았다. 그도 말을 할 수 없었고, 말을 하려고도 하지 않았다. 데미안은 나를 물끄러미 바라보기만 했다. 위쪽 벽에 걸린 전구 불빛이 그의 얼굴에 드리워져 있었다. 그가 미소를 지었다.

얼마인지도 모를 엄청나게 긴 시간 동안 그는 내 눈만 들여다보았다. 그의 얼굴이 천천히 내 얼굴 쪽으로 다가왔다. 얼굴이 거의 맞닿을 정도로.

"싱클레어!"

그가 속삭이듯이 말했다.

나는 듣고 있다는 것을 눈짓으로 표시했다.

그가 다시 미소를 지었다. 측은한 감정에 가까운 미소였다.

"꼬마 녀석!"

그가 웃으면서 말했다.

그의 입이 이제 내 입술에 닿을 듯이 가까워졌다. 그가 나직이 말을 이어갔다.

"프란츠 크로머 기억나?"

나는 긍정의 뜻으로 눈을 깜박이며 싱긋 웃었다.

244

"어이, 꼬마 싱클레어, 내 말 잘 들어! 난 떠나야 해. 앞으로 도 어쩌면 크로머나 다른 일로 내가 너한테 또다시 필요할지 몰라. 그때 네가 나를 부르면 나는 더는 말을 타거나 기차를 타는 것 같은 그런 조악한 모습으로 오지 않을 거야. 내가 필 요하면 네 속으로 귀를 기울여. 그러면 내가 네 속에 있는 걸 알게 될 거야. 무슨 말인지 알겠어? 그리고 한 가지 더! 에바 부인이 그러셨어. 언젠가 네 상태가 안 좋으면 자기 대신 너 한테 입맞춤을 해 주라고. 눈을 감아, 싱클레어!"

나는 순순히 눈을 감았다. 그의 입술이 내 입술에 가볍게 와 닿는 것이 느껴졌다. 그칠 생각을 않고 조금씩 피가 흐르 는 내 입술에. 나는 곧 잠이 들었다.

아침에 누군가 나를 깨웠다. 붕대를 갈아야 한다고 했다. 나 는 완전히 정신이 드는 순간 얼른 옆 매트리스로 고개를 돌렸 다. 그런데 거기엔 한 번도 본 적이 없는 낯선 남자가 누워 있 었다.

붕대를 가는 것은 아팠다. 이후에는 내게 일어나는 모든 것 이 아팠다. 하지만 그 뒤로 나는 마음의 문으로 들어가는 열 쇠를 발견해서, 운명의 영상들이 검은 거울 속에 잠들어 있는 마음속 깊은 곳으로 내려갈 때면 그 거울 위로 몸을 숙이기만 하면 나 자신의 모습이 보였다. 내 친구이자 인도자였던 데미 안과 똑같이 생긴 내 모습이.

◆

자, 이제 눈을 떠도 좋다

1.

이미 오래전 일입니다. 고등학교를 졸업하고 얼마쯤 시간이 흐른 뒤 고등학교 동아리 후배들을 모아놓고 선배로서 강연 비슷한 이야기를 할 기회가 있었습니다. 열대여섯 명쯤 되는 아이들을 앞에 놓고 조금 먼저 태어나 살았다는 이유로 '인생을 어떻게 살아야 하는가' 같은 이야기를 들려주는 자리였습니다. 당시만 하더라도 명문 대학에 진학하기는커녕, 고등학교 시절 이른바 교육민주화 운동에 나섰다가 대학 진학조차 실패해서 공장에 들어갔고, 그 뒤로 막노동판을 전전하던 제가 후배들에게 해 줄 만한 이야기는 없었습니다. 다만 오랜만에 후배들을 만나고 싶다는 생각에 그 자리에 나갔습니다.

다른 동기 중에 저만 못해 보이는 사람은 한 사람도 없었지요. 그중엔 대학 재학 중에 군에 갔다가 휴가라 마침 그 자리에 나온 친구도 있었고, ROTC(학군단) 제복을 입고 나온 친구도 있었습니다. 그 속내를 일일이 들여다볼 수 없어 '하나같이'라고 단언할 수는 없어도 최소한 겉보기에 저만 못한 사람은 한 명도 없었습니다. 그런 모임에서 가장 거추장스럽고 피곤한 물음은 지금 뭘 하며 지내느냐, 어떻게 살고 있느냐는 질문일 겁니다. 혼기가 찬 여성들에게 언제 결혼하느냐는 물음이 피곤한 질문이라면, 남자들에겐 남들이 그 연령대에 치렀음 직한 경험이나 도달했을 만한 지점에 이르지 못했다는 자각이 참 슬프고, 피곤한 경험이지요.

게다가 저는 동기들과도 연락을 끊고, 전국을 떠돌며 살았기 때문에 어느 날 갑자기 홀연히 나타난 제게 쏟아지는 질문은 예상보다 훨씬 강했습니다. 한국 사회에서 대학생이 된다는 것이 의미하는 건 단순히 보다 높은 단계의 학습이 가능한 학문기관으로 진학한다는 차원을 넘어 인생에 본격적인 등급이 매겨지는 일이기도 하지요. 다른 친구들은 후배들 앞에서 자신이 고등학교 다닐 때는 어떻게 공부했고, 나름대로 얼마나 성실하게 학창 시절을 보냈는지 인생 경험담을 들려주었습니다. 저는 그들의 성실함과 진지함이 진심으로 부러웠습니다.

드디어 제가 아이들에게 무언가 이야기를 해 주어야 할 차례가 돌아왔는데, 저는 마땅히 해 줄 말이 없었습니다. 어쨌든 제 차례가 왔으니 자리에서 일어나 앞에 마련된 자리로 나아갔습니다. 그때 저는 이렇게 말한 것 같습니다.

"내가 아주 놀라운 걸 보여 줄 테니 다들 눈을 꼭 감고 잘 봐라."

제가 워낙 진지하게 말했기 때문인지 몰라도 후배를 비롯해 동기들까지 죄다 눈을 감았습니다. 제 친구들과 선배들까지, 그곳에 모인 모든 사람들이 일제히 눈을 감더군요. 만약 그중에 단 한 명이라도 샛눈을 떴다면 저의 그 얄팍한 술수는 통하지 않았을지도 모르겠습니다. 잠시 시간이 흐른 뒤 눈을 감은 채 제게서 무언가 놀라운 걸 기대했던 아이들에게 말했습니다.

"자, 이제 눈을 떠도 좋다."

아이들은 모두 눈을 떴습니다. 그러나 아무 일도 일어나지 않았습니다. 아이들이 웅성대면서 볼멘소리를 하기 시작했습니다. 저는 그저 자리에 선 채 빙글거리며 웃고 있었습니다. 그들이 기대했던 놀라운 일은 어디에서도 일어나지 않았으니까요. 아무 일도 일어나지 않아 실망한 그들에게 제가 뭐라고 이야기했을까요?

248

2.

헤르만 헤세의 대표작이자 이른바 성장소설(Bildungsroman)의 대명사로 손꼽히는 『데미안』을 언제 읽었는지 정확히 기억은 나지 않지만 고등학생 시절에 읽었던 것만큼은 틀림없습니다. 성장소설을 일러 다른 말로 교양소설이라고도 하고, '형성/입사/보존/발전소설'이라고도 하는데, 대체로 이런 소설은 성장 과정에 있는 어린 주인공(주체)이 자아를 의식하고 차츰 외부세계와의 접촉 또는 대결을 해 나가는 과정에서 정신적 번민과 그 해소에 초점을 맞추고 있기 때문입니다. 다시 말해 한 인간이 스스로 자아를 확장해 가는 과정에서 세상과 맞서 자신만의 가치관, 삶의 법칙을 깨우쳐 세계 속에서 성숙한 인간으로 성장해 가는 과정을 그리고 있는 소설을 말합니다. 그러므로 성장소설은 대체로 주인공인 화자(『데미안』의 경우에는 싱클레어)의 기억과 회상에 의존해 진행되며 과거의 고백을 통해 자신이 처했던 문제를 현재화하고, 이를 통해 현재의 문제를 통찰하고 해결하려는 의도가 반영되기 마련입니다.

과연 작가가 통찰하고, 해결하고 싶었던 '현재'의 문제는 무엇이었을까요? 헤르만 헤세의 『데미안』은 너무나 유명한 작품이기에 출간 이후 지금까지 이 책을 호명하는 말은 참으로 많습니다. 몇 가지만 들어보면 '청년 운동의 성경'이라거나 '제2차 세계대전에 참전했던 독일 병사들의 배낭 속에 한 권씩 들어 있었던 책'이라는 표현 같은 것입니다(참고로 제1차 세계대전 당시에는 니체의 『차라투스트라는 이렇게 말했다』가 들어 있었다고 하는군요). 『데미안』은 제1차 세계대전 직후 패전 때문에 정신적 혼돈 상태에 빠져 있던 독일의 청년들에게 깊은 감명을 주었고, 문학계에도 일대 센세이션을 일으켰습니다.

제가 생각하기에 『데미안』이 그토록 많은 이들에게 사랑받은 이유 중 하나는 이 소설이 이전까지의 성장소설과 매우 다른 형태의 성장소설이었기 때문입니다. 서구사회(유럽)는 세계의 다른 여타 지역보다 빨리 근대화를 달성했습니다. 근대성(모더니티)을 구성하는 요소들은 정치적으로는 민주주의, 경제적으로는 산업화를 의미하지만 정신적으로 또는 문화적으로는 개인주의를 빼놓을 수 없을 듯합니다. 흔히 개인주의를 이기주의와 혼동하는데, 이기주의가 타인들과 관계를 맺는 과정에서 자신만을 위하려는 비윤리적 경향이라면 개인주의는 한 개인의 인격적 존엄성이 다른 가치들에 의해 훼손되어선 안 된다는 근대적 가치의 기본입니다.

칸트는 "계몽이란 언제나 자기 스스로 생각하라는 격언"이라고 말한 바 있습니다. 개인주의는 18세기 계몽주의와 함께 발전해 왔는데, 18세기 서구의 시민계층은 글을 읽고, 쓸 줄 아는 교양을 습득한 사람들이었습니다. 이들에게 '교양(Bildung)'이란 한 인간으로서 자신의 존엄을 확인하고, 개별성(자아)을 완성하는 과정이었습니다. 그러나 유럽 국가들 가운데 가장 늦게 민족국가를 형성한 독일에서는 자아의 완성과 독일적 이상을 합치시키려는 욕구가 강했기 때문에 이 시기의 성장소설이란 젊은이들을 체제 내부의 지적이고 성숙한 시민으로 교육할 목적을 가지고 있기도 했습니다. 그런데『데미안』은 이와 같은 교양소설과 달리 세계와 체제의 위선에 저항하여 인간적 완성을 추구하는 새로운 흐름을 만든 성장소설이란 점에서 '청년 세대의 성서(聖書)'라는 지위를 얻게 되었고, 그렇기에 더욱 뛰어난 문학적 가치를 지니게 되었습니다. 주인공이 세계의 위선에 도전한다는『데미안』의 흐름은 이후 등장하는 J.D. 셀린저의『호밀밭의 파수꾼』은 물론 한국 문학의 여러 성장소설에도 깊은 흔적을 남기고 있습니다.

3.
　『데미안』은 '에밀 싱클레어의 젊은 날'이라는 부제를 달고 있는데, 제1차 세계대전이 끝난 이듬해인 1919년에 처음 출간되었습니다. "내 속에서 솟아 나오려는 것을 온전히 살아보려 한 것밖에 없는데, 그게 왜 그리 어려웠을까?"란 말로 시작되는 이 작품은 싱클레어라는 청년의 수기(手記) 형식을 띠고 있었고, 작가로 이미 명성을 얻고 있었지만 헤세가 익명으로 발표했기 때문에 당시 사람들은 작품 속 주인공인 에밀 싱클레어의 작품으로 생각했습니다.

열 살 무렵으로 거슬러 올라가 시작되는 이 작품은 '아버지와 어머니의 집'이라는 안전하고 밝은 세계와 음산하고 폭력적인 외부 세계를 동시에 예감하는 것으로 시작합니다. 이 두 세계가 마치 빛과 그림자처럼 서로 맞닿을 듯이 붙어 있다는 사실을 깨닫는 것이지요. 그는 친구들 앞에서 자신의 남성다움과 어른스러움을 자랑하기 위해 거짓말을 했다가 불량배 프란츠 크로머에게 약점을 잡힙니다. 크로머는 싱클레어의 약점을 겁박하며 그에게 도둑질과 거짓말을 강요합니다. 싱클레어의 안전한 집은 더 이상 그를 보호해 줄 수 있는 공간이 될 수 없었습니다.

이때 그를 구원해 주는 구세주 데미안이 등장합니다. 데미안은 이미 주체적으로 생각할 수 있는 능력을 지닌 사람으로서 싱클레어에게 카인과 아벨에 대한 놀랍고 새로운 견해를 제시합니다. 그리고 싱클레어가 처한 곤경의 원인을 알고, 크로머가 더 이상 싱클레어에게 접근할 수 없도록 하지요. 곤경에서 벗어난 싱클레어는 데미안과 함께 새롭고 자유로운 길을 향해 가기보다 아버지와 어머니가 있는 궤도의 삶, 과거의 세계로 귀환합니다.

한동안 데미안과 거리를 두고 지내던 싱클레어는 상급 학교에 진학한 뒤 사춘기를 맞으며 자연스럽게 이성에 관해 관심을 갖기 시작합니다. 그러던 어느 날 다시 데미안과 만나게 되고 자기 안의 충동들, 자신이 지금껏 알고 있던 세계가 금지했던 많은 규칙에 대해 고민하게 됩니다.

내가 보기에, 너는 속에 있는 것들을 아직 말로 다 표현해 내지는 못하는 것 같아. 그건 지금껏 네가 생각한 대로 살지 않았다는 것을 뜻해. 그건 좋지 못해. 직접 살아 보는 생각만이 가치가 있어. 넌 너의 '허락된 세계'가 단지 세계의 반쪽뿐이라는 걸 알면서도 다른 두 번째 반쪽을 숨기려고 했어. 신부님과 선생님들이 그러는 것처럼. 하지만 넌 그럴 수 없어. 누구든 일단 스스로 생각하기 시작하면 그건 불가능해. (본문 93쪽)

싱클레어는 자기 앞에 놓인 안전한 궤도의 삶과 자기 스스로 생각하는 삶의 방식 사이에서 동요를 경험합니다. 그러던 어느 날 데미안의 쪽지가 도착하지요.

새는 알에서 나오려고 몸부림친다. 알은 세계다. 태어나려고 하는 자는 하나의 세계를 깨뜨려야 한다. 새는 신에게로 날아간다. 그 신의 이름은 아브락사스이다. (본문 135쪽)

헤르만 헤세는 신학자 집안에서 태어났습니다. 그는 어린 시절부터 종교와 철학적인 분위기 속에서 성장하며 추상적인 이념들에 대해 끊임없이 탐구하고, 고민했지요. 신학교에 진학했지만 자신의 내면에 들끓는 창조에 대한 열정으로 참을 수 없게 된 헤세는 신학교를 뛰쳐나와 자살을 기도하는 등 수

많은 방황과 탈선과 절망을 반복했습니다. 그런 와중에 일반 학교에서조차 퇴학당하고 맙니다. 결국 헤세는 17세 때 칼브의 한 시계 공장에 수습공으로 취직합니다. 시인이 되고 싶었던 헤세는 시계 공장 일을 그만두고 대학촌의 서점에서 일하게 됩니다. 그는 이곳에서 '작은 문학회'라는 단체의 학생들과 어울리며 시와 작품을 쓰면서 점차 삶의 안정을 되찾게 되었습니다.

『데미안』을 읽은 사람이라면 누구나 과연 '아브락사스'가 어떤 존재인가에 대해 궁금해 하고, 저 나름대로 정의를 내리기도 합니다. 다만, 소설 속에서는 싱클레어의 선생님과 오르간 연주자 피스토리우스를 통해 아브락사스는 선과 악, 신과 악마를 한 몸에 지닌 신성(神性)으로, 자기의 영혼 안에 소원하는 바는 아무것도 금지되지 않는 것이 그 교리였다는 사실을 알게 됩니다. 어쩌면 아브락사스란 말이 지목하는 대상은 인간 그 자체였을지 모릅니다.

대학에 진학한 싱클레어는 다시 데미안을 만나게 됩니다. 싱클레어는 데미안의 어머니 에바 부인에게서 '꿈속의 연인'을 찾게 됩니다. 싱클레어는 그녀의 집에 드나들면서 자신이 살고 있는 유럽이 처한 현실과 이 세계가 종말을 향해 다가가고 있음을 느낍니다. 당시 많은 사람이 유럽, 유럽적인 것들의 몰락을 예견하고 있었습니다. 데미안은 싱클레어에게 이런 상황들에 대해 이야기합니다.

유럽은 백 년도 넘는 세월 동안 오직 연구만 하고 공장만 지었어. 그래서 한 사람을 죽이는 데 몇 그램의 화약이 필요한지는 정확히 알아도 신에게 어떻게 기도해야 하고, 한 시간을 즐겁게 보내려면 어떻게 해야 하는지는 전혀 몰라. (본문 201쪽)

데미안이 예견했던 대로 유럽은 전쟁의 포화 속에 빠져들고, 두 사람은 전쟁에 참전하게 됩니다. 싱클레어는 이 전쟁에 대해 "지극히 야만적인 감정까지 비롯해서 모든 원초적 감정은 적을 향한 것이 아니었다. 그들의 피비린내 나는 행위는 자기 속에서 분열된 영혼의 발산이었을 뿐이다. 다시 말해 새로 태어나기 위해 미쳐 날뛰고 죽이고 학살하고 죽으려는 자기 영혼의 표출이었다. 이렇듯 인류라는 거대한 새 한 마리가 알을 깨고 나오려고 몸부림쳤다. 그 알은 세계였다. 세계는 산산이 부서져야 했다"고 말하지요. 전쟁터에서 중상을 입은 싱클레어는 병동에서 다시 한 번 데미안을 만나게 됩니다. 그 만남 이후 데미안은 그의 곁을 영영 떠나버렸고, 싱클레어는 데미안의 어머니이자 그의 마음속 연인이었던 에바 부인의 말처럼 영영 과거의 집으로는 돌아갈 수 없게 됩니다.

누구도 집으로 완전히 돌아가지는 못해요. 다만 서로에게 끌리는 길들이 만나는 지점에서는 온 세상이 잠깐 고향처럼 보이기는 하죠. (본문 207쪽)

헤르만 헤세는 평화주의자였습니다. 그는 두 차례의 세계대전을 모두 겪은 뒤 이렇게 말했습니다. "전쟁의 유일한 효용은 바로 사랑은 증오보다, 이해는 분노보다, 평화는 전쟁보다 훨씬 더 고귀하다는 사실을 우리에게 일깨워 주는 것뿐이다." 헤세는 군국주의에 사로잡힌 독일이 일으킨 제1차 세계대전도, 나치즘이 유럽을 불바다로 만들었던 제2차 세계대전도 모두 반대했습니다. 그 결과 그는 조국의 배신자, 매국노라는 지탄을 받아야 했고, 그의 책들은 출판도, 판매도 금지당합니다. 그에게 쏟아진 비난과 비판은 근거 없는 것들이었으나 헤세의 삶은 말할 수 없는 고통을 받게 됩니다. 그럼에도 불구하고 헤르만 헤세는 스스로 생각한 대로 살았고, 자신이 직접 본 그대로의 시대를 증언했습니다.

앞서 저는 개인적인 체험을 이야기했습니다. 모두에게 눈을 뜨라고 한 뒤 제가 한 말은 다음과 같습니다.

"내가 아주 놀라운 걸 보여 줄 테니 다들 눈을 감고 잘 보라고 했는데 너희 중 누구도 내 말을 의심하는 사람이 없었다. 눈을 감고 잘 보라는 말에 귀 기울인 사람도, 주목한 사람도 없었다. 눈을 감고서는 아무것도 볼 수 없다는 사실을 깨우친 사람도 없었다. 너희는 그저 눈을 감으란 선배의 명령을 듣고, 아무 의심 없이 눈을 감았다. 너희는 단지 선배이고, 강단에 섰다는 이유만으로, 내가 너희를 속일 수도 있다는 사실을 의심하지 않았고, 권위에 복종했다. 내가 너희에게 선배로서, 친구로서 해 줄 수 있는 충고는 한 가지다. 눈을 감으면 아무것도 보이지 않는다. 아무것도 의심하지 않은 채 남이 시키는 대로만 살면 인생은 절대로 내 것이 될 수 없다."

이 말은 분명히 제가 한 것이지만, 어쩌면 그 시절의 언젠가 제가 읽었던 『데미안』의 구절들이 제 안에서 살아남아 이렇게 말하도록 시켰던 것인지 모르겠습니다.

전성원(계간 『황해문화』 편집장)

옮긴이의 말

◆

나의 데미안

번역을 하려고, 먼지 켜켜이 쌓인 헤세 원서를 꺼내 첫 문장을 읽는 순간 묵은 종이 특유의 냄새와 함께 많은 생각이 스쳐 간다. "내 속에서 솟아 나오려는 것을 온전히 살아 보려한 것밖에 없는데, 그게 왜 그리 어려웠을까?" 온전히 나로 산다는 것이 무슨 의미인지도 모르면서 단순히 그 말의 울림에 가슴 뭉클했던 청춘의 기억, 나로 살아 보겠다던 유치한 다짐, 이후 그 다짐조차 까맣게 잊었던 시간들, 예기치 않은 삶의 시련, 평탄한 일상……. 아, 나는 지금껏 나로 살아왔던가? 나의 데미안은 어디에 있을까?

온전히 나로 살려면 새가 알을 깨고 나오듯 자신의 알을 깨고 나와야 한다. 알은 세계다. 태어나려는 자는 그 세계를 깨뜨려야 한다. 인간은 아무것도 없는 무의 세계에 뚝 떨어지는 것이 아니라 이미 모든 것이 갖추어진 세계에 내동댕이쳐진다. 내가 선택한 것도, 내가 만든 세계도 아니다. 태어나 보니 내 앞에 한 세계가 주어져 있을 뿐이다. 대부분의 사람은 제도와 관습, 법, 도덕, 종교로 표현되는 그 세계의 정신을 별 의심 없이 받아들인다. 그러나 일부 사람들은 끊임없이 그 세계를 의심하고, 자기 생각으로 비판하고, 다른 시각으로 바라보고, 새롭게 해석하려 한다. 자기 길을 걷는 사람들이다. 데미안의 도움으로 카인의 표식을 새로 해석하고, 골고다 언덕의 강도들을 새로운 눈으로 바라보고, 금지된 어둠의 세계에 유혹을 느끼는 싱클레어도 그중 한 사람이다.

알을 깨고 나오려고 세상과 싸우는 것은 두려운 길이다. 웬만한 사람들은 살짝 발을 들여놓았다가도 화들짝 놀라 발을 빼거나 중도에서 포기해 버린다. 이 길은 부모와 세상에 처음으로 반항심이 치솟는 사춘기에 시작된다. 그러나 우리는 대개 이 시기에 일시적 방황을 끝내고 재빨리 안전한 부모의 품이나 사회가 가리키는 순탄한 길로 도피해 들어간다. 두렵고 힘겨운 길임을 본능적으로 느끼기 때문이다. 밝고 허용된 길을 놔두고 어둡고 금지된 길로 가려면 용기가 필요하다. 생각해 보라! 혼자서 세상과 싸우고, 혼자 힘으로 생각하고, 또 그 생각대로 살아 나가려면 얼마나 외롭고 힘들겠는가? 그래서 사람들은 그 길을 포기하고 자신에 대한 결정권을 남에게 맡긴다. 외부에 자신을 맡기면 편하다. 세상과 싸울 일이 없고,

독자적 결정을 내리기 위해 괴로워하고 번민할 필요도 없다. 게다가 자기 행동에 대한 책임도 없다. 노예의 삶이다. 자유를 팔아 얻은 안락함이다. 스스로에 대한 권리를 외부의 주인에게 맡겼기 때문이다.

반면에 오롯이 나로 살고자 하는 이는 세상과 싸우는 것을 주저하지 않는다. 주인에게 자유를 파는 대신 스스로 삶의 주인이 되어 내 길을 걸으려 한다. '나'는 누구도 대신해 줄 수 없는 이 세상 하나뿐인 존재이다. 그 자체로 위대하고 존귀하다. 그 가치를 깨닫고 나만의 목소리에 귀를 기울이라는 것, 그것이 자연이 내게 부여한 운명이라고 데미안은 속삭인다. 그런 점에서 데미안은 온전히 자신의 삶을 살라는 내 속의 또 다른 목소리일지 모른다. 여러분의 데미안은 지금 어디에 있는가?

동양 사상에 깊은 애정과 관심을 보인 헤르만 헤세는 제1차 세계대전의 참상을 겪으며 이 작품을 썼다. 1차 대전만큼이나 열광의 도가니 속에서 시작된 전쟁은 드물었다. 유럽 각국 젊은이들은 민족주의의 기치 아래 새로운 미래를 꿈꾸며 열광적으로 전쟁터로 향했고, 몇 주 뒤 전쟁이 끝나면 새 세상이 펼쳐질 거라고 철석같이 믿었다. 그러나 실상은 달랐다. 전쟁은 수년 넘게 진행되었고, 사람들은 그릇된 희망 속에서 무수히 죽어 갔다. 헤세는 하나뿐인 목숨이 총알 하나로 너무 쉽게 죽어 가는 것을 보며 절망했고, 그런 상황에서 개인의 자아 찾기를 넘어 인류의 자아 찾기로 작품의 울타리를 넓혔다. 인류라는 거대한 새가 알을 깨고 나와 새로운 인류, 새로운 인간성으로 거듭나기를 진정으로 소망한 것이다. 인류는 물질 문명의 급속한 발달과 물신 숭배로 정신이 피폐해졌고, 과학 기술에 대한 맹신으로 자기 자신에게로 이르는 정신의 숭고한 사명을 잊어버렸다. 자연이 부여한 이 사명을 인류가 다시 깨닫고 그것을 수행하는 날이 오리라는 믿음이 이 작품에 강하게 담겨 있다.

끝으로 번역 이야기를 짚고 넘어가지 않을 수 없다. 오랫동안 번역을 해 오면서 완벽한 번역이란 존재할 수 없다는 것을 누구보다 절실히 깨달았기에 지금까지는 남의 번역에 이러쿵저러쿵 토 다는 것을 계면쩍고 주제넘은 짓이라 여겼다. 그런데 그간 가장 많이 팔렸다는 『데미안』 번역서를 구해 원서와 대조해 보다가 그만 덮고 말았다. 표현상의 미숙함은 차치하고 기초적인 자료 조사와 작품 이해조차 제대로 이루어지지 않았고, 명백한 오역도 곳곳에서 눈에 띄었으며, 우리말 자체에도 심각한 결함을 보였다. 그런데도 유명 대학의 교수가 번역했다는 이유로 권위 있는 번역본으로 인정받고 있다. 부끄러운 일이다. 독자들은 함량 미달의 번역본을 읽으며 좀처럼 이해가 안 되는데도 그것을 자신의 이해력 부족으로 돌리거나, 아니면 원서가 원래 그렇겠거니 하고 넘어간다. 독자들의 이런 너그러운(?) 오해를 토대로 수준 미달의 번역서를 팔아먹는 것은 속임수다. 작가에 대한 모독이자 독자들에 대한 사기다. 이런 다소 거친 표현을 사용하는 것도 어쩌면 외부의 권위에 휘둘리지 말라는 내 안의 데미안에게서 비롯된 것일지 모른다. 물론 그 화살은 고스란히 나 자신에게로 돌아올 것이다. 나 역시 남들의 비판에서 자유롭지 못할 테니까. 새삼 번역을 대하는 마음이 엄중해진다.

박종대

데미안
에밀 싱클레어의 젊은 날

2013년 4월 29일 1판 1쇄
2025년 1월 20일 1판 6쇄

지은이 헤르만 헤세
옮긴이 박종대

편집 김태희, 김태형, 이혜재 | **디자인** 권지연
제작 박흥기 | **마케팅** 김수진, 강효원, 백다희 | **홍보** 조민희

출력 블루엔 | **인쇄** 코리아피앤피 | **제책** J&D바인텍

펴낸이 강맑실
펴낸곳 (주)사계절출판사 | **등록** 제406-2003-034호
주소 (우)10881 경기도 파주시 회동길 252
전화 031)955-8588, 8558 | **전송** 마케팅부 031)955-8595 편집부 031)955-8596
홈페이지 www.sakyejul.net | **전자우편** literature@sakyejul.com
블로그 blog.naver.com/skjmail | **페이스북** facebook.com/sakyejulteen
인스타그램 instagram.com/sakyejul_teen | **트위터** twitter.com/sakyejul

ISBN 978-89-5828-667-7 44850
ISBN 978-89-5828-473-4 (세트)